A land of twilight dreams amidst the gloom of despairs

ଓଲଟ'ପୁର

(ଉପନ୍ୟାସ)

A land of twilight dreams amidst the gloom of despairs

ଓଲଟ'ପୁର

(ଉପନ୍ୟାସ)

ବିରଜା ରାଉତରାୟ

ବ୍ଲାକ୍ ଇଗଲ୍ ବୁକ୍ସ

ଭୁବନେଶ୍ୱର, ଓଡ଼ିଶା

BLACK EAGLE BOOKS

Dublin, USA

ଓଲଟ'ପୁର / ବିରଜା ରାଉତରାୟ

ବ୍ଲାକ୍ ଇଗଲ୍ ବୁକ୍ସ : ଭୁବନେଶ୍ୱର, ଓଡ଼ିଶା ● ଡବ୍‌ଲିନ୍, ଯୁକ୍ତରାଷ୍ଟ୍ର ଆମେରିକା

BLACK EAGLE BOOKS

USA address:
7464 Wisdom Lane
Dublin, OH 43016

India address:
E/312, Trident Galaxy, Kalinga Nagar,
Bhubaneswar-751003, Odisha, India

E-mail: info@blackeaglebooks.org
Website: www.blackeaglebooks.org

First International Edition Published by
BLACK EAGLE BOOKS, 2025

OLATPUR (NOVEL)
A land of twilight dreams amidst the gloom of despairs
by **Biraja Routray**

Copyright © **Biraja Routray**

All rights reserved. No part of this publication may be reproduced, stored in a
retrieval system, or transmitted, in any form or by any means, electronic,
mechanical, photocopying, recording or otherwise without the prior permission
of the publisher.

Cover & Interior Design: Ezy's Publication

ISBN- 978-1-64560-751-9 (Paperback)

Printed in the United States of America

ଏଠାକୁ ଆସୁଥିବା ସବୁ ମଣିଷର ହାତ ପାପୁଲିରେ ଦୁଇ ସମାନ୍ତରାଳ ରେଖା
ସମୟର ପେଟ ଚିରି ଯେପରି ଆଗକୁ ବଢ଼ିଥାଏ । ସେଇ ସମାନ୍ତରାଳ
ରେଖାର ଗୋଟିଏ ଗାର ସ୍ୱପ୍ନ ହେଲେ ଆରଟି ସ୍ୱପ୍ନଭଙ୍ଗ । ଦୁହିଁଙ୍କୁ ଏକାଠି
ମିଶାଇ ଜିଇଁବା ଶିଖାଏ ଓଲଟପୁର।

(୧)

ଖୁବ ବିଳମ୍ୱିତ ରାତ୍ରିଯାଏଁ ନିଦ ନ ଥିଲା ସୀମାଦ୍ରୀର ଆଖିରେ। ମଝିରେ ମଝିରେ ଦୁଇ ଆଖିର ପତା ପଡ଼ିବା ଆଉ ଉଠିବା ଛଡ଼ା ସେ କେବଳ ଚାହିଁ ରହିଥିଲା ମୁହଁ ସାମ୍ନା ଛାତକୁ। ସେଠି ଅନବରତ ଘୁରି ଚାଲିଥିବା ସିଲିଂ ଫ୍ୟାନ୍‌ର ଅସ୍ଥିର ଗତିପଥ ସହ ଧକ୍କା ଖାଇ ଫେରି ଆସୁଥିଲା ତା'ର ଟିକି ଟିକି କ୍ଷୀଣକାୟ ଆଶା ଓ ଆକାଂକ୍ଷା। ସେଥି ମଧ୍ୟରେ ସେ ନିରୀକ୍ଷଣ କରି ଖୋଜି ଚାଲିଥିଲା ତା'ର ଅସହାୟ ଭବିଷ୍ୟତର ରୂପରେଖକୁ।

ଠିଅ କରି ଠିଆ ହୋଇ ଯାଇଥିଲା ଯେପରି ସମୟର ଘଡ଼ି। ଆଗକୁ ବଢ଼ୁଥିବା ଦୁଇ ପାଦ। ଡେଣା ଫଡ଼ଫଡ଼ାଉଥିବା ଦୁଇ ପକ୍ଷ।

ଫ୍ୟାନ୍‌ ପରି ଘୂର୍ଣ୍ଣାୟମାନ ଗତିରେ ଯଦିଓ ବଦଳୁ ନ ଥାଏ ମଣିଷର ଭାଗ୍ୟ, ତଥାପି ଘୁରିବାଟା ତ ନିଶ୍ଚିତ!

ମନେ ମନେ ବିସ୍ମିତ ହୋଇ ହିସାବ କଷୁଥିଲା, ଫ୍ୟାନର ଗତିଟା ତାକୁ ତିଆରି କରିଥିବା ମଣିଷର ହାତ ଆଙ୍ଗୁଠି ମଝିରେ ଥିବା ରେଗୁଲେଟରର ଉପରେ! ସେହିଭଳି ମଣିଷର ଗତିପଥକୁ ରେଗୁଲେଟର ଧରି ନିର୍ଣ୍ଣୟ କରୁଥିବା ସେଇ ଶକ୍ତିଶାଳୀ ଅଦୃଷ୍ଟ ସତ୍ତାଟା କିଏ? ଈଶ୍ୱର... ଭଗବାନ... ପରଂବ୍ରହ୍ମ... ପରମ ପୁରୁଷ... ନିରଞ୍ଜନ... ନିରାକାର... ଏମିତି ତ ସବୁ ଧର୍ମର ଲୋକ କିଛି ନା କିଛି କହିଥାନ୍ତି! କିଏ ପୁରୁଷ ଆଉ ସ୍ତ୍ରୀ ପରି ଦୁଇ ପ୍ରଜାତିର ମଣିଷ ଗଢ଼ିଲା! ଦୁହିଙ୍କ ମିଳନର ସ୍ମାରକୀ ରୂପେ ସୃଷ୍ଟି କରାଇଲା ଆଉ ଏକ ନବଜାତକ! ତାକୁ ଶୈଶବ, କୈଶୋର, ଯୌବନ, ପ୍ରୌଢ଼ ଆଉ ବାର୍ଦ୍ଧକ୍ୟର ଶେଷ ପରିଣତିକୁ ପୁଣି ଥରେ ନେଇ ମିଳାଇଦେଲା ଶୂନ୍ୟରେ। ସେ ସୃଷ୍ଟିକର୍ତ୍ତା ଯିଏ ବି ହୁଅନ୍ତୁ, ଜଣେ ପୋଖତ

ନିୟନ୍ତକ ! ହେଲେ ତାଙ୍କୁ ବିଚାରବନ୍ତ, ନ୍ୟାୟବନ୍ତ ବୋଲି କାହିଁକି ଅବା ଭାବି ବସିବ ସିଏ ! ତା' ପ୍ରତି ହୋଇଥିବା ଅନ୍ୟାୟର ସେ କ'ଣ ଅବା ଉତ୍ତର ରଖି ପାରିବେ ? କ'ଣ କହି ପାରିବେ, କାହିଁକି ତା' ପ୍ରତି ଏ ଅନ୍ୟାୟ ? କାହିଁକି ତା' ପ୍ରତି ଏ ଅବିଚାର ? ସାଧାରଣ ଜୀବନଯାପାନ୍ଠାରୁ ତା' ଗତିପଥକୁ ବିଚ୍ଛିନ୍ନ କରିବାରେ କ'ଣ ତାଙ୍କର ଅଦୃଷ୍ଟ ହାତ ନାହିଁ ? ସେ ସୁପ୍ତ ନା ଜାଗ୍ରତ ! ନା ଜାଗ୍ରତ ରୂପୀ ସୁପ୍ତ ! ନା ସୁପ୍ତ ରୂପୀ ଜାଗ୍ରତ ! ମନ୍ଦିର, ମସ୍‌ଜିଦ, ଗୀର୍ଜା ପୁଣି ଓଷା, ବ୍ରତ ପୂଜାପାଠ, ମାନସିକ, ହୋମଯଜ୍ଞ କରି ତାଙ୍କଠୁଁ କାଣିଚାଏ ବିଭୂତି ପ୍ରାପ୍ତି ପାଇଁ କାହିଁକି ତେବେ ଏତେ ନିରୀହ ଆବେଗମାନଙ୍କ ପ୍ରତିଯୋଗିତା ! ଏହିଭଳି ଅସମାହିତ ଭାବନାର ଗୁଣ୍ଡୁଗୁଣ୍ଡୁକୁ ଧରି ବିନିଦ୍ର ହୋଇ ଚାହିଁ ରହିଥିଲା ଉପରକୁ ।

— "ଏ ପର୍ଯ୍ୟନ୍ତ ଆପଣ ଶୋଇ ନାହାଁନ୍ତି ସୀମା ଦିଦି ! ଆମେ ଆପୋଲୋ ହସ୍ପିଟାଲ୍ ଛାଡ଼ି ଓଲଟପୁରକୁ ଆସିବାରେ ପୂରା ବାର ଘଣ୍ଟା ବିତି ସାରିଲାଣି । ଆପଣଙ୍କ ମନ ବୋଧେ ସେଇ ପୁରୁଣା ହସ୍ପିଟାଲ୍ ପାଖରେ ଅଟକି ରହି ଯାଇଛି । କାଲି ସକାଳୁଠୁଁ ଆପଣଙ୍କ ଥେରାପି ସେସନ୍ ଆରମ୍ଭ ହୋଇଯିବ । ଟିକେ ଭଲକରି ନ ଶୋଇଲେ ଦେହଟା ସହଜ ଲାଗିବନି ।" ନିଜର ନମ୍ର ପ୍ରତିକ୍ରିୟା ରଖି ବୁଝେଇବାକୁ ଚେଷ୍ଟା କରୁଥିଲା ସହାୟିକା ବିଦୁଲତା । ସୀମାଦ୍ରୀର ସେବା ଓ ଦେଖାଶୁଣାର ଦାୟିତ୍ୱ ନେବାରେ ଏହା ଭିତରେ ତା'ର ଅଧା ମାସ ହୋଇ ଯିବଣି । ଅତି ପାଖରୁ କହିବାକୁ ଗଲେ, ଏକ ଶୂନ୍ୟ ଦୂରତାହୀନ ବ୍ୟବଧାନରେ ଗଢ଼ିଉଠିଛି ସେ ଦୁହିଁଙ୍କ ସମ୍ପର୍କ । ସକାଳର ଶୌଚାଦି କର୍ମଠାରୁ ଆରମ୍ଭ କରି ପୋଷାକ ବଦଳାଇବା ପର୍ଯ୍ୟନ୍ତ ଅତ୍ୟନ୍ତ ବ୍ୟକ୍ତିଗତ କାର୍ଯ୍ୟ ସବୁକୁ ସେ ହିଁ ନିର୍ବାହ କରିଥାଏ । ଅତଏବ, ସେହି ସୂତ୍ରୁ ଘନିଷ୍ଠତାର ଗୋଟିଏ ଡୋର ଅଜାଣତରେ ଗୁଡ଼େଇ ହୋଇଯାଇଥିଲା ଦୁହିଁଙ୍କ ମଧ୍ୟରେ ।

ଦିଦିଙ୍କ ଆଖିରେ ଟଳମଳ ହେଉଥିବା ଲୁହକୁ ଦେଖି ଅନୁଭବ କରିନେଲା ତାଙ୍କ ମନଃସ୍ଥିତିକୁ । ଛୋଟ ଟାଓ୍ୱେଲଟି ଆଣି ଆଖି ପୋଛି ଦେଉ ଦେଉ ଆଉ ଥରେ କଇଁ କଇଁ ହୋଇ କାନ୍ଦି ଉଠିଲା ସୀମାଦ୍ରୀ । ସେଇ କାନ୍ଦ ସହ ଗୋଟାଏ ଲମ୍ବା ଅସମାହିତ କୋହ ମିଶି ଆହୁରି ଗହୀର କରିଦେଉଥାଏ ରାତିର ନିସ୍ତବ୍ଧ ପ୍ରହରକୁ । ଥିଲା ଥିଲା କ୍ୟାବିନ୍‌ରୁ ଯେପରି ଭାଓ୍ୱଲିନ୍‌ର ଗୋଟେ କରୁଣ ରାଗ କେଉଁ ଏକ ବିକ୍ଷୁବ୍ଧ ରାଗିଣୀ ପରି ପହଁରି ଉଠିଲା । ସେହି କାନ୍ଦ କାନ୍ଦ ସ୍ୱରରେ ସୀମାଦ୍ରୀ ମୁହାଁରୁ

ବାହାରି ଆସିଲା, "ମୁଁ କ'ଣ ଆଉ ଭଲ ହୋଇ ପାରିବିନି ବିଦୁ! ଏମିତି ଗୋଟିଏ ପରେ ଗୋଟିଏ ଉଜାଗର ରାତି ଆସି ମୋତେ ତା'ର ମୁନିଆ ନଖ ଆଉ ଦାନ୍ତରେ କ'ଣ ଖାଲି କ୍ଷତାକ୍ତ କରି ଚାଲିଥିବ! ରୁମ୍ ସାରା ଘୁରି ବୁଲୁଥିବା ମୋର ବିପର୍ଯ୍ୟସ୍ତ ଭାଗ୍ୟର ଚେହେରା କ'ଣ ମୋତେ ଏହିପରି ଡରେଇ ଚାଲିଥିବ! ବେଡ୍‌ରେ କ'ଣ ଖାଲି ଶୋଇ ରହି ଅପେକ୍ଷା କରି ଚାଲିଥିବି ମୋର ଶେଷ ରାତିକୁ।"

ଦିଦିଙ୍କ ମୁହଁକୁ ଅଳ୍ପ ଭିଜା ତଉଲିଆରେ ପୋଛି ପାଟିକୁ ଢୋକେ ପାଣି ପିଇବାକୁ ଦେଲା ବିଦୁଲତା। କହିଲା, "ସବୁ ରାତିର ଗୋଟେ ଶେଷ ପ୍ରହର ଥାଏ ଦିଦି। ଆପଣ ଭରସା ରଖ୍‌ଥାନ୍ତୁ, କିଏ ଜାଣେ ଏଇ ଅମାବାସ୍ୟା ପରି ଲମ୍ବାରାତିର ଅନ୍ତ ପରେ ଆପଣଙ୍କ ଜୀବନକୁ ଯେ ସକାଳ ନ ଆସିବ!"

ତା' ପରେ ସେ ପର୍ଯ୍ୟନ୍ତ ଚିତ୍ ହୋଇ ଶୁଆଇ ଦେଇଥିବା ଦିଦିଙ୍କ ଗୋଟିଏ ପଟ ହାତକୁ ସିଧା କରି ଆସ୍ତେ ଟାଣି ଗୋଡ଼କୁ ଆଣ୍ଠୁ ପାଖରୁ ଭାଙ୍ଗି କଡ଼ାଇ ଶୁଆଇଦେଲା ବେଡ୍‌ରେ। ଟିକେ ଟିକେ ଆରାମ ଲାଗୁଥାଏ ସୀମାଦ୍ରୀକୁ। ଧୀରେ ଧୀରେ ତା' ଦୁଇ ଆଖି ମୁଦିହୋଇ ଆସୁଥାଏ।

(୭)

ସ୍ୱାମୀ ବିବେକାନନ୍ଦ ଜାତୀୟ ପୁନର୍ବାସ ଓ ପ୍ରଶିକ୍ଷଣ ପ୍ରତିଷ୍ଠାନକୁ ଓହ୍ଲାଇ ସାରିଥାଏ ଗୋଟିଏ ମୁଖର ସକାଳ ।

ସେପ୍ଟେମ୍ବର ମାସର ପ୍ରଭାତୀ ଖରାରେ ଭୋଦୁଅର ତାତି ତା'ର ଟାଣପଣ ଭରିବା ଆଗରୁ ଚଳଚଞ୍ଚଳ ହୋଇ ଉଠିଥାଏ ଏହାର ସାମଗ୍ରିକ ପରିବେଶ । ବାହାର ଓପିଡ଼ି କାଉଣ୍ଟରରେ ନୂଆ ପେସେଣ୍ଟମାନଙ୍କ ଧାଡ଼ି ଧୀରେ ସୁସ୍ଥେ ଜଣକ ପରେ ଜଣେ ଯୋଡ଼ି ହୋଇ ଆସୁଥାଏ । ହାଡ଼ଭଙ୍ଗା ଠାରୁ ଆରମ୍ଭ କରି ସ୍ନାୟବିକ, ମେରୁଦଣ୍ଡ ଆଘାତ, ମସ୍ତିଷ୍କାଘାତ ଓ ପକ୍ଷାଘାତ ପରି ବିଭିନ୍ନ ପ୍ରକାର ରୋଗୀମାନଙ୍କର ଆତଯାତରେ ସକାଳର ଦେହରେ ଉଷ୍ଣତା ଭରି ଆସୁଥାଏ । ଜଣା ପଡୁଥାଏ ଯେପରି ଅଲଗା ଅଲଗା ଏକକ ଜୀବନ ଗୋଟିଏ ଛକରେ ନିଜ ନିଜ ପାଇଁ ଚାଖଣ୍ଡେ ଭବିଷ୍ୟତର ଆସ୍ଥା ଖୋଜି ଆସି ଏକାଠି ହୋଇଛନ୍ତି । ଏଇ ଏକାଠିପଣ ବାହାରକୁ ଖୁବ୍ ବିଚିତ୍ର । ଖୁବ୍ ବିବିଧ । ହେଲେ ସକଳ ବିଚିତ୍ରତା ଓ ବିବିଧତା ମଧ୍ୟରେ ଯେମିତି ଗୋଟେ ଏକତ୍ର ସୂତ୍ର ଭରି ରହିଛି । ତାହା ହିଁ ହେଉଛି ଏଇ ସମସ୍ତଙ୍କ ପାଖରୁ ଜୀବନର କେଉଁ ନା କେଉଁ ଦୋ' ଛକିରେ ମୁହଁ ମୋଡ଼ି ନେଇଛି ସେମାନଙ୍କ ରୁଷ୍ଟ ଭାଗ୍ୟ ଅଥବା ନିଷ୍ଠୁର ସମୟ ।

ଉପର ଦୁଇଶହ ଚାରି ନମ୍ବର କ୍ୟାବିନ୍‌ରେ ସୀମାଦ୍ରୀକୁ ହୁଇଲ୍ ଚେୟାରରେ ବସାଇ ଫିଜିଓଥେରାପି ନେବାପାଇଁ ପ୍ରସ୍ତୁତ କରୁଥାଏ ବିଦୁଲତା । ଏକ ଉତ୍ସାହହୀନ ଅପଲକ ନୟନରେ ଚାହିଁ ରହିଥାଏ ସହାୟିକାର ଏକ ପରେ ଆରେକ କାର୍ଯ୍ୟଧାରାକୁ । ବେଡ଼ରୁ ହୁଇଲଚେୟାରକୁ ନେବା ପୂର୍ବରୁ ଆବଶ୍ୟକ ରୁଟିନ୍ କାର୍ଯ୍ୟକୁ ସାରି

୧୦

ଦେଇଥିଲା ସଯତ୍ନରେ। ନଖ ଉଷ୍ମ ପାଣିରେ ତଉଲିଆ ବୁଡ଼ାଇ ଚିପୁଡ଼ି ପୂରା ଦେହଟାକୁ ପୋଛି ପକାଇଥିଲା। ରାତିରୁ ଜଡ଼ିଥିବା ନାଇଟିଟାକୁ କାଢ଼ି ଢିଲା ହାଫ୍‌ ବାନିୟନ୍‌ ଓ ଖଣ୍ଡେ ବରମୁଣ୍ଡା ପିନ୍ଧାଇ ସଜ କରିଦେଇଥିଲା। ମୁଣ୍ଡ ଚୁଟିକୁ କୁଣ୍ଡାଇ ରବର ବ୍ୟାଣ୍ଡରେ ଭିଡ଼ି ଦେଇଥାଏ ପଛକୁ। ଯେପରି କି ଥେରାପି ନେବା ସମୟରେ ଅଡୁଆ ନ ହେଉ।

ବିଦୁର ଏହି କାର୍ଯ୍ୟକଳାପକୁ ଦେଖ ସୀମାଦ୍ରୀ ଭାବୁଥାଏ; ଛୋଟ ପିଲାଙ୍କୁ ସ୍କୁଲ ଯିବା ପାଇଁ ପୋଷାକ, ଜୋତା ପିନ୍ଧାଇ ମା' ପ୍ରସ୍ତୁତ କରିବା ପରି ଆଜିଠୁଁ ଯେପରି ସିଏ ନୂଆ ଏକ ଭୂମିକାରେ ଅବତୀର୍ଣ୍ଣ ହୋଇଛି।

ହଁ, ନୁହେଁ ତ ଆଉ କ'ଣ! ଏଇ କିଛିଦିନ ହେବ ବିଦୁ ଯେମିତି ପାଲଟି ଯାଇଛି ତା'ର ଦ୍ୱିତୀୟ ମା'। ଆପୋଲୋ ହସ୍ପିଟାଲରେ ସ୍ପାଇନ୍‌ ଅପରେସନ୍‌ ପରଠୁଁ ସେ ହିଁ ଦିନରାତି ଛାଇ ଭଳି ଯତ୍ନ ନେଇ ଆସୁଛି ତା'ର। ଘରେ ସିଆଡ଼େ ବାପା ରହିଲେ ଜଣେ ହୃଦ୍‌ରୋଗୀ। ହାର୍ଟ ଅପରେସନ୍‌ ସହିତ ପୁଣି ଉଚ୍ଚ ମଧୁମେହ ରୋଗୀ। ମାମା ବି ତାଙ୍କୁ ଏପରି ଅବସ୍ଥାରେ କିପରି ଛାଡ଼ି ତା' ପାଖରେ ରହିଥାଆନ୍ତା। ଯୋଗକୁ ଗୋଟିଏ ସ୍ୱେଚ୍ଛାସେବୀ ସଂସ୍ଥା ଜରିଆରେ ତାଲିମପ୍ରାପ୍ତ ଏଇ ଆଦିବାସୀ ଯୁବତୀଟି ମିଳିଗଲା; ନ ହେଲେ ଆହୁରି କେତେ କ'ଣ ଯେ ଶୋଚନୀୟ ହୋଇ ଯାଇଥାନ୍ତା ତା'ର ଜୀବନଟା! ଏକ ଅପ୍ରକାଶ୍ୟ କୃତଜ୍ଞତା ଭାବ ସଞ୍ଚରି ହୋଇ ଆସୁଥିଲା ତା'ର ସହାୟିକା ପ୍ରତି।

ଏ ଜୀବନ ବି ପ୍ରକୃତରେ କାହା ଅକ୍ତିଆରରେ ଥାଏ? ସତରେ କ'ଣ ମଣିଷର ନିୟନ୍ତ୍ରଣରେ ଥାଏ! ଯେତେ ସତର୍କ ଓ ସାବଧାନ ରହିଲେ ସୁଦ୍ଧା ଦୁର୍ଯୋଗରୂପୀ ତକ୍ଷକ କେଉଁ ନା କେଉଁ ବାଟେ ଆସି ଦଂଶନ କରିଦେଇ ଯାଏ। ନୁହେଁ ଆଉ କ'ଣ! କ'ଣ ବା ଦୋଷ ରହିଥିଲା ତା'ର ଏହିପରି ଏକ ପରିଣାମ ଭୋଗିବା ପାଇଁ! ଯେଉଁ ପରିଣାମ ସବୁଦିନ ପାଇଁ ଗୋଟେ ମଣିଷକୁ ଧ୍ୱସ୍ତବିଧ୍ୱସ୍ତ କରି ଏକ ମୃତପ୍ରାୟ ଅବସ୍ଥାରେ ପହଞ୍ଚାଇଦିଏ।

କେବେ କଳ୍ପନା ସୁଦ୍ଧା କରି ନ ଥିଲା ଥର୍ମୋମିଟରର ଶୀର୍ଷକୁ ଛୁଇଁଥିବା ପାରଦ ଯେପରି ନିମିଷକରେ ନିମ୍ନଗାମୀର ଦଶା ଭୋଗେ, ସେମିତି ତା'ପାଇଁ ଧୂଳିସାତ ହୋଇଛି ସୁଉଚ୍ଚ ଜୀବନ ସ୍ୱପ୍ନ। ଯାହାକୁ ଗୋଟିଏ କାଳରାତି ଆଖ ପିଛୁଳାକରେ ଓଲଟ୍‌ପାଲଟ କରି ସାରିଛି। ହୁଏତ ସେ ରାତି କାଳ ସାବ୍ୟସ୍ତ ନ

ହୋଇଥିଲେ ମୁଲାୟମ୍ ଚାଦର ପରି ବାଟ ମେଲି ଚାହିଁ ରହିଥାନ୍ତା ଆଜି ମଧ ତାକୁ ସମୟ ।

ପୂର୍ବରୁ ଭାଗ୍ୟଦୁର୍ଭାଗ୍ୟ ପରି ନିର୍ବଳ ଆଉ କାପୁରୁଷ ଶବ୍ଦରେ ତା'ର ବିଲକୁଲ୍ ବିଶ୍ୱାସ ନ ଥିଲା । ଏତିକି ବୁଝିଥିଲା ଆଗକୁ ବଢ଼ିବା ପାଇଁ ଦରକାର ଆକାଂକ୍ଷା । ଆଉ ସେଇ ଆକାଂକ୍ଷା ରୂପକ ରଥକୁ ଅଗ୍ରସର କରାଇବା ପାଇଁ ଯେଉଁ ଦୁଇଟି ଘୋଡ଼ାରୂପୀ ସାମର୍ଥ୍ୟର ଆବଶ୍ୟକତା ରହିଥିଲା, ତାହା ହେଉଛି ମେଧା ଓ ଆରଟି ଉଦ୍ୟୋଗ । ଏଇ ଦୁଇଟି ବଳରେ ତ ସେ ସଫଳତାର ଶିଖରକୁ ଛୁଇଁଥିଲା ।

ଗ୍ରାଜୁଏସନ୍ ପରେ କୃତିତ୍ୱର ସହିତ ଜାଭିୟର ଇନ୍‍ଷ୍ଟିଚ୍ୟୁଟ୍ ଅଫ୍ ମ୍ୟାନେଜମେଣ୍ଟରୁ ଏମ୍‍ବିଏ ଡିଗ୍ରୀ ହାସଲ କରିଥିଲା । ଗଲା ଦୁଇ ବର୍ଷ ହେଲାଣି ଅନୁଗୁଳସ୍ଥିତ ନାଲ୍‍କୋରେ ମାନବ ସମ୍ବଳ ବିଭାଗର ସିନିୟର ମ୍ୟାନେଜର (ଏଚ୍‍ଆର) ରୂପେ ଅବସ୍ଥାପିତ ରହିଥିଲା ।

ସବୁ ଶୁକ୍ରବାର ରାତିକୁ ସପ୍ତାହାନ୍ତ ଦୁଇଦିନର ଛୁଟି ଅବସରରେ ଫେରି ଆସୁଥିଲା ଭୁବନେଶ୍ୱରସ୍ଥିତ ଘରକୁ । ଗୋଟିଏ ବୋଲି ଅତି ଆଦରର ଝିଅ ଥିଲା ବାପା ମା'ଙ୍କର । କିଛି ଦିନ ସିଏ ଯଦି ବାପା ମା'ଙ୍କ ସାନ୍ନିଧ୍ୟରୁ ବଞ୍ଚିତ ରହି ଯାଉଥିଲା, ଯେପରି ଅସହ୍ୟ ହୋଇ ଉଠୁଥିଲା ସେହି ସମୟ । ସେପଟୁ ବାପା ମାମାଙ୍କର ମଧ ଅବସ୍ଥା ସେୟା । ସେଥିପାଇଁ ବାହାରର ବଡ଼ ବଡ଼ କର୍ପୋରେଟ ହାଉସର ଭଲ ପ୍ୟାକେଜ୍‍କୁ ଛାଡ଼ି ଓଡ଼ିଶାରେ ରହିବାକୁ ପସନ୍ଦ କରିଥିଲା ।

ପ୍ରତି ଶୁକ୍ରବାର ସନ୍ଧ୍ୟାରେ ଅନୁଗୁଳ ନାଲ୍‍କୋରୁ ଭୁବନେଶ୍ୱର ଅଭିମୁଖେ ବାହାରି ଆସୁଥିଲା । ସେଇ ଗୋଟିଏ ଡ୍ରାଇଭର ତ ନିଏ ପୁଣି ସୋମବାରକୁ ଆଣି ପହଞ୍ଚାଏ ।

ଏତେ ଦିନର ଘରକୁ ଯିବାରେ ପୂର୍ବରୁ କୋଉ ରାତି ତା' ପାଇଁ ତ କାଳ ସାବ୍ୟସ୍ତ ହୋଇ ନ ଥିଲା । ତା'ହେଲେ ସେହି ରାତିଟା କାଳରୂପୀ ବିପର୍ଯ୍ୟୟ ହୋଇ କାହିଁକି ଅବତରି ଆସିଲା ତା' ସ୍ୱଚ୍ଛନ୍ଦ ସଲଖ ଗତିପଥରେ ?

ଗୋଟିଏ ଅସମାହିତ ପ୍ରଶ୍ନ ଯେପରି ଅନେକ ଅନୁମାନ ପାଖରେ ବାଟଭାଙ୍ଗି ଠିଆ ହୋଇ ପଛକୁ ଚାହେଁ, ସେମିତି ତର୍ଜମା କରି ବସୁଥାଏ ନିଜ ଅତୀତକୁ ସାମାଦ୍ରୀ ।

(ଣ)

ଶୁକ୍ରବାର ସନ୍ଧ୍ୟାରେ ଅଫିସରୁ ଆସି ଟିକେ ନିଜକୁ ରିଫ୍ରେସ୍ କରାଇ ନେଇଥିଲା ବାଥ୍‌ରୁମ୍‌ରେ। ଡ୍ରେସ୍ ବଦଳାଇ ନିଜକୁ ପ୍ରସ୍ତୁତ କରିନେଲା ଭୁବନେଶ୍ୱର ଅଭିମୁଖେ ଘରବାହୁଡ଼ା ଯାତ୍ରା ପାଇଁ। ବାହାରେ ଡ୍ରାଇଭର୍ ଅପେକ୍ଷା କରିଥାଏ।

ଠିକ୍ ସେତିକିବେଳେ ମାମାର ଫୋନ୍ କଲ୍ ଆସିଥିଲା, "ଆରେ ସୀମା! ତୁ କ'ଣ ଅଫିସରୁ ବାହାରି ସାରିଲୁଣି ନା ଆହୁରି ଡେରିହେବ ? ତୋ ପାଇଁ ରାତି ଖାଇବା କରିବି ତ ?"

ନିଜ ହାତ ଘଣ୍ଟାକୁ ଚାହିଁ ଦେଖିଥିଲା ସମୟ ଛଅଟା ପନ୍ଦର ହେଇଛି। ମନେ ମନେ କଲ୍‌ନେଲା, ଯଦି ଟ୍ରାଫିକ୍ ସେତେ ଜାମ୍ ନ ଥାଏ ତେବେ ଆରାମରେ ଦଶରୁ ସାଢ଼େ ଦଶଟା ଭିତରେ ପହଞ୍ଚିଯିବ।

କେବେ କେବେ ଏଠୁ ବାହାରିବାରେ ଡେରି ହେଲେ ସେ ଜମାଟୋରୁ ଦିନରଟା ମଗେଇ ଖାଇ ବାହାରି ଯାଇଥାଏ। ମାତ୍ର ଆଜି ହାତରେ ଯଥେଷ୍ଟ ସମୟ ଅଛି, ତେଣୁ ଖାଇବାକୁ ନେଇ ବ୍ୟସ୍ତ ହେବାର ସେପରି କିଛି ନାହିଁ। ସେପଟେ ମାମା ତା'ର ଖାଇବାକୁ ନେଇ ଚିନ୍ତା ପ୍ରକଟ କରି ଫୋନ୍ କରି ବସିଛି। ଆପାତତଃ ତାକୁ ଜଣାଇ ଦେବାକୁ ପଡ଼ିବ ଯେ ସେ ଶୀଘ୍ର ବାହାରି ଯାଉଛି ବୋଲି। ସେୟା ମଧ ସେ ଜଣାଇ ଦେଇଥିଲା। ଏହାପରେ ତରତର ହୋଇ ହାତରେ ଗୋଟେ ପପକନ୍ ପ୍ୟାକେଟ୍‌କୁ ଧରି ଗାଡ଼ିରେ ବସି ପଡ଼ିଥିଲା।

ଡ୍ରାଇଭର ସୁଧୀର ପୂର୍ବରୁ ଏସି ଅନ୍ କରି ରଖଥାଏ। ଲୋ ଭଲ୍ୟୁମ୍‌ରେ ମ୍ୟାଡ୍ରାମ୍‌ଙ୍କ ପସନ୍ଦର ହିନ୍ଦୀ ଗଜଲ୍ ଲଗେଇ ସାରିଥାଏ।

ଅନୁଗୁଲରେ ପୋଷ୍ଟିଙ୍ଗ୍ ହେବାର କିଛିଦିନ ପୂର୍ବରୁ ବାପା ଉପହାର ସ୍ୱରୂପ

ତାକୁ କିଣି ଦେଇଥିଲେ ଗୋଟିଏ ନୂଆ ମାରୁତି ଏସ୍‌କ୍ରସ୍ ଗାଡ଼ି। କ୍ଷୀର ପରି ବିଶୁଦ୍ଧ ସଫା ଧଳାରଙ୍ଗର। ତାଙ୍କର ବିଶ୍ୱାସ ରହିଥିଲା, ଝିଅର ରାଶିକୁ ଧଳା ରଙ୍ଗଟା ଶୁଭ ବୋଲି। ପୁଣି କହିଥିଲେ, "ନୂଆ ଜୀବନର ଶୁଭାରମ୍ଭ କରୁଛୁ ଯେତେବେଲେ, ଏ ଶୁଭ ରଙ୍ଗର ଗାଡ଼ି ମୋ ତରଫରୁ ତୋତେ ଉପହାର ବୋଲି ଜାଣେ। ସବୁ ସପ୍ତାହକୁ ତ ତୋତେ ଅପ୍‌ଡ଼ାଉନ୍ କରିବାକୁ ହେବ। ଲମ୍ବା ରାସ୍ତା, ସେଥିପାଇଁ ଗୋଟେ ଭଲ ଆରାମଦାୟକ ନିର୍ଭରଯୋଗ୍ୟ ଗାଡ଼ି ତ ନିଶ୍ଚୟ ଦରକାର। କ'ଣ କହୁଛୁ?" ସରପ୍ରାଇଜ୍ ଦେବାପରି କହି ହସ ହସ ମୁହଁରେ ତା' ହାତକୁ ଚାବିଟିଏ ବଢ଼ାଇ ଦେଇଥିଲେ ବାପା।

ତାକୁ ଲାଗୁଥାଏ, ଯେପରି ତା' ଖୁସିଟା କୋଲାଡ୍ରିଙ୍କର ଉଚ୍ଛୁଲା ଫେଣ ପରି ଦ୍ୱିଗୁଣୀତ ହୋଇ ଯାଇଛି। ଏକେ ତ ନୂଆ ଚାକିରିରେ ଯୋଗଦେବାର ଖୁସି। ତାହା ସହିତ ପୁଣି ଯୋଡ଼ି ହେଇଗଲା ନୂଆ ଗାଡ଼ି। ବାପାଙ୍କୁ ଥ୍ୟାଙ୍କ୍ ଜଣାଇବା ସହିତ ମନେ ମନେ କୃତଜ୍ଞତା ଜ୍ଞାପନ କଲା ଭଗବାନଙ୍କ ଉଦ୍ଦେଶ୍ୟରେ।

ପୂର୍ବରୁ ଘରର ଗାଡ଼ି ଯିଏ ଚଲାଉଥିଲା, ସେହି ସୁଧୀରକୁ ହିଁ ନୂଆ ଗାଡ଼ିର ଷ୍ଟିୟରିଂ ଧରିବା ଭାର ଦିଆଯାଇଥିଲା। ସପ୍ତାହକୁ ବସ୍‌ରେ ଥରେ ଭୁବନେଶ୍ୱରରୁ ଅନୁଗୁଲ ଯାଇ ପହଞ୍ଚି ଏଇ ଗାଡ଼ିକୁ ଚଲାଇ ନେଇ ଆସେ। ପୁଣି ସୋମବାର ସକାଳକୁ ନେଇ ଛାଡ଼ି ଲେଉଟି ଆସିଥାଏ ବସ୍‌ରେ। ବାକି ଦିନଗୁଡ଼ିକରେ ଭୁବନେଶ୍ୱରରେ ଘରୁ ବାହାରକୁ ଯିବା ଦରକାର ପଡ଼ିଲେ ତାକୁ ଡକରା ହୋଇଥାଏ। ସେଇଠି ରହିଥାଏ ପୁରୁଣା ଗାଡ଼ିଟା। କିନ୍ତୁ ଅନୁଗୁଲ ନାଲ୍‌କୋ କ୍ୟାମ୍ପସ୍ କ୍ୱାର୍ଟର ଆଗରେ ସପ୍ତାହର ବାକି ପାଞ୍ଚଦିନ ଯାକ ଠିଆହୋଇ ରହେ।

ସେଦିନ ଗାଡ଼ିରେ ବସିସାରିଲା ପରେ ଢେର୍‌ଗୁଡ଼ାଏ ବାଟ ଅତିକ୍ରମ କରି ସାରିଥାଏ। କେତେବାଟ ଗଲା କି କୋଉ ଛକରେ ପହଞ୍ଚିଲା, ସିଆଡ଼କୁ ଧ୍ୟାନ ଜମା ତା'ର ନ ଥାଏ। ସବୁଥର ଏଇ ଭୁବନେଶ୍ୱରକୁ ଫେରିଯିବା ସମୟଟା ତାକୁ ଗୋଟେ ଲମ୍ବା ଫୁରୁସତ୍ ଦେଇଥାଏ ଗପସପ କରିବା ପାଇଁ। ଆଉ ପ୍ରାୟ ଥର ସେଇ ଜଣକ ସହିତ ହିଁ ସେ କଥା ହୁଏ। ତା'ର ଜୁନିୟର ସ୍କୁଲ ମ୍ୟାନେଜମେଣ୍ଟର ସହପାଠୀ ରୋହିତ ସହିତ। ଦୁହିଁଙ୍କ ଭିତରେ ପାଠ ପଢ଼ିବା ଦିନଠାରୁ କେମିତି ଗୋଟେ ଅଜଣା କେମେଷ୍ଟ୍ରି ଗଢ଼ି ଉଠିଥିଲା। କହିବାକୁ ଗଲେ ଦୁହେଁ ଥିଲେ ପରସ୍ପରର ପ୍ରେମରେ।

ରୋହିତ ଏବେ ଗୁଡ଼ଗାଁଓର ଏକ ମଲ୍ଟି ନ୍ୟାସନାଲ୍ କର୍ପୋରେଟ୍ ସଂସ୍ଥାରେ ଅବସ୍ଥାପିତ। ଖୁବ ଭଲ ବାର୍ଷିକ ପ୍ୟାକେଜ୍‌ରେ କାମ କରୁଛି। କେତେଥର ତାକୁ ସେଇ ପାଖାପାଖି ଥିବା କର୍ପୋରେଟ୍ ହାଉସ୍‌ରେ ଯୋଗଦେବାକୁ ଡାକି ସାରିଛି। ସେପର୍ଯ୍ୟନ୍ତ ସେ ଓଡ଼ିଶା ଛାଡ଼ି ବାହାରକୁ ଯିବା ବିଷୟରେ କିଛି ନିଷ୍ପତ୍ତି ନେଇପାରି ନ ଥିଲା। କଥାଟା ଝୁଲି ରହିଥିଲା ବାହାଘର ପର୍ଯ୍ୟନ୍ତ। ସିଏ ବି ଘରେ ଜଣାଇ ସାରିଥିଲା ରୋହିତ ବିଷୟରେ। ବାପା ମାମାଙ୍କର ଏ ବିଷୟରେ ଯଦିଓ କିଛି ସିଧାସଳଖ ବାରଣ ନ ଥିଲା, ତଥାପି ମାନସିକ ସ୍ତରରେ ସେମାନଙ୍କର ସମ୍ପୂର୍ଣ୍ଣ ସହମତି ଆସି ନ ଥାଏ। କାରଣ, ଅନ୍ୟ ଭାଷା ଓ ଅନ୍ୟ ପ୍ରଦେଶର ଥିଲା ପୁଅ। ସେଇ ପ୍ରସଙ୍ଗଟା ଯେତେ ବଡ଼ ନ ଥିଲା, ତା' ଠାରୁ ଖୁବ୍ ଦୂର ସ୍ଥାନକୁ ନେଇ ସେମାନଙ୍କଠାରେ ରହିଥିଲା ଏକ ଅବ୍ୟକ୍ତ ଆଶଙ୍କାପଣ। ସେଥିପାଇଁ ଘର ଲୋକଙ୍କ ପୂର୍ଣ୍ଣ ସହମତି ଆଣିବାରେ ପ୍ରୟାସରତ ଥିଲା ସୀମାଦ୍ରୀ।

ବାପା ଯଦିଓ ନିକଟରେ ରିଟାୟାର୍ଡ଼ ନେଇଛନ୍ତି, କିନ୍ତୁ ସିଏ ମଧ୍ୟ ରହିଥିଲେ ଜଣେ ଉଚ୍ଚଶ୍ରେଣୀର କର୍ମଚାରୀ। ବର୍ତ୍ତମାନର ପରିପ୍ରେକ୍ଷୀରେ ବୃତ୍ତିଗତ ଦୂରତା କର୍ପୋରେଟ୍ ଚାକିରିର ଏକ ଅପରିହାର୍ଯ୍ୟ ଅଂଶ ପାଲଟି ସାରିଛି ବୋଲି ସେ ବୁଝି ସାରିଥିଲେ। ତେଣୁ ଏ ସମ୍ପର୍କକୁ ସବୁଦିନିଆ ସ୍ୱୀକୃତି ଦେବାରେ ତାଙ୍କର କୌଣସି ଦ୍ୱିଧା ନ ଥିଲା।

ହେଲେ, କଥାଟା ଅଟକି ରହିଥିଲା ମାମା ପାଖରେ। ପରିବାର ଓ ଦୁନିଆ କହିଲେ ତା' ଭୂଗୋଳର ସୀମାରେଖା ଥିଲା ଖୁବ୍ ସଂକୀର୍ଣ୍ଣ। ସେଇ ସୀମାରେଖା ଆରପଟେ ଦୁନିଆ କେତେ ଯେ ବଦଳି ଚାଲିଛି, ଯେପରି ଥିଲା ତା'ର ଧାରଣା ବାହାରେ। ସେ ଦେଖୁଥିବା ସମାଜ ପାରମ୍ପରିକ ଶୃଙ୍ଖଳରୁ ଉନ୍ମୁକ୍ତ ହୋଇ ବିଶ୍ୱଗ୍ରାମର ଆକାର ଯେ ଧରି ସାରିଲାଣି, ସେଟିକି ବୁଝିବାକୁ ଥିଲା ନାରାଜ।

ତଥାପି ଏହା ଭିତରେ ମାମା ଦୃଷ୍ଟି ଦିଗନ୍ତର ସୀମାରେଖା ଯେ ଟିକେ ନ ବଢ଼ିଛି ବୋଲି ଭାବି ବସିବା ମଧ୍ୟ ଭୁଲ୍ ହେବ। ନ ହେଲେ ସେ ପୁଣି ନିକଟରେ ତାକୁ କହିସାରି ନ ଥାନ୍ତା, "କେତେବେଳେ ରୋହିତକୁ ଛୁଟିଦିନ ଦେଖି ଓଡ଼ିଶା ଆସିବାକୁ କହ। ଆମେ ତା' ସହିତ ଟିକେ ଆଗେ ତା' ପରିବାର ବିଷୟରେ କଥା ହେଉ। ଅଲଗା ରାଜ୍ୟ, ଅଲଗା ଚାଲିଚଳନ ଓ ସଂସ୍କୃତିରେ ବଡ଼ି ଆସିଛି ଯେତେବେଳେ, କଥା ବଢ଼ିବା ଆଗରୁ ଆମେ ତାକୁ ପରଖି ନେବାଟା ଠିକ୍ ହେବ।"

ତା' ପରଠୁ ଯେମିତି ଉଡ଼ା ଚଢେଇର ପଞ୍ଝ ଆସି ଲାଗି ଯାଇଥିଲା ଦୁହିଁଙ୍କ ସମ୍ପର୍କର ଅଦୃଶ୍ୟ କାୟାରେ। ସେହି ଅନୁସାରେ ଆସନ୍ତା ମାସ ଦ୍ୱିତୀୟ ସପ୍ତାହାନ୍ତ ଛୁଟିରେ ରୋହିତ ସ୍ଥିର କରିଥିଲା ଓଡ଼ିଶା ଆସିବାକୁ।

ଦିନ ଯେତେ କମି କମି ଆସୁଥାଏ, ସେମାନଙ୍କ ସମ୍ପର୍କରେ ଯେ ଗୋଟେ ସାମାଜିକ ମୋହର ବସିବାକୁ ଯାଉଛି, ଭାବି ଉଲ୍ଲସିତ ହୋଇ ଉଠୁଥିଲେ ଦୁହେଁ।

ସିଏ ଭାବୁଥିଲା, ପରିପୂର୍ଣ୍ଣ ସମ୍ପର୍କର ରଙ୍ଗଟା ଠିକ୍ ଇନ୍ଦ୍ରଧନୁ ପରିକା। ସାତୋଟି ରଙ୍ଗର ସମାହାର। ଏ ବିଷୟରେ ସିଏ କ'ଣ ବୁଝେ ବା ନ ବୁଝେ, କିନ୍ତୁ ଘର ଲୋକଙ୍କ ଆଖିରେ ଦୁଇ ଜଣଙ୍କ ମଝରେ ପ୍ରେମର ପରିପୂର୍ଣ୍ଣତା ଏଇ ସାତରଙ୍ଗୀ ଇନ୍ଦ୍ରଧନୁ ପରି। ଘରୁ, ବାହାରୁ, ଭିତରୁ ଯେଉଁଠି ରହି ଚାହଁ, ଆଖିକୁ ଦିଶୁଥିବ ସୁନ୍ଦର ଓ ପରିପୂର୍ଣ୍ଣ। ମନରେ ସେହି ସାତପ୍ରକାର ପରିପୂର୍ଣ୍ଣତାର ରଙ୍ଗ ମାଖିବାକୁ ଏକ ରକମ ବ୍ୟଗ୍ର ହୋଇ ପଡୁଥିଲା ସୀମାଦ୍ରୀ।

(୪)

ଅନୁଗୁଳରୁ ବାହାରି ବଅଁରପାଳ ଛକ ପାରି ହେଲା ପରେ ତା'ର ଆଉ ବିଲକୁଲ ଧ୍ୟାନ ନ ଥିଲା ବାହାର ପଟର ଦୁନିଆ ଆଡ଼େ। ସେଇ ତ ଛକ ପରେ ଆଉ ଗୋଟେ ଛକ। ଆକାରରେ ବଡ଼ ହେଉ କି ଛୋଟ। କିଛି ଦୋକାନ ବଜାର କୋଠାବାଡ଼ିର ଧାଡ଼ି। ଗାଡ଼ି ମଟରର ପେଁ ପାଁ। କୋଉଠି କୋଉଠି ରାସ୍ତା ଜାମ୍। ମଝିରେ ମଝିରେ ଗୋଟା ଲମ୍ବା ନିଃଶ୍ୱାସ ପ୍ରଶ୍ୱାସ ଭିତରକୁ ନେବାପରି ଖୋଲାମେଲା ସ୍ଥାନ। ରାତିର ଅନ୍ଧାରରେ ଯଦିଓ ସେଗୁଡ଼ିକ ଆଖିକୁ ଜଣା ପଡ଼େନା। କିନ୍ତୁ ଦିନରେ ଘରୁ ଆସିବାବେଳେ ଏଇ ସବୁ ଜାଗାକୁ ଦେଖି ଦେଖି ମନେ ରହିଯାଇଛି। ଛୋଟ ଛୋଟ ବର୍ଗାକାର ହୋଇ ଲମ୍ବିଯାଇଥିବା ବିଲ ପରେ ବିଲ। କୋଉଠି କୋଉଠି ଠା' ଠା' ଗଛବୃକ୍ଷ ଆଉ କେଉଁଠି ପାହାଡ଼ ଘେରା ଜଙ୍ଗଲ। ସେ ଆଡ଼କୁ ଚାହିଁଦେଲେ ମନ ଭିତରେ ଯେତେ ଚାପ ଥିବା ସତ୍ତ୍ୱେ, ଗୋଟେ ହାଲକା ହେବାର ଉଚ୍ଛ୍ୱାସ ଛାଁଏଁଛାଁଏଁ ଭିତରୁ ବାହାରି ଆସେ।

ମାତ୍ର ରାତିରେ ଫେରିବା ସମୟରେ ସେ ସବୁ ଦୃଶ୍ୟ ଦେଖିବାର ଅବକାଶ ନ ଥିବାରୁ ସିଏ ଆଉ ଅନ୍ୟମନସ୍କ ହେବାକୁ ପସନ୍ଦ କରି ନ ଥାଏ।

ସେଦିନ ସେହିପରି ଠିକ୍ ବଅଁରପାଳ ଛକ ପାରି ହେବା ପରେ ପରେ ସେପଟୁ ରୋହିତର କଲ୍ ଆସିଥିଲା। ସିଏ ବି ଏପଟେ ମନେ ମନେ ଚାହୁଁଥିଲା, କଲ୍‌ଟା କରିବା ପାଇଁ। ସଂଯୋଗକୁ ଟେଲିପାଥି କାମ କରିବା ପରି ତା' ମୋବାଇଲ୍‌ର ରିଙ୍ଗଟୋନ୍ ବାଜି ଉଠିଥିଲା।

ସେଇ ରିଙ୍ଗଟୋନ୍‌ଟା ବି ତା'ର ନିହାତି ଖାସ ରହିଥିଲା। ତା'ର ସବୁଠୁଁ

ପସନ୍ଦର ଜଗଜିତ୍ ସିଂହଙ୍କ ଗଜଲ୍ "ଅଗର ହମ୍ କହେ ଓହ ମୁସ୍କୁରାଦେ..." ଗୀତଟିକୁ ବାଜିକି ରଖିଥିଲା ।

ଫୋନ୍ ଉଠାଇବା ପରଠୁ ସେ ସମ୍ପୂର୍ଣ୍ଣ ନିମଜ୍ଜି ଯାଇଥିଲା ରୋହିତ ସହିତ ଅନ୍ତରଙ୍ଗ ଆଲାପରେ । ସେଇ ଆଲାପ ଘଣ୍ଟାର କେତେ ନା କେତେ ମିନିଟ୍, ପୁଣି ଘଣ୍ଟାର କଣ୍ଟାକୁ ଅତିକ୍ରମ କରି ସାରିଥିଲା, ତାକୁ ଜଣା ନ ଥିଲା । ଚାରିପଟର ଏମିତିକି ସେ ଯାତ୍ରା କରୁଥିବା ଗାଡ଼ିର ବାସ୍ତବତାକୁ ସୁଦ୍ଧା ଭୁଲି ସାରିଥାଏ ।

ନିଜ ଆରାମଦାୟକ ଏସ୍କ୍ରସ୍ ଗାଡ଼ିର ପଛ ସିଟ୍‌ରେ ବସି ଯାତ୍ରା କରୁ କରୁ ଧ୍ୟାନ ନ ଥାଏ କାର୍ଟିର ସାମ୍ନାକୁ ଚାହିଁ ଗାଡ଼ିର ସଠିକ୍ ବେଗ ଓ ନିୟନ୍ତ୍ରଣକୁ ପରଖିବା । କାରଣ ପୁରୁଖା ଡ୍ରାଇଭର ସୁଧୀର ଉପରେ ତା'ର ରହିଥିଲା ଅଖଣ୍ଡ ବିଶ୍ୱାସ । ତା' ଛଡ଼ା ଗଲା ଦୁଇ ବର୍ଷ ଧରି ସେଇ ଏକା ଡ୍ରାଇଭର ତ ନେବା ଆଣିବା କରୁଛି । ପୁଣି ଭୟ ଅବା କାହିଁକି ?

ଥିଲା ଥିଲା ତା'ର ଏଇ ସୁଖଦ ଯାତ୍ରାଟା ଗୋଟେ ଆକସ୍ମିକ ପ୍ରଚଣ୍ଡ ଶବ୍ଦରେ ଦୋହଲି ଉଠିଲା । ନିମିଷକରେ ଆଉ ବୁଝିବାକୁ ବାକି ନ ଥିଲା, ଗୋଟେ ଭୟଙ୍କର ଦୁର୍ଘଟଣା ମୁହଁକୁ ଚାଲିଯାଇଛି ଗାଡ଼ି ! ସେଇ ପ୍ରଚଣ୍ଡ ଶବ୍ଦ ଶୁଣିବା ପରେ ଆଉ ତା'ର କିଛି ମନେ ନ ଥିଲା । ଗମ୍ଭୀର ଭାବରେ ଆହତ ଅଚେତନଗ୍ରସ୍ତ ହୋଇ ଜୀବନମୃତ୍ୟୁର ସନ୍ଧିକ୍ଷଣକୁ ଚାଲିଯାଇଥିଲା ସେ ।

ହୋସ୍ ଆସିବା ପରେ ନିଜକୁ ଆବିଷ୍କାର କରିଥିଲା କୌଣସି ହସ୍ପିଟାଲର ସେମି ଆଇସିୟୁ ରୁମ୍‌ରେ । ନିଜର ସ୍ଥିତିକୁ ଭାବି ଅସମ୍ଭବ ଭାବେ ହତବାକ୍ ହୋଇ ପଡ଼ିଥିଲା । ସ୍ମୃତିରେ ଅକ୍ଷତ ଥିବା ଦୁର୍ଘଟଣାର ସେଇ ଦାନବ ପ୍ରାୟ ଥରହର ଶବ୍ଦ ମନେପଡ଼ି ପୁଣି ଏକ କମ୍ପନ ଖେଳାଇଦେଇଥିଲା ଭିତରେ । ହସ୍ପିଟାଲର ଏହି ଯନ୍ତ୍ରଚାଳିତ ରୁଦ୍ଧ କୋଠରୀର ପରିବେଶ ତାକୁ ଯେପରି ସୂଚାଇ ଦେଉଥାଏ କିଛି ଗୋଟେ ଦୁର୍ବିପାକର । ଯେମିତି ବହୁତ କିଛି ହରେଇ ସାରିଥିବା ଗୋଟା ସଙ୍କଟାପନ୍ନ ଅବସ୍ଥା । ବିକଳ ହୋଇ ମୁହଁ ଘୁରାଇ ଚାହିଁଲା ।

କିଛି ଦୂରରେ ଛିଡ଼ା ହୋଇଥିଲେ କାର୍ଯ୍ୟରତା ନର୍ସ ଜଣକ । ଚେଷ୍ଟା କଲା ପାଟି ଖୋଲି ଇସାରା ଦେବାକୁ । କଣ୍ଠସ୍ୱର ଏତେ କ୍ଷୀଣ ହୋଇ ଯାଇଥିଲା ଯେ, ପାଟିରୁ ବାହାରୁଥିବା ଶବ୍ଦ ଚାଖଣ୍ଡେ ମାତ୍ର ସୁଦ୍ଧା ଦୂରତାକୁ ଡେଇଁବରେ ଥିଲା ଅସମର୍ଥ । ତା' ପ୍ରୟାସ ସବୁ ବୃଥା ଯାଉଥିଲା । ବାଧ୍ୟ ହୋଇ ଚାହିଁଲା ସିରିଞ୍ଜରେ

ଫୁଟାଯାଇଥିବା ହାତଟିକୁ ଉଠାଇ ସଙ୍କେତ ଦେବ। କିନ୍ତୁ ହାୟ... ସକଳ ପ୍ରଚେଷ୍ଟା କରି ମଧ୍ୟ ଦୁଇ ହାତକୁ ଉପରକୁ ଉଠେଇବାରେ ଥିଲା ଅସମର୍ଥ। କେବଳ ଡାହାଣ ହାତଟିକୁ ଅତି କଷ୍ଟରେ ତଳୁ ଅଳ୍ପକେ ଉଠାଇ ପାରୁଥିଲା। ବେକ ତଳକୁ ତା'ର ଯେ ଗୋଟେ ଦେହ ରହିଛି ସେଇ ଅନୁଭବ ସୁଦ୍ଧା ଆସୁ ନ ଥାଏ। କିପରି ଗୋଟେ ଜଡ଼ ପରି ଲାଗୁଥାଏ ସମ୍ପୂର୍ଣ୍ଣ ଶରୀରଟା। ନିଜର ସଙ୍ଗୀନ ସ୍ଥିତିକୁ ଅନୁମାନ କରି ଅତି ଆତୁରରେ କଣ୍ଠର ସବୁତକ ବଳ ଲଗାଇ ଚିତ୍କାର କଲା, "ସିଷ୍ଟର ପ୍ଲିଜ୍..."

ଏଥର ତା'ର ଏହି ପ୍ରୟାସ ପୂର୍ବ ଦୁର୍ବଳତାର ବଳୟକୁ ଭେଦିବାରେ ସକ୍ଷମ ହେଲା। ତା' ପାଟିରୁ ବାହାରିଥିବା ଦୁଇଟି ଶବ୍ଦ ଢେର୍ ବାଟ ଯାଏଁ ଆସି ପହଞ୍ଚି ପାରିଥିଲା ଅଳ୍ପ ଦୂରରେ କାର୍ଯ୍ୟରତା ନର୍ସଙ୍କ କାନରେ।

ଶବ୍ଦ ବାରି ମୁହଁ ବୁଲାଇ ଚାହିଁଲେ ନର୍ସ ଜଣକ। ସ୍ୱତଃହସ ଖେଳେଇ ଚାଲି ଆସିଥିଲେ ପାଖକୁ। ତାଙ୍କ ହସ ହସ ମୁହଁ ବେଡ୍ରେ ଥିବା ପେସେଣ୍ଟର ସଜ୍ଞାନ ପ୍ରାପ୍ତିରେ ଖୁସି ବ୍ୟକ୍ତ କରୁଥିବା ପରି ଜଣାପଡୁଥାଏ।

ଅବୁଝ। ଆଖିରେ ବିଚଳିତ ସ୍ୱରରେ ସେ ଉକ୍ତ ନର୍ସଙ୍କଠାରୁ ତା'ର ସ୍ୱାସ୍ଥ୍ୟାବସ୍ଥାର ଗୁରୁତରତାକୁ ଜାଣିବାକୁ ଚାହିଁଲା।

– "ଆପଣଙ୍କର ତ ସେନ୍ସ ଆସିଗଲାଣି ମାନେ ରିକଭରୀ ହେଉଛି ବୋଲି ଭାବନ୍ତୁ! କ'ଣ ଘଟିଗଲା, ସେ ବିଷୟରେ ଜାଣିବାର ମନ କରନ୍ତୁ ନାହିଁ। ଆପଣ ଏଇ ରିକଭରୀକୁ ନେଇ ଆଶାବାଦୀ ରୁହନ୍ତୁ। ବାସ୍, ସେତିକି ଆବଶ୍ୟକ। ଆପଣଙ୍କର ସେନ୍ସ ଫେରି ଆସିବାଟା ଜଣାଇ ଦେଉଛି ଡକ୍ଟରଙ୍କୁ।" କହି ନର୍ସ ଜଣକ ଯିବାକୁ ବାହାରୁଥିଲେ।

ଆଉ ଥରେ ଅନୁନୟ କଣ୍ଠରେ, "ପ୍ଲିଜ୍... କୁହନ୍ତୁ ନା... ମୁଁ ଟିକେ ଜାଣିବାକୁ ଚାହୁଁଚି..." ସେହି ବିନତିର ସ୍ୱରରେ ସମ୍ପୃକ୍ତ ନର୍ସ ଜଣକ ପ୍ରଭାବିତ ହୋଇ ପଡ଼ିଥିଲେ। ଲେଉଟି ପାଖକୁ ଆସି କହିଥିଲେ, "ଆପଣ ନିଜ ମନୋବଳକୁ ବଢ଼ାନ୍ତୁ। ଜାଣିବାକୁ ଚାହୁଁଛନ୍ତି ଯେତେବେଳେ, ଆପଣଙ୍କ କେସ୍ ହିଷ୍ଟ୍ରି କହୁଛି। ପାଖାପାଖି ଛତିଶ ଘଣ୍ଟା ତଳେ ଆପଣଙ୍କ ଗାଡ଼ିର ଏନ୍ସଏଟ୍ରେ ସିଭିୟର ଆକ୍ସିଡେଣ୍ଟ ହୋଇଥିଲା। ଡ୍ରାଇଭରର ସ୍ପଟ୍ ଡେଥ୍। ଆଗପଛ ଦୁଇ ଚାପି ହୋଇଥିବା ସିଟ୍ ଭିତରୁ ଆପଣଙ୍କୁ ବହୁ କଷ୍ଟରେ ଉଦ୍ଧାର କରାଯାଇଥିଲା। ଆଗେ ଆପଣଙ୍କୁ ଆଡ଼ମିସନ୍ କରାଯାଇଥିଲା କଟକ ଏସ୍ସିବିର ଏମର୍ଜେନ୍ସିରେ। ସେଠାରୁ ଆପଣଙ୍କର ପ୍ୟାରେଣ୍ଟସ୍ ଡିସ୍ଚାର୍ଜ

କରାଇ ଭୁବନେଶ୍ୱର ଆପୋଲୋ ହସ୍ପିଟାଲକୁ ନେଇ ଆସିଥିଲେ। ଏମ୍ଆର୍ଆଇ ରିପୋର୍ଟ୍‌ରୁ ଆପଣଙ୍କର ବେକ ପଛର ତଳପଟ ଆଡ଼କୁ ସ୍ପାଇନାଲ୍ ଇଞ୍ଜୁରି ବୋଲି ଜଣା ପଡ଼ିଥିଲା। ଅବସ୍ଥା ତ ବହୁତ କ୍ରିଟିକାଲ୍ ଥିଲା। ସର୍ଭାଇକାଲ୍ ରିଜିଅନ୍ ଯେତେବେଳେ...”

– ‘କେଉଁ ଜୋନ୍‌...?’ ହଠାତ୍ ଉଦ୍‌ଗ୍ରୀବ ହୋଇ ବାହାରି ଆସିଥିଲା ସୀମାଦ୍ରୀ ପାଟିରୁ।

ବେକ ପଛ ମେରୁଦଣ୍ଡରେ ଆଘାତ ଘଟିଥିବା ଜାଣି ସେ ଅତ୍ୟଧିକ ଆଶଙ୍କିତ ହୋଇ ପଡ଼ିଥିଲା, କାରଣ ଗ୍ରାଜୁଏସନ୍ ପର୍ଯ୍ୟନ୍ତ ସେ ଥିଲା ବିଜ୍ଞାନର ଛାତ୍ରୀ। ମେରୁଦଣ୍ଡର ସ୍ପର୍ଶକାତର ପରିଣାମ ସମ୍ପର୍କରେ ତା’ର ଏକ ମୋଟାମୋଟୀ ଧାରଣା ରହିଥିଲା ଆଗରୁ।

– “ସି ଲେବୁଲ୍ ଫୋର ଆଉ ଫାଇଭରେ ଇଞ୍ଜୁରୀ ରହିଥିଲା। ଗତକାଲି ରାତିରେ ଆପଣଙ୍କ ଅପରେସନ ନ୍ୟୁରୋ ସର୍ଜନ ଡକ୍ଟର ଶ୍ରୁତିକାନ୍ତ ମହାପାତ୍ର କରିଛନ୍ତି। ଆଉ କିଛି ସମୟ ପରେ ତାଙ୍କର ରାଉଣ୍ଡ ପଡ଼ିଯିବ। ସେ ଆସିବେ ଆପଣଙ୍କୁ ଦେଖିବାକୁ। ବାକି ଯାହା ପଚାରିବା କଥା ତାଙ୍କୁ ପଚାରି ପାରିବେ।” କହିସାରି ନର୍ସ ଜଣକ ପେସେଣ୍ଟର ମୁହଁରେ ଫୁଟି ଉଠି ଆସୁଥିବା ନୈରାଶ୍ୟର ଭାଷାକୁ ପଢ଼ିପାରିଥିଲେ ତତ୍‌କ୍ଷଣାତ୍। “ଯାହା ହେଉ ଆପଣଙ୍କ ସେନ୍ସ ଆସିବା ସହ ଏବେ ତ ରିକଭରୀ ଆରମ୍ଭ ହୋଇଗଲାଣି।” ସାନ୍ତ୍ୱନା ଦେବାକୁ ଯାଇ ଅତି ଚୁମ୍ବକରେ ଦୁର୍ଘଟଣାର ଇତିବୃଉ ଜଣାଇ ବାହାରକୁ ଚାଲି ଯାଇଥିଲା।

ଏକ ଅକଳ୍ପନୀୟ ବିରାଟ ଦୁଃସ୍ୱପ୍ନ ଯେପରି ସୀମାଦ୍ରୀର ଅପଲକ ଆଖିର ପରଦା ଉପରେ ଭୀତିପ୍ରଦ ଛାୟାନୃତ୍ୟ ଆରମ୍ଭ କରିଦେଇଥିଲେ।

(୫)

ଓଲଟପୁର ନିରତାର ପୁନର୍ବାସ କେନ୍ଦ୍ରରେ ତା'ର ଆଜି ପ୍ରଥମ ସକାଳ। ବିଦ୍ୟୁଲତା ଧୀର ବେଗରେ ହୁଇଲଚେୟାରକୁ ଗଡ଼ାଇ ନେଉଥାଏ ଆଗକୁ। ମଝି ବାଟରେ ଟିକେ ରଖ ମୁହଁକୁ ପାଖକୁ ଝୁଙ୍କାଇ ଆସି କହିଥିଲା, "ଦିଦି, ମୁହଁରେ ଟିକେ ଛୋଟ ସ୍ମାଇଲ ତ ଦିଅନ୍ତୁ! ଆଜିଠୁଁ ଆପଣଙ୍କର ଥେରାପି ନୂଆ ଆରମ୍ଭ ହେବ। ଦେଖିବେ, ଆପଣ ସିନା ଆସିଲାବେଳେ ଏଠାକୁ ହୁଇଲଚେୟାରରେ ବସିକି ଆସିଥିଲେ। କିନ୍ତୁ ଗଲାବେଳକୁ ବହୁତ କିଛି ବଦଳି ଯାଇଥିବ। ମୋ ମନ କହୁଛି ସେମିତି କିଛି ଗୋଟେ ନିଶ୍ଚୟ ହବ।"

ପୁଣି ଆରମ୍ଭ କରିଥିବା କଥାକୁ ଦୋହରାଇ କହିଥିଲା, "ମୁହଁଟାକୁ ନ ଶୁଖାଇ ଟିକେ ସରସ କରନ୍ତୁ ନା।"

ଏହି କଥାଟା ଉସ୍ସାହର ସେପରି କୌଣସି ଢେଉ ତା' ଭିତରେ ସୃଷ୍ଟି କରିପାରି ନ ଥିଲା। ନିସ୍ତରଙ୍ଗ ପ୍ରାୟ ତା'ର ମନ ସରସୀରେ ସାମାନ୍ୟତମ ଶିହରଣ ସୁଦ୍ଧା ତୋଳିବାରେ ଥିଲା ଅସମର୍ଥ। କୁଆଡୁ ଅବା ଆସନ୍ତା! ଯାହା ଉପରେ ହତାଶାର ଧୂଳି ବସି ବସି ଏମିତି ବହଳ ସ୍ତୂପ ପାଲଟି ଯାଇଛି ଯେ, ତା' ପିଠିରେ ଦୁଇପଦ ମିଠା କଥା ତରଙ୍ଗ ବୁଣିବାରେ କୋଉ ଅବା ସକ୍ଷମ ହୁଅନ୍ତା!

ଖାଲି ସ୍ଥାନ ପରିବର୍ତ୍ତନ ଛଡ଼ା ଏ ସକାଳରେ ସେପରି କିଛି ନୂଆ ବିଚିତ୍ରତା ଥିବା ପରି ତାକୁ ଲାଗୁ ନ ଥାଏ। କେବଳ ନାମକୁ ମାତ୍ର ପରିବର୍ତ୍ତନ; ଗୋଟିଏ ଠିକଣାରୁ ଆଉ ଗୋଟିଏ ଠିକଣାକୁ। ଗତକାଲି ପୂର୍ବରୁ ତା'ର ଅସ୍ଥାୟୀ ଆବାସ ରହିଥିଲା କ୍ୟାବିନ୍ ନମ୍ବର ଚବିଶ, ଆପୋଲୋ ହସ୍ପିଟାଲ, ଭୁବନେଶ୍ୱର। ଏବେ ତା'ର ନୂଆ ଠିକଣା ଏକ ରିହାବିଲିଟେସନ୍ ସେଣ୍ଟରର କ୍ୟାବିନ୍ ନମ୍ବର ଦୁଇଶହ

ଚାରି । ମଝିରେ ଖାଲି କେବଳ ଗୋଟେ ଶୂନର ପ୍ରଭେଦ । ଏଇ ତ କେବଳ ଫରକ ! ଯା'କୁ ଛାଡ଼ି ଆଉ କ'ଣ ଅବା ଦେଖିହେଲା ପରି କିମ୍ବା ଅଙ୍ଗେ ଅନୁଭବ କଲା ପରି ସେପରି କିଛି ତ ଘଟୁନାହିଁ ! କିଛି ହାପିନିଙ୍ଗ୍ ନ ଥିବା, କିଛି ଘଟିବାର ପ୍ରକ୍ରିୟା ସଂଗଠିତ ହେଉ ନ ଥିବା ଏ ଜୀବନର ମାନେ ଅବା ପୁଣି କ'ଣ !

ବିଦୁର କଥାରେ କୌଣସି ପ୍ରତିକ୍ରିୟା ନ ଆଣି ସେହିପରି ଉସ୍ତାହହୀନ ଚାହାଁଣିଟିଏ ମୁହଁରେ ଧରି ବସି ରହିଥିଲା ସୀମାଦ୍ରୀ ।

ହୁଇଲ୍‌ଚେୟାର‌ଟି ର୍ୟାମ୍ପ ଉପରେ ଆସ୍ତେ ଆସ୍ତେ ପଛୁଆ ଖସି ଉପର ମହଲାରୁ ମଝି ମହଲାକୁ ଆସୁଥାଏ । ଉପରୁ ତଳକୁ ଓଲଟା ଗତିର ଯାତ୍ରା, ଅବିକଳ ତା' ଓଲଟି ଯାଇଥିବା ଭାଗ୍ୟ ପରି !

ସେ କିପରି ବୁଝାଇ କହିବ ସରଳ ବିଶ୍ୱାସୀ ତା'ର ଏକାନ୍ତ ସହାୟିକାକୁ ଯେ ଜୀବନରେ କୌଣସି ଚମକ୍କାରିତା ହୁଏନାହିଁ । ଯାହା ହୁଏ, ସିନେମାରେ କି ଟିଭି ସିରିଏଲ୍‌ରେ । କିନ୍ତୁ ଜୀବନଟା ତ ସିନେମା ନୁହେଁ ! ଯଦିଓ ଜୀବନକୁ ନେଇ ତିଆରି ହୋଇଛି ଅସଂଖ୍ୟ ସିନେମା । ଅଗଣିତ ସିରିଏଲ୍ । କୋଉଠି ସିଦ୍ଧ ବାବାଙ୍କ ବିଭୂତି ତ ଆଉ କେଉଁଠି ଦେବ କିମ୍ବା ଦେବୀ ମୂର୍ତ୍ତିର ବରଦ ହାତ ପାପୁଲି ମଝିରୁ ଧାରେ ଆଲୁଅ ପରି ଏକ ଅଲୌକିକ ରଶ୍ମି ଆସି ପୁଣି ଉଜୁଡ଼ା ଜୀବନକୁ ସଜାଡ଼ିଦିଏ । ହେଲେ ତା' ବିଚ୍ୟୁତ ଭାଗ୍ୟରେଖା କ'ଣ ସତସତିକା ସିନେମା ପରି ଯୋଡ଼ି ହୋଇଯିବ ?

ଏ ବିଦୁଟା ବି ସୋ ଇନୋସେଣ୍ଟ ! ଜୀବନରେ ସିନେମା ପରି ସୁଖଦ ପରିଣାମର ସ୍ୱପ୍ନ ଦେଖୁଚି ।

ଫିଜିଓଥେରାପି ହଲ୍ ଭିତରକୁ ପ୍ରବେଶ କରି ସାରିଥିଲା ତା'ର ହୁଇଲ୍‌ଚେୟାର । ବିଦୁ କାର୍ଡ଼କୁ ଏଣ୍ଟ୍ରି କରିବାକୁ ଯାଇଥାଏ । ଏକ୍‌ସର‌ସାଇଜ୍ ବେଡ଼‌ରେ ଏକାଧିକ ପେସେଣ୍ଟଙ୍କ ଭିଡ଼ । କାହାର ଥେରାପି ଆରମ୍ଭ ହୋଇ ଯାଇଥାଏ ତ ଆଉ କାହାର ଆରମ୍ଭ ଅପେକ୍ଷାରେ । ପୂରା ହଲ୍‌ଟିର ଚାରିପଟକୁ ଆଖି ଘୁରାଇ ଆଣିଲା ସେ । ବଡ଼ ଅଭୁତ ଲାଗୁଥାଏ ସେହି ସବୁ ଦୃଶ୍ୟ । କିଛିଟା ବିଚିତ୍ର ମଧ ଲାଗୁଥାଏ ଏକ ସଙ୍ଗରେ ଏହି ସବୁ ଦୃଶ୍ୟକୁ ଦେଖି । ସେହି ଥେରାପି ହଲ୍ ଭିତରେ ସମବେତ ହୋଇଥିବା ଏକ ରିହାବ୍ ଜୀବନ ଅପେକ୍ଷାରେ ପେସେଣ୍ଟ ସବୁ କିଛି ନା କିଛି ଶାରୀରିକ ଅପୂର୍ଣତା ସହ ଆସିଥାଆନ୍ତି । କାହାର ଗୋଟିଏ ହାତ ଅବା ହାତ ଆଙ୍ଗୁଠି ।

କାହାର ଦୁଇଟି ଯାକ। କାହାର ଅଧା ଶରୀର ପକ୍ଷାଘାତ। ଆଉ କାହାର ଆଣ୍ଠା ତଳ ଅବୟବ। କିଏ ସମ୍ପୂର୍ଣ୍ଣ ପକ୍ଷାଘାତଗ୍ରସ୍ତ ପୁଣି ଆଉ କେହି ସ୍ଵଳ୍ପ ସ୍ନାୟବିକ କିମ୍ବା ଅସ୍ଥିଶଲ୍ୟ ଜନିତ ଯନ୍ତ୍ରଣାର ଉପଶମ ପାଇଁ ପହଞ୍ଚିଛନ୍ତି।

ଏସବୁ ଦୃଶ୍ୟ ଯେପରି ଆହୁରି ବ୍ୟଥିତ କରି ଦେଉଥାଏ ସୀମାଦ୍ରୀକୁ। କିପରି ଗୋଟିଏ ଅଣନିଃଶ୍ଵାସୀ ହେବାପରି ଭାବନା ତାକୁ ରୁନ୍ଧି ପକାଉଥାଏ।

ବିନ୍ଦୁ ଫେରିଆସି ହୁଇଲ୍‌ଚେୟାରକୁ ଆଉ ଟିକିଏ ଆଗକୁ ଗଡ଼ାଇ ଏକ୍‌ସ୍‌ରାସାଇଜ୍‌ ବେଡ୍‌ ପାଖରେ ଲଗାଇ ଦେଲା। କହିଲା, "ଆପଣଙ୍କର ଆସେସ୍‌ମେଣ୍ଟ ପାଇଁ ଜଣେ ମ୍ୟାଡ଼ାମ୍‌ ଆସିବେ। ଆମକୁ ବେଡ୍‌ ଖାଲି ହେଲା ଯାଏଁ ଟିକେ ଅପେକ୍ଷା କରିବାକୁ ପଡ଼ିବ।"

ଏହି ସମୟରେ ତା' ସାମ୍‌ନା ପଟ ବେଡ଼ରୁ ଚଷମା ଲଗେଇଥିବା ଜଣେ ଏଗାର କି ବାର ବର୍ଷର ପିଲାଟି ଦୁଇ ହାତରେ ଠେସା ମାରି ନିଜର ଦେହକୁ ଆଗକୁ ଖସାଇ ବେଡ୍‌ ଉପରେ ତଳକୁ ଗୋଡ଼ ଲମ୍ବାଇ ବସି ପଡ଼ିଲା।

"ଦିଦି, ଆପ୍‌ ୟହାଁ ଆୟାଇଏ! ମେରା ତୋ ଥେରାପି ଖତମ୍‌ ହୋ ଚୁକା।" ଏତକ କହିସାରି ସେ ତଳେ ରଖିଥିବା ଦୁଇଟି ଏଲ୍‌ବୋକ୍‌ର୍‌କୁ ନଇଁପଡ଼ି ଉଠାଇବାକୁ ଚେଷ୍ଟା କଲା। ଆଉ ସେଥିରେ ସଫଳ ହେଲା। ଦୁଇ ହାତ କହୁଣୀ ପାଖରେ ଭରା ଦେଇ ଛିଡ଼ା ହୋଇପଡ଼ି "ଆଜ୍‌ ଆପ୍‌କା ପେହେଲା ଦିନ୍‌ ହେ ସାୟଦ୍‌? ହାୟ... ମେରା ନାମ୍‌ ରୋନି ହେ। ମେ ପାଟନା ସେ ଆୟା ହୁଁ। ଆପ୍‌କା ନାମ୍‌ କ୍ୟା ହେ ଦିଦି?"

ସୀମାଦ୍ରୀ ଏକଲୟରେ ଚାହିଁଥାଏ ପିଲାଟିକୁ। ମୋଟା ବହଳ କାଚର ଚଷମା ତଳେ ଆଖିକୁ ଟେକି ମୁହଁରେ ସ୍ମିତହସ ଖେଳାଇ ତା'ର ଉତ୍ତରକୁ ଅପେକ୍ଷା କରିଥାଏ। ଛାୟଁ ତା'ପାଟିରୁ ବାହାରି ଆସିଲା, "ମେରା ନାମ୍‌ ସୀମାଦ୍ରୀ ହେ।"

– "ସୀମାଦ୍ରୀ...ଇ... ଇ..." ଉଚ୍ଚାରଣ କରିବାକୁ ଚେଷ୍ଟା କରି କହିଲା, "ବହତ୍‌ ଡିଫିକଲ୍‌ଟ୍‌ ନାମ ହେ ଦିଦି ଆପ୍‌କି... ଜୁବାଁ ପେଁ ଦିକତ୍‌ ହୋତି ହେ ବୋଲ୍‌ନେ ମେ... କ୍ୟା ମେ ଆପ୍‌କୋ ସୀମା ଦିଦି ବୋଲ୍‌ ସକତା ହୁଁ?"

ଇଏ ଯେପରି ତାକୁ ସରପ୍ରାଇଜ୍‌ କଲାପରି ପ୍ରଶ୍ନ। ଖାଲି ପ୍ରଶ୍ନ ତ ନୁହେଁ ଯେପରି ବନ୍ଧୁତା ପାଇଁ ବଢ଼ି ଆସିଥିବା ଗୋଟେ ଖୁସି ମିଜାଜ୍‌ ପିଲାଟିର ହାତ।

ବୋଧହୁଏ ଦୁର୍ଘଟଣାରୁ ହୋସ୍‌ ଆସିବା ପରେ ବାହାର ଦୁନିଆର କେଉଁ

ଅପରିଚିତଙ୍କ ସଙ୍ଗେ ତା'ର ଏଇ ପ୍ରଥମ ଆଲାପ। କାରଣ ସେ ଜାଣିଜାଣି କୌଣସି ବାହାର ଲୋକଙ୍କ ସହ କଥା ହେବାକୁ କି ମିଶିବାକୁ ପସନ୍ଦ କରୁ ନ ଥିଲା। ନିଜର ଅମାପ ଦୁଃଖର ଅଥଳ ଜଳରେ ସେ ଏହିପରି ବୁଡ଼ି ରହିଥିଲା ଯେ, ବାହାର ଲୋକ କାହା ସହିତ ପଦୁଟିଏ କଥା ହୋଇ ମିଶିବାର ଅଭିଳାଷକୁ କବର ଦେଇ ସାରିଥିଲା ନିଜ ଭିତରେ।

ମାତ୍ର ରୋନିର ଏଇ ସମ୍ଭାଷଣରେ ଗୋଟିଏ ଆପଣାଆପଣ ଥିବାପରି ତାକୁ ଲାଗୁଥିଲା। କିପରି ସ୍ବତଃସ୍ଫୁର୍ତ ଉତ୍ତରଟିଏ ଛାତିର ରୁଦ୍ଧ କୋଠରୀରୁ ପହଁରି ଆସିଲା ପାଟିବାଟ ଦେଇ, "ହାଁ ବିଲକୁଲ୍ ବୋଲ୍ ସକ୍ତେ ହୋ।"

"ଥାଙ୍କ୍ ୟୁ ! ମେ ପେଡ଼ିଆଟ୍ରିକ୍ ୱାର୍ଡ ମେ ଠେହେରା ହୁଁ... ଆପ୍ କ୍ୟାବିନ୍ ମେ ରେହେଟି ହୋ ୟା ବାହାର୍ ?"

– "ମେରି କ୍ୟାବିନ୍ ନମ୍ବର ଦୋ'ଶୋ ଚାର୍ ହେ।"

– "ଠିକ୍ ହେ। ଓହଁ ପାସ୍ ତୋ ହମାରା ପେଡ଼ିଆଟ୍ରିକ୍ ୱାର୍ଡ ହେ। ଫିର ବହୁତ୍ ଜଲ୍ଦି ହମାରୀ ମୁଲାକାତ୍ ହୋଗା। ଚଲ୍ତା ହୁଁ ସୀମା ଦିଦି, ବାଏ।" କହିସାରି ରୋନି ତା'ର ଦୁଇଟି ଏଲ୍ବୋକ୍ରଚକୁ ବିପରୀତ ପାଦର ଗତି ସହ ଆଗକୁ ପାଉଣ୍ଡ ବଢ଼ାଇ ଚାଲିଲା। ଠକ୍ ଠକ୍ ଶବ୍ଦ କରି ଗୋଟିଏ ପରେ ଗୋଟିଏ ପାଦକୁ ଘୋଷାଡ଼ି ଅନ୍ତର୍ନିହିତ ହୋଇ ଯାଇଥିଲା ହଲ୍ ମଧ୍ୟରୁ।

(୬)

ସନ୍ଧ୍ୟାରେ କଲ୍ ଆସିଥିଲା ମାମାର । ଗତ କାଲି ଆପୋଲୋରୁ ଡିସ୍‌ଚାର୍ଜ ହୋଇ ସିଧା ଓଲଟପୁରକୁ ସାଙ୍ଗରେ ଆସି ଫେରିଯିବା ପରଠୁ ଆଉ ତା’ ସହିତ କଥା ହୋଇପାରି ନ ଥିଲା । ତା’ର ଦୁର୍ଘଟଣା ପରଠୁ ବାପାଙ୍କର ଅବସ୍ଥା ସେତେଟା ଭଲ ନାହିଁ । ଏକ ପ୍ରକାର ଡିପ୍ରେସନ ଭିତରକୁ ପଳାଇ ଯାଇଛନ୍ତି ଯେମିତି । ନା ଏସ୍‌ସିବିରୁ ଆପୋଲୋକୁ ଆସିଥିଲେ, ନା ଅପରେସନ୍ ଦିନ ପାଖରେ ଥିଲେ । ଝିଅ ପାଖକୁ ଯିବାକୁ କିପରି ଏକ ଅଜଣା ଭୟ ଘାରି ପକାଇଥିଲା ତାଙ୍କୁ ।

ମାମା ଯାହା କିଛି ତୁଲାଉଛି ଓ ବୁଝୁଛି । ତାକୁ ସାହାଯ୍ୟ କରିବା ପାଇଁ କେବେ କେବେ ପାଖରେ ବୁଟୁ ମାମୁଁ ଆସି ଛିଡ଼ା ହୋଇଥାନ୍ତି । ପୂର୍ବରୁ ଓଲଟପୁରକୁ ଆସି ସବୁକିଛି ବୁଝାବୁଝି କରିଯାଇଥିଲେ । ଗତ କାଲି ଏଠି ଆଡ଼ମିଶନ୍ କରାଇବା ପରେ ଦୁହେଁ ପୁଣି ଫେରି ଯାଇଥିଲେ ଭୁବନେଶ୍ୱର ।

ମାମାକୁ ଛାଡ଼ି ବାପା ସେପଟେ ମାତ୍ର କେଇ ଘଣ୍ଟା ସୁଦ୍ଧା ରହିପାରୁ ନାହାଁନ୍ତି । ତା’ ପାଖରେ ରହିବାର ଇଚ୍ଛା ଥିଲେ ବି କ’ଣ ବା ସିଏ ଆଉ କରି ପାରନ୍ତା ! ଆଉ ବୁଟୁ ମାମୁଁ, ତାଙ୍କ କାନ୍ଧ ଉପର ଭାର କଥା ନ କହିଲେ ଭଲ ! ଘରେ ଅଜା, ଆଈ ଦୁହେଁ ଶଯ୍ୟାଶାୟୀ । ସେଠିରେ ଗୋଟେ କମ୍ପାନୀର ମ୍ୟାନେଜର ଦାୟିତ୍ୱ ପୁଣି ସମ୍ଭାଳୁଛନ୍ତି । ସେମାନଙ୍କଠାରୁ ସବୁ ସମୟରେ ନିକଟ ସାନ୍ନିଧ୍ୟ ଆଶା କରିବା ବି ବୃଥା !

ଫୋନ୍‌ରେ ମାମା ଅନର୍ଗଳ ପଚାରି ଚାଲିଥିଲା, “ସେଠି ରାତିରେ ଠିକ୍‌ରେ ଶୋଇପାରିଲୁ ନା ନାହିଁ ? ବିଦୁଲତାକୁ କହି ଆସିଥିଲି ଦୁଇଥର ତୋତେ ସୁପ ତିଆରି କରି ଦେବାପାଇଁ, ଦଉଛି ନା ନାହିଁ ? ନୂଆ ଜାଗା, ଖାଇବା ପିଇବାରେ

୨୫

ପ୍ରଥମେ ଟିକେ ଅସୁବିଧା ହୋଇପାରେ। ତାକୁ କହିଥିଲି, ସେଇ ଆଗ ବଜାରରେ ଗ୍ୟାସ୍ ସିଲିଣ୍ଡର ଭଡ଼ାରେ ମିଳିଯାଉଛି। ସେ ସେଠାରୁ ଆସିଲା ନା ନାହିଁ? ଆଜିଠୁ ତୋର ସକାଳେ ଫିଜିଓଥେରାପି, ଅପରାହ୍ନରେ ଅକ୍ୟୁପେସ୍ନାଲ୍ ଥେରାପି ଆରମ୍ଭ ହୋଇ ଯାଇଥିବ। ସେଇ ଦୁଇ ଜାଗା ଥେରାପି କରିବାକୁ ଯାଇଥିଲୁ ନା ନାହିଁ?" ଗୋଟେ ଲମ୍ବା ପୋଲ ପରି ମାମାର ଦୀର୍ଘ ଅନୁସନ୍ଧିତ୍ସା ମିଶ୍ରିତ ପ୍ରଶ୍ନ ସବୁର କ'ଣ କ'ଣ କହି ଉତ୍ତର ରଖିବ ଭାବିପାରୁ ନ ଥାଏ। କେବଳ ହଁ' ଆଉ ନା'ରେ ଉତ୍ତରକୁ ଯଥାସମ୍ଭବ ସୀମିତ କରିବାକୁ ଚାହୁଁଥିଲା। କୌଣସିଠିରେ ମନ ଲାଗୁ ନ ଥିଲା ତା'ର। ପୂରା ଦିନଟେ ଗୋଟେ ରୁଟିନ୍‌ବନ୍ଧା କାର୍ଯ୍ୟଖସଡ଼ା ଭିତରେ କଟିଥିବା ପରି ତାକୁ ଲାଗୁଥାଏ।

ଦେଖୁନ! ସକାଳୁ ଉଠିବା ପରଠୁ ବିଦୁ ଯେପରି ପାଲଟି ଯାଇଥିଲା ତା' ସ୍କୁଲର ଶ୍ରେଣୀ ଶିକ୍ଷକ। ଯାହାର ନିର୍ଦ୍ଦେଶରେ ତା'ର ନିଷ୍ପ୍ରାଣ ଶରୀର କେବଳ ଗୋଟେ କାଠ କଣ୍ଢେଇ ପରି ଆତଯାତ ହୋଇ ଚାଲିଛି ଯାହା!

ଆଲାର୍ମ ଦେଇ ନିଦରୁ ଉଠାଇ ପାଣି ସହ ଗ୍ୟାସ୍ ଓଷଦ ଦେଲା। ଗୋଟା ପଟକୁ କଡ଼ାଇ ଆନସ୍‌ରେ ସପୋଜିଟୋରି ପୂରାଇ ଝାଡ଼ା ହେବା ପର୍ଯ୍ୟନ୍ତ ସମୟଟିକୁ ଅନ୍ୟ କାମରେ ଲଗାଇଲା। ତା' ଭିତରେ ସେ ନିଜ କାମଟି ସାରି ବାକି ରହି ଯାଇଥିବା ତା'ର ସକାଳ କାମଗୁଡ଼ିକୁ ପଛକୁ ପଛ ସାରିବାକୁ ଚାହିଁଲା। ଦୁଇ ଗୋଡ଼କୁ ଖଟ ତଳକୁ ଝୁଲାଇ ବସାଇ ଦେଇ ଛାତି ଉପରେ କପଡ଼ା ଖଣ୍ଡେ ଢାଙ୍କି ଦାନ୍ତ ଘସାଇ ଦେଇଥିଲା। ଗ୍ୟାସ୍‌ରେ କ୍ଷୀରକୁ ଉଷ୍ମ କରି ସେଥିରେ କର୍ନ୍‌ଫ୍ଲେକ୍ ପକାଇ ଖୁଆଇ ଦେଇଥିଲା ଅଧ ଗିନା।

ତା' ପରଠୁ ଆରମ୍ଭ ହୋଇଯାଇଥିଲା ସକାଳର ଥେରାପି ସେସନ୍ ପାଇଁ ପ୍ରସ୍ତୁତି। ସେଥାରୁ ଆସି ପଛକୁ ପଛ ମଧ୍ୟାହ୍ନ ଭୋଜନ। ମଧ୍ୟାହ୍ନ ଭୋଜନ ପରେ ସାମାନ୍ୟ ବିଶ୍ରାମ। ପରେ ପରେ ଅପରାହ୍ନକୁ ପୁଣି ଓଟିକୁ ଥେରାପି ପାଇଁ ଯିବାକୁ ପଡ଼ିଥାଏ।

ଏଇ ତ ସେଠାରୁ ଫେରି ସନ୍ଧ୍ୟା ହୋଇଛି କି ନାହିଁ ମାମାର କଲ।

କେଜାଣି କାହିଁକି ଯେବେଠାରୁ ସେମି ଆଇସିୟୁ ରୁମ୍‌ରେ ନର୍ସ ମୁହଁରୁ ତା'ର ମେରୁଦଣ୍ଡ ଆଘାତର ଗମ୍ଭୀରତା ସେ ଜାଣି ସାରିଥିଲା, ସେବେଠାରୁ ଉଦାସୀନତାର ଆବର୍ତ୍ତ ଭିତରେ ନିଜକୁ ଖୋଜି ପାଉଛି। କାହା ସହ କଥା ହେବା,

ଏପରିକି ମାମାର ବିସ୍ତୃତ ଆଳାପ ବି ପ୍ରାୟ ସମୟ ଏକପାଖିଆ ହୋଇ ରହିଯାଏ। ସେପଟୁ ସେ ଯେତେବେଳେ ପଚାରି ପଚାରି ବିରକ୍ତ ହୋଇଉଠେ, ଝିଏ କେବଳ ନିଜ ଭାବନାକୁ ହଁ ଆଉ ନାହିଁର କ୍ଷୁଦ୍ରାତିକ୍ଷୁଦ୍ର ଶବ୍ଦ କିମ୍ବା ଅକ୍ଷର ମଧ୍ୟରେ ସାରିଦିଏ।

ତା'ର ସବୁଥର ଏଇ ନିସ୍ପୃହ ପ୍ରତିକ୍ରିୟାରେ ଚିଡ଼ି ଉଠିଥାଏ ମାମା। ପରେ ବୁଝିପାରେ, ଝିଅ ଭିତରେ ପଶି` ବୁଲୁଥିବା ଅଶାନ୍ତ ଅଣଚାଣ ମାନସିକ ଉଦ୍‌ବେଳନକୁ।

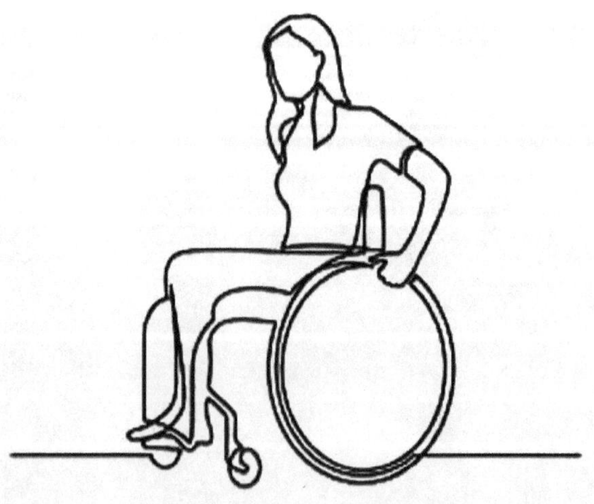

(୭)

ଶରତ ରତୁର ବର୍ଣ୍ଣାଢ୍ୟ ସନ୍ଧ୍ୟା ଓହ୍ଲାଇ ସାରିଥାଏ ନିରନ୍ତାର ମଥାନ ଉପରେ। କାଚର ଝରକା ବାଟେ ସେହି ଦୃଶ୍ୟକୁ ନିରୀକ୍ଷଣ କରି ବିନ୍ଦୁ କହି ଉଠିଲା, "ଦିଦି, ବାହାରେ ବଢ଼ିଆ ସନ୍ଧ୍ୟା ସମୟ। ବେଡ଼୍କୁ ଉଠିବା ଆଗରୁ ଚାଲନ୍ତୁ ତଳକୁ ଯାଇ ବୁଲିଆସିବା। କାଲିଠାରୁ ଏଠାକୁ ଆସିବା ପରଠୁ ଆପଣ କ୍ୟାବିନ୍ ଆଉ ଥେରାପି ହଲ୍ ଛଡ଼ା ଆଉ କୁଆଡ଼େ ଯାଇ ନାହାଁନ୍ତି।" ଏହାଶୁଣି କିଛି ନ କହି ମୌନ ରହିଥିଲା ସୀମାଦ୍ରୀ।

ବୋଧହୁଏ, ତା'ର ସେଇ ମୌନତାକୁ ସମ୍ମତିର ଲକ୍ଷଣ ମନେ କରି ବିନ୍ଦୁ ହୁଇଲ୍‌ଚେୟାରକୁ ଠେଲି ବାହାରି ଆସିଥିଲା ତଳକୁ। କୌଣସି ପ୍ରତିବାଦ କରିପାରୁ ନ ଥାଏ କିମ୍ବା ନ ଯିବା ପାଇଁ ମନା ମଧ କରି ପାରୁ ନ ଥାଏ। କାରଣ ଏହି ପନ୍ଦର ଦିନ ତଳୁ ସେ ଭୋଗୀ ଆସୁଥିବା ବିସ୍ମୟ ପୃଥିବୀରେ ତା'ର ଏକମାତ୍ର ସାହାରା ଥିଲା ଏହି ବିନ୍ଦୁ ଓରଫ ବିଦୁଲତା। ଠିକ୍‌ରେ ଜାଣେନି ତା'ର ସାଙ୍ଗିଆ କ'ଣ! ଜାଣିବାକୁ ସୁଦ୍ଧା କେବେ ଚାହିନାହିଁ। ଖାଲି ତା'ର ଦାୟିତ୍ୱ ନେବା ଦିନ ସେ ମାମାଠାରୁ ଶୁଣିଥିଲା, ଜଣେ ଆଦିବାସୀ ପୂର୍ଣ୍ଣକାଲୀନ କେୟାର୍ ଗିଭରର ନିଯୁକ୍ତି ସମ୍ପର୍କରେ। ଏତିକି ଜାଣିଥିଲା କେବଳ ଝିଅଟି ସମ୍ପର୍କରେ। ବାସ୍, ଜାଣିବା ଆଉ ବୁଝିବା ପାଇଁ ସେପରି କିଛି ଆବଶ୍ୟକତା ପଡ଼ି ନାହିଁ।

ତା'ର ଏଇ କିଛିଦିନର ଘନିଷ୍ଟତା ଓ ସେବାଯତ୍ନରେ ସେ ଯେପରି ଫେରି ପାଇଛି ମଣିଷଟିଏ ହୋଇ ବଞ୍ଚିବାର ଆମ୍ଭୟ ପରଶ। ସେଥିପାଇଁ ଯାହା କହେ, କୌଣସି ପ୍ରତିବାଦ କରି ନ ଥାଏ। ଯାହା ବୁଝାଏ, ସୁନା ପିଲାଙ୍କ ପରି ତା' ଆଡ଼କୁ

ଚାହିଁ ଧୀରେ ମୁଣ୍ଡ ହଲାଇ ଦେଇଥାଏ । କହୁଛି ଯଦି ତଳକୁ ନେଇ ନୂଆ ଦୃଶ୍ୟ କିଛି ଦେଖାଇବ ! ନୂଆ ପୁଲକ କିଛି ବୁଣିବ ! ନେଉ । ତା' କଥାଟା ରହୁ ।

ହେଲେ ସେ ଭଲକରି ଜାଣି ସାରିଛି, ତା' ନିବୁଜ ମନର କାନ୍ତୁ ଡେଇଁ ସହଜେ ବାହାରର ଧାପେ ଆଲୋକ ସୁଦ୍ଧା ପ୍ରବେଶ କରିପାରିବ ନାହିଁ ।

ସେଇ ମନଟା ଅନ୍ଧାରର ଗହ୍ୱର ଭିତରେ ଏତେ ତଳକୁ ଚାଲିଯାଇଛି ଯେ ତା' ପାଇଁ କ୍ଷୀଣ ଆଲୁଅର ଆଶା ରଖିବା ବୃଥା !

କହିବାକୁ ଗଲେ ଯେବେଠୁଁ ସେ ବର୍ତ୍ତିଯାଇଛି ମରଣରୂପୀ ଦୁର୍ଘଟଣାର ଫାଶରୁ, ସେବେଠୁ ବହୁତ କିଛି ବଦଳି ସାରିଛି ତା' ଭିତରେ ।

ସ୍ୱାଦ ବାରି ପାରୁ ନ ଥିବା ଜିଭ ଯେଉଁଭଳି ମିଠା କି ଲୁଣିଆର ପ୍ରଭେଦ ଜାଣି ପାରେନା, ସେହିପରି ପାଲଟି ଯାଇଥିଲା ତା' ପାଇଁ ଉଭୟ ବାହାର ଓ ଭିତର । ଅନ୍ଧାରର ସେଇ ଛାଇଛାଇକା ରଙ୍ଗ ଯେପରି ଗୋଟିଏ ମୁଦ୍ରାର ଦୁଇପାର୍ଶ୍ୱ !

କିଛି ବି ଫରକ ଲାଗୁ ନ ଥିଲା ତା' ପାଇଁ କାନ୍ତୁର ଭିତର ଓ ବାହାର ! ସବୁଠି ତ ଭେଟୁଥିଲା ସେଇ ଅନ୍ଧାରର ଚିତ୍ରକୁ !

ଝଙ୍କା ବରଗଛର ଛାଇପରି ଭିତରକୁ ଚାହିଁଲେ ଦିଶେ ରାତି ପରି କିଟିକିଟି ଦୁଃଖର ଅନ୍ଧାର ଆଉ ଆଖି ମେଲି ବାହାରକୁ ଚାହିଁଲେ ଘୋଟିଆସେ ଗୋଟି ଗୋଟି ହରାଇଥିବା ମୁହୂର୍ତ୍ତର ବହଳ ଛାଇ ।

ଏଥିପାଇଁ ନିଜକୁ ଆବଦ୍ଧ କରି ରଖିବାକୁ ଚାହୁଁଥିଲା ଚାରିକାନ୍ତୁ ଭିତରେ ନିଜକୁ ସୀମାଦ୍ରୀ । ଏୟା ଭାବି ଯେ "କାହିଁକି ବାହାରିବ ଅବା ବାହାରକୁ? କ'ଣ ଅଧିକ ଅଛି ଯେ ! ଭିତରେ ତ ଯେଉଁ ଖାଁଖାଁ... ବାହାରେ ତାହାର ଗର୍ଜନ ଆହୁରି ଯେ କେତେ !"

ଏବେ ବିଦୁ ଚାହୁଁଛି ତ ଚାହୁଁ ।

ସେ ବାରଣ କରିବ ନାହିଁ । କାରଣ, ଭଲକରି ଜାଣିଥିଲା, ତାକୁ ଆଶ୍ଚର୍ଯ୍ୟ କରିଦେବା ପରି ତା' ପାଇଁ ବାହାରେ ସେପରି କିଛି ସେ ପାଇବ ନାହିଁ ।

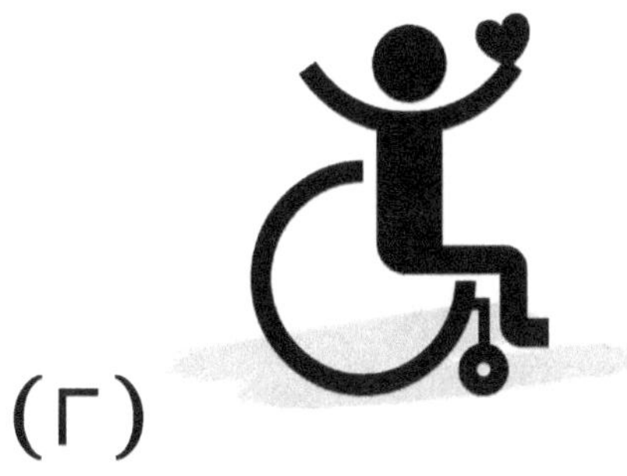

(୮)

ସେଦିନ ରାତି ଅଧଯାଏଁ ଯେପରି ମାଲମାଲ ଦୁଃସ୍ୱପ୍ନ ସବୁ ତା' ନିବୁଜ କ୍ୟାବିନ୍‌ର କୋଠରୀ ଭିତରେ ବିକ୍ଷୋଭ ପ୍ରଦର୍ଶନ କରି ଚାଲିଥିଲେ। କ୍ୟାବିନ୍‌ର ଖଟ, ଛୋଟ ସ୍କ୍ୟାଣ୍ଡିଡ୍‌ କପ୍‌ବୋର୍ଡ, ଟେବୁଲ ଉପରେ ରଖାଯାଇଥିଲା ଜିନିଷପତ୍ର ଓ ନାଇଲନ୍‌ ରଶିରେ ଶୁଖାଯାଇଥିବା ଅଧା ଓଦା ବେଡ଼ସିଟ୍‌, ଟପ୍‌ ବାନିୟନ୍, ଛୋଟ ହାତ ଡଉଲିଆଟିକୁ ଛାଡ଼ି ବାକି ସବୁ ଶୂନ୍ୟସ୍ଥାନରେ ଭରି ଯାଇଥିଲେ। ଏପରିକି ପରସ୍ପରକୁ ଗୁଣି ଆହୁରି ପୁଲେ ଶୂନ୍ୟତାକୁ ଗୁଣଫଳ କରି ପ୍ରସବ ଦେଉଥାନ୍ତି। ସେମାନଙ୍କ ସଂଖ୍ୟାରେ ଧୀରେ ଧୀରେ ଖୁଦି ହୋଇ ଆସୁଥାଏ ଭରପୂର ଶୂନ୍ୟତା ଓ କେବଳ ଶୂନ୍ୟତା ରୁମ୍‌ଟା ସାରା।

ସେମାନଙ୍କ ସହ ଯୁଝିଯୁଝି ଖୁବ୍‌ ଅତିଷ୍ଠ ହୋଇପଡ଼ୁଥାଏ ସେ। ହାଲିଆ ହୋଇ ପଡ଼ୁଥାଏ। ଅଧୈର୍ଯ୍ୟ ହୋଇ ତା' ନାକପୁଡ଼ାରୁ ନିଃଶ୍ୱାସ କ୍ରମଶଃ ତୀବ୍ରତର ହୋଇ ଉଠୁଥାଏ। ଏ ଦେହରେ, ଏ ମନରେ କେତେ ବଳ ଅଛି ଯେ; ଲଢ଼ିପାରିବ ସେମାନଙ୍କ ସହ! ପ୍ରତିନିୟତ ତ ସେମାନଙ୍କ ସହ ଧକ୍କାଖାଇ ଲେଉଟି ଆସୁଛି। ପରାସ୍ତ ହେଉଛି। ପ୍ରତିକ୍ଷଣରେ ହାର୍‌ ମାନୁଛି। ବଡ଼ କାକୁସ୍ଥ ଭାବେ ମାଟିରେ କଚାଡ଼ି ହେବାପରି ଦଶା ଭୋଗୁଛି। ମାତ୍ର ସେଇ ଅଶରୀରୀମାନଙ୍କ ଆକ୍ରମଣ ସେଦିନ ଯେପରି ଅସମ୍ଭାଳ ହୋଇ ପଡ଼ିଥିଲା।

ଡାକ୍ତରଙ୍କ ପରାମର୍ଶରେ ନିଦ ପାଇଁ ଆଲ୍‌ପ୍ରାଜୋଲାମ୍‌ କମ୍ପୋଜିସନ୍‌ର ଲୋ ଡୋଜ୍‌ ଖାଇ ଆସୁଥିଲା।

ଶୋଇବା ଆଗରୁ ବଳବଳ ହୋଇ କିଛି ସମୟ ଚାହିଁରହେ। ବିଦୁ ତା'ର ଅଶାନ୍ତ ମନ ତଳରେ ଘଟୁଥିବା ଭୂକମ୍ପର ମାତ୍ରାକୁ ପଢ଼ିଦିଏ। ସେଥିପାଇଁ ପାଖରେ

ଚେୟାର୍‌ଟେ ପକାଇ ତା’ର ଭାବନାଙ୍କୁ ଏପଟ ସେପଟ ବାଟବଣା କରିବାକୁ ଚେଷ୍ଟା କରିଥାଏ । କେଉଁଦିନ କୋଡ଼ିଏ ମିନିଟ୍‌, କେଉଁଦିନ ଅଧଘଣ୍ଟା, କେଉଁଦିନ ପଇଁଚାଳିଶ ମିନିଟ୍‌ ଆଉ କେଉଁଦିନ ତା’ ଆଖିକୁ ନିଦ ଆସିବାରେ ଲମ୍ବି ଏକ ଘଣ୍ଟାଯାଏଁ ହୋଇ ଯାଇଥାଏ । ତାକୁ ନିଦରେ ଦେଖିବା ପରେ ହିଁ ବିଦୁ ପାଖ ବେଡ଼୍‌ରେ ଯାଇ ଶୋଇଯାଏ ।

ସେଦିନ ଏ ସମସ୍ତ ସୀମାରେଖାକୁ ଭାଙ୍ଗି ଦେଇଥିଲା ତା’ର ନିଦ୍ରାହୀନତା । ଜଙ୍ଗଲରେ ନିଆଁ ଲାଗିଲେ ଯେପରି ସହଜେ ବାହାରକୁ ଜଣାପଡ଼ି ନ ଥାଏ, ସେହିପରି ଥିଲା ସେହି ଅନ୍ତର୍ଦାହି ଜ୍ୱଲନର ତେଜ । ଛଟପଟ କରି ଚାଲିଥାଏ ଅହରହ । ଦଂଶି ଚାଲିଥାଏ ଯେପରି କେଉଁ ଜାଙ୍ଗଲିକ କ୍ଷୁଧାରେ ।

ଚେୟାରରେ ବସି ବସି ବିଦୁର ଆଖି ଲାଗିଯାଇଥିଲା । କିନ୍ତୁ ସେ ସେହିପରି ଡୋଲାକୁ ମେଲାଇ କ୍ଷତାକ୍ତ କରି ଚାଲିଥିଲା ତା’ର ନିବୁଜ ମନ ନଦୀ ଅବବାହିକାର ଉପତ୍ୟକାକୁ । ଆଉ ସମ୍ବାଳି ହେଉ ନ ଥାଏ ସେହି ଅସହ୍ୟ ଯନ୍ତ୍ରଣା ! ନିର୍ମମ ମାନସିକ ପୀଡ଼ନ ! କପାଳର ଦୁଇପଟରେ ଉତ୍କ୍ଷିପ୍ତ ଶିରା ତା’ର ଦାଉ ଶାଧିବା ଆରମ୍ଭ କରି ଦେଇଥାଏ । ଗମ୍ ଗମ୍ ଝାଲ ନିଗିଡ଼ି ଆସୁଥାଏ ମୁଣ୍ଡରୁ ।

ଆଉ ସହିପାରିଲାନି ସୀମାଦ୍ରୀ । ସହାୟିକା ବିଦୁଲତାର ନାମ ଚିକ୍ରାର କରି ଉଠିଲା । ଦୁଇଥର ଡାକିବା ପରେ ସେପଟୁ ନିଦ ଭାଙ୍ଗି ଯାଇଥିଲା ଚେୟାର୍ ପଛକୁ ମୁଣ୍ଡ ଢଳାଇ ବସି ଶୋଇଯାଇଥିବା ବିଦୁର । ତାକୁ ଉଠି ପଡ଼ିବା ଦେଖୁ ଦେଖୁ, "ଆଃ… ମୋତେ ଭାରି କଷ୍ଟ ହେଉଛି ବିଦୁ । ମୁଣ୍ଡଟା ମେସିନ୍ ଭିତରେ ପେଶି ହେବାପରି ପୁରା ଖଣ୍ଡଖଣ୍ଡ ହେଇ ଯାଉଛି । ଏ ଯନ୍ତ୍ରଣା ମୁଁ ଆଉ ସହି ପାରୁନି । ଏ ଅଶାନ୍ତ ମନଟା ଥମୁ ନାହିଁ କି ଆଖିକୁ ନିଦ ଆସୁନାହିଁ !"

ଯଦିଓ ଏଇ ଦୁଇ ସପ୍ତାହର ଜୀବନ ଯାତ୍ରାରେ ବିଦୁ ତା’ ଉପରେ ନ୍ୟସ୍ତ ମାଲିକାଣୀଙ୍କ ନାଡ଼ୀ ବେଶ୍ ପଢ଼ି ପାରିଥିଲା, ତଥାପି କିଛି ସମୟ ବିସ୍ମାରିତ ଆଖିରେ ଚାହିଁଥିଲା । ମୁଣ୍ଡରେ କ’ଣ ସହସା ତା’ର ବୁଦ୍ଧି ପଶିଲା କେଜାଣି, ସିଧା କ୍ୟାବିନ୍ ଖୋଲି କିଛି ନ କହି କେଉଁ ଆଡ଼େ ଚାଲିଗଲା । କେଇ ମିନିଟ୍‌ର ଅତିକ୍ରାନ୍ତ ପରେ ପୁଣି ଧସେଇ ଆସିବା ପରି ପଶି ଆସିଲା ରୁମ୍ ଭିତରକୁ । କିଛି କଥା ଆରମ୍ଭ ନ କରି ତାରରେ ଝୁଲୁଥିବା ଅଧା ଶୁଖା ତଉଲିଆରେ ମୁହଁକୁ ଦୁଇ ପରସ୍ତ ପୋଛି ଚେଷ୍ଟାକଲା ଟିକେ ସ୍ୱାଭାବିକ କରିବାକୁ । ହୁଇଲ୍‌ଚେୟାର୍‌ଟିକୁ ଖଟ ଧାରରେ ଲଗାଇ

ପ୍ରଥମେ ଗୋଟାପଟ ହାତ ବେକପଛରେ ରଖ୍ ଆର ହାତରେ ଦୁଇ ଗୋଡ଼କୁ ଆଣ୍ଠୁ ପାଖକୁ ଭାଙ୍ଗି ତଳକୁ ବୁଲାଇ ବେଡ୍ ଉପରେ ସିଧାକରି ବସାଇଲା ।

"ଆରେ କ'ଣ ଚାହୁଁଛୁ କହ ?" କହି ତା' ଆଡ଼କୁ ଚକିତ ହୋଇ ଚାହିଁ ରହିଥାଏ ସୀମାଦ୍ରୀ । ଆଉ ଅଧିକ କିଛି କହିବାକୁ ନ ଦେଇ ହୁଇଲ୍‌ଚେୟାରକୁ ସିଫ୍ଟ କରି ଆଣିଲା । ଅବିଳମ୍ୟେ ଗଡ଼ାଇ ନେଲା ସେଇ ସେକେଣ୍ଡ ଫ୍ଲୋରର ମଝାମଝି ଥିବା ଏମର୍ଜେନ୍ସି ନର୍ସିଂ ଷ୍ଟେସନ ପ୍ରକୋଷ୍ଠକୁ ।

ରାତି ଦୁଇଟା ପାଖାପାଖି ହୋଇ ଯାଇଥିଲା । ଡିଉଟିରେ ଥା'ନ୍ତି ଆରତୀ ଦିଦି । ସାମ୍ନା ଟେବୁଲରେ ହାତରଖ ଢୋଲାଇ ପଡ଼ିଥାନ୍ତି । ବିଦୁର ଡାକରେ ନିଦରୁ ସଜାଗ ହୋଇ ଉଠିଲେ ଦିଦି ।

ସୀମାଦ୍ରୀର କପାଳରୁ ସେହିପରି ଥପଥପ ଝାଲ ଝରି ଚାଲିଥାଏ । ସ୍ୱାଭାବିକତାରୁ ଯଥେଷ୍ଟ ଉଚ୍ଚା ଜଣା ପଡ଼ିଥାଏ ଉଦ୍‌ବେଗର ସ୍ତର । ସଙ୍ଗେ ସଙ୍ଗେ ଆରତୀ ଦିଦି ଗୋଟିଏ ପଟ ପଙ୍ଖିଂ କରି ମରକ୍ୟୁରୀ ରିଡ଼ିଙ୍ଗରେ ରକ୍ତଚାପର ସ୍ତର ମାପି ବସିଲେ । କହିଲେ, "ପ୍ରେସର୍ ସାମାନ୍ୟ ହାଇ ଅଛି । କିନ୍ତୁ ଏତିକି ପ୍ରେସରରେ ଆପଣଙ୍କ ମଥାରେ ଏପରି ଗମ୍‌ଗମ୍ ଝାଲ ବାହାରିବାଟା ମୁଁ କାଇଁ କିଛି ଜାଣିପାରୁ ନାହିଁ । ଆଜି ରାତି ଏମର୍ଜେନ୍ସି ଡ୍ୟୁଟିରେ ଦୀପକ ସାର ଅଛନ୍ତି । ଚାଲନ୍ତୁ ତାଙ୍କ ରୁମ୍‌କୁ ଯିବା" କହି ଆରତୀ ଦିଦି ଆଗେ ଆଗେ ବାହାରି ପଡ଼ିଲେ । ପଛରେ ତାଙ୍କୁ ଅନୁସରଣ କରୁଥାଏ ବିଦୁ ।

ଆରତୀ ଦିଦି ରହି ରହି ଭିତରପଟୁ ବନ୍ଦ ଥିବା କବାଟକୁ ବାହାରୁ ଠକ୍‌ଠକ୍ କରି ଚାଲିଥିଲେ । କେଇ କ୍ଷଣ ପରେ କବାଟଟି ଖୋଲି ଯାଇଥିଲା ।

ଆତମ୍ବିତ ହେବାପରି ହାତରେ ଧରିଥିବା ଚଷମାଟିକୁ ଧରି ପିନ୍ଧୁଥିଲେ ଡାକ୍ତର ଦୀପକ କୁମାର ସିଂହ ।

ସୀମାଦ୍ରୀର ବେଶ୍ ମନେ ଥିଲା ଏହି ଡାକ୍ତରଙ୍କ ଚେହେରା । ଯୋଉଦିନ ଆପୋଲୋ ହସ୍ପିଟାଲରୁ ଡିସ୍‌ଚାର୍ଜ ହୋଇ ଆସିଥିଲା, ଇଏ ହିଁ ତାକୁ ଆଡ଼ମିସନ୍ କରାଇଥିଲେ । ତାଙ୍କୁ ଦେଖିଲା ପରେ ମୁଣ୍ଡବ୍ୟଥାର ଅସହନୀୟ ରେଖାକୁ ଅତିକ୍ରମ କରି ଯାଇଥିବା ରେଖାଟା ସହସା କିଛିବାଟ ଖସି ଆସିଲା ତଳକୁ ।

"ୟାଙ୍କର ହଠାତ୍ କ'ଣ ଅସୁବିଧା ହେଲା ଦିଦି ?" କହି ଅନିସନ୍ଧିସୁ ଆଖିରେ ପଚାରି ବସିଲେ ଡାକ୍ତର ଦୀପକ ସିଂହ ।

ନର୍ସ ଜନକ ହାତରେ ଧରିଥିବା ବ୍ଲଡ଼ପ୍ରେସର ମେଜରମେଣ୍ଟର ଚିଠାକୁ ବଡ଼ାଇ କହିଉଠିଲେ ସବୁ କଥା। ଏହାପରେ ଡାକ୍ତର ସିଂହ ନିଜର ସ୍ୱଭାବସୁଲଭ ଭଙ୍ଗୀରେ ସୀମାଦ୍ରୀଙ୍କୁ ଅଳ୍ପ ସମୟ ନିରୀକ୍ଷଣ କରି କହିଥିଲେ, "ଆପଣଙ୍କର ବିପି ସାମାନ୍ୟ ଅଧିକ ରହିଛି। ହେଲେ ସେଥିରେ ତ ଏପରି ହାଇପରଟେନ୍ସନର ଲକ୍ଷଣ ଦେଖାଯିବା କଥା ନୁହେଁ! ଆପଣ ବୋଧେ ଦରକାରଠାରୁ ଅଧିକା ଚିନ୍ତା କରୁଛନ୍ତି!"

ବହୁ ଦିନ ଧରି ସମୁଦ୍ରର ଉଆଁଳ ବିକ୍ଷୁବ୍ଧ ଲହଡ଼ି ବେଲାଭୂମିଟିଏ ଖୋଜି ହେଉଥାଏ ଯେପରି ମଥା ପିଟିବା ପାଇଁ। ସେହିପରି ଅବସ୍ଥା ଘଟିଥିଲା ସୀମାଦ୍ରୀର। ଭୋ' ଭୋ' ହୋଇ କାନ୍ଦି ଉଠିଲା ଛୋଟ ଶିଶୁଙ୍କ ପରି। ଚାପି ହୋଇ ରହିଥିବା ଗୋଟେ ମାଇଲ୍ ମାଇଲ୍ ବ୍ୟାପୀ ଆବେଗ ଯେମିତି ରାହା ଧରି ଆମ୍ପ୍ରକାଶ କରୁଥାଏ।

ଦିଦିଙ୍କ କୋଳରେ ପଡ଼ିଥିବା କପଡ଼ାକୁ ଉଠାଇ ମୁହଁକୁ ପୋଛି ତୁନି କରିବାକୁ ଚେଷ୍ଟା କଲା ବିଦୁ। ଡାକ୍ତରଙ୍କ ଆଡ଼କୁ ଚାହିଁ ଗୋଟି ଗୋଟି ଜଣାଇଲା ଦେଖୁଥିବା ବିଲକ୍ଷଣ ସବୁକୁ।

ସମ୍ପୂର୍ଣ୍ଣ ପ୍ରଶାନ୍ତ ଚିଉରେ ରହି ନିରୀକ୍ଷଣ କରୁଥିଲେ ଡାକ୍ତର। ଧୈର୍ଯ୍ୟର ସହିତ ଚାହିଁ ଅପେକ୍ଷା କରୁଥିଲେ, ସାମ୍ନାରେ ଥିବା ପେସେଣ୍ଟ ଜଣକର ଅବସ୍ଥା ସ୍ୱାଭାବିକ ହେବା ଯାଏଁ। ମୁହଁ ଖୋଲି କହିଲେ, "ଆପଣ ଯାହା ଔଷଧ ଖାଉଛନ୍ତି ତ ଠିକ୍ ଅଛି। ଏବେ ଯୋଉ ସମସ୍ୟା ଆପଣଙ୍କର ଦେଖୁଚି, ତା' ପାଇଁ କିଛି ନାହିଁ।"

ସେହିପରି ଡାକ୍ତରଙ୍କ ଆଡ଼କୁ ଏକଦୃଷ୍ଟିରେ ଚାହିଁ ରହି ସେ କହିଥିଲା, "ସାର ମୋର ସ୍ୱାଇନାଲ ଇଞ୍ଜୁରୀରେ ଯାହା ହେବା କଥା ତ ହୋଇ ଯାଇଛି, ତା'ଠୁଁ ଅଧିକ ବଳି ପଡ଼ୁଛି ମାନସିକ ଟ୍ରୋମା। ସେ ହିଁ ମୋତେ ପ୍ରତି ସେକେଣ୍ଡରେ କହି ମାରି ଚାଲିଛି, ଗଲା ସରିଗଲା ତୋ ଜୀବନଟା ପୂରା! ଆଉ ଯେତେଦିନ ବଞ୍ଚିବୁ ଏହି ଚକଲଗା ଚେୟାର ଆଶ୍ରାରେ। ମାତ୍ର ସତେଇଶ ବର୍ଷରେ କ'ଣ ମୋ ଜୀବନଟା ସରିଯିବ ସାର୍?"

– "ଆଡ଼ିମିଶନ୍ ସମୟରେ ମୁଁ ଆପଣଙ୍କ କେସ ହିଷ୍ଟ୍ରି ଓ ବ୍ୟକ୍ତିଗତ ଜୀବନ ବିଷୟରେ ଜାଣିବାକୁ ପାଇଥିଲି। ଆପଣ ତ ଜଣେ ମ୍ୟାନେଜମେଣ୍ଟର ସ୍କଲାର। ପୁଣି ହ୍ୟୁମାନ୍ ରିସୋର୍ସ ବିଭାଗର। ମଣିଷ ଭିତରର ଦକ୍ଷତା ଓ ସମ୍ଭାବନାକୁ ଭଲରେ

ଆକଳନ କରି ଜାଣନ୍ତି । ମୁଁ କହିବି, ଆପଣ ଏଇ ଅବସ୍ଥାରେ ବି ନିଜର ଆକଳନ କରନ୍ତୁ । ମୁଁ ବୃତ୍ତିରେ ଜଣେ ଡାକ୍ତର । ପୂର୍ବଜନ୍ମ ଆଉ ପରଜନ୍ମ ପରି ଶାସ୍ତ୍ରୀୟ ବ୍ୟାଖ୍ୟାକୁ ଗ୍ରହଣ କରେ କି ନ କରେ, କିନ୍ତୁ ସମ୍ମାନ ଦିଏ । ସହସ୍ର କୋଟିର ଜନ୍ମ ଜନ୍ମାନ୍ତର ଚାଲିଛି । ସେହି ଅନୁସାରେ ଯଦି ଆପଣ ଭାବନ୍ତି, କାହିଁ କେତେ ଚଉରାଅଶି ଲକ୍ଷ ଜନ୍ମ ମଧ୍ୟରୁ ଏହି ଜନ୍ମ ଗୋଟିଏ, ଆପଣଙ୍କ କଷ୍ଟ ଏତେ ଭାରି ଜଣାପଡ଼ିବ ନାହିଁ !”

ଜଣେ ଡାକ୍ତରଙ୍କ ମୁହଁରୁ ଜନ୍ମ ଜନ୍ମାନ୍ତରର ଦାର୍ଶନିକ ବ୍ୟାଖ୍ୟା ଶୁଣି ଆଶ୍ଚର୍ଯ୍ୟ ହୋଇ ଉଠୁଥାଏ ସୀମାଦ୍ରୀ ।

ସତକୁ ସତ ତା' ଭିତରେ ବହି ଚାଲିଥିବା ଝଡ଼ର ତୀବ୍ରତା ଧାପେ ହେଲେ ବି ଆସ୍ତେ ଆସ୍ତେ ବେଗ କମାଇ ଆସୁଥିବା ପରି ଲାଗୁଥାଏ ତାକୁ ।

ଚାହୁଁଥିଲା ମୁହଁରେ ସାମାନ୍ୟ ହସ ଖେଳାଇ ଧନ୍ୟବାଦ ଦେବ । ସେ କହିବା ଆଗରୁ ବିଦୁ ଚଟ୍‌କିନା ଆଗେଇ ପଡ଼ି ଧନ୍ୟବାଦ ଜଣାଇ ହୁଇଲ୍‌ଚେୟାର୍‌ଟା ବୁଲାଇ ସାରିଥିଲା ।

କେଜାଣି କାହିଁକି ସେଠାରୁ ଫେରି ଆସିଲାବେଳେ ଜନ୍ମ, ମୃତ୍ୟୁ ଓ ପୁନର୍ଜନ୍ମ ଦର୍ଶନର ଏକ ଗୂଢ଼ ଅଡୁଆ ସୂତାର ଗୋଟିଏ ମୁଣ୍ଡ ଯେପରି ଝୁଲି ପଡ଼ିଥିଲା ତା'ରି ସାମ୍ନାରେ !

ରବିବାରର ଏକ ଉଦ୍ଘାର୍ଷ୍ଣ ହାଲକା ଶୀତୁଆ ଅପରାହ୍ନ। ଦ୍ୱିପହର ଖରାର ଚିକ୍କଣ ତେଜଟା ପାଣି ଫାଟିବା ପରି ନିସ୍ତେଜ ରଙ୍ଗ ଧରି ସାରିଥାଏ।

ରବିବାର ପଡ଼ୁଥିବାରୁ ଅନ୍ୟଦିନ ସବୁ ପରି ଦୁଇ ଟାଇମ୍ ଥେରାପି ସେସନ୍ ଯିବାକୁ ଚାପ ନ ଥାଏ। ଏହି କିଛି ସମୟ ଆଗରୁ ନିଦ ଧରି ଆସିଥାଏ ସୀମାଦ୍ରୀକୁ। ବାହାରର ଖୋଲା ହାଓ୍ଵା ଟିକେ ଯିବା ଆସିବା କରିବାକୁ ରୁମ୍ କବାଟଟା ଖୋଲା କରି ଦେଇଥିଲା ବିନ୍ଦୁ।

ଏକ ଅପ୍ରତ୍ୟାଶିତ ସତେଜତାର ଛୁଆଁ ଅପେକ୍ଷାରେ ଥିଲା ଯେପରି କ୍ୟାବିନ୍ ନମ୍ବର ଦୁଇଶହ ଚାରି। ହଠାତ୍ ଗୋଟିଏ ପୁରୁଣା ଚିହ୍ନା ଦୁଇ କ୍ରର ଆଘାତ ଶବ୍ଦରେ ଚାଉକିନା ନିଦ ଭାଙ୍ଗି ଯାଇଥିଲା ତା'ର। କେତେବେଲେ ରୁମ୍ ଭିତରକୁ ଅତି ପରିଚିତ ଅତିଥିଟିଏ ପରି ଧସେଇ ପଶି ଆସିଥିଲା ରୋନି। ସେରିବ୍ରାଲ୍ ପାଲ୍ସିରେ ଆକ୍ରାନ୍ତ ହୋଇଥିବାରୁ ତା'ର ଦୁଇଗୋଡ଼ର ନିମ୍ନାଂଶ ଚଲନ ଶକ୍ତି ବାଧ୍ୟତ ଥାଏ। ଯଦିଓ ଅପେକ୍ଷାକୃତ ଭାବେ ତା'ର ହାତ ଦୁଇଟି ଭଲ ରହିଥାଏ। ଦୁଇ କହୁଣୀରେ ଏଲ୍‌ବୋକ୍‌ଟ୍‌କୁ ଭରା ଦେଇ ସେ ପାଦ ଘୋଷାରି ଯା' ଆସ କରିବାକୁ ଥିଲା ସମର୍ଥ।

ଏହି ଦୁଇ ମାସର ରହଣି ମଧ୍ୟରେ କେବଲ ରୋନି ହିଁ ଅବାଧ ପ୍ରବେଶ କରିପାରୁଥିଲା ସୀମାଦ୍ରୀର କ୍ୟାବିନ୍‌କୁ। ଯେବେଠାରୁ ଫିଜିଓଥେରାପି ହଲରେ ଦେଖା ହୋଇଥିଲା, ସେବେଠାରୁ କେବଲ ସିଏ ହିଁ ଏକମାତ୍ର ଅନୁମତିପ୍ରାପ୍ତ ଅତିଥି ପାଲଟି ଯାଇଥିଲା। ସହଜେ ତ କାହା ସହିତ ମିଲାମିଶା କରିବାରେ ତା'ର ଆଗ୍ରହ ନ ଥାଏ! ଏପରିକି ଡାହାଣ ପଟ ଦୁଇଶହ ତିନି ନମ୍ବର ଓ ବାମପଟ ଦୁଇଶହ ପାଞ୍ଚ

ନମ୍ବର କ୍ୟାବିନ୍‍ରେ ଥିବା ରିହାବ୍ ପେସେଣ୍ଟଙ୍କ ସହ ତା'ର ଭାବ ବିନିମୟ ଆଦୌ ନ ଥିଲା କହିଲେ ଚଳେ। କିନ୍ତୁ ବିନ୍ଦୁ ଥିଲା ପୁରା ଓଲଟା। କେତେବେଳେ ସମୟ ଟିକେ ପାଇଲେ, ଏପଟ ନ ହେଲେ ସେପଟର ଅନ୍ତେବାସୀଙ୍କ ସହ ଭାବ ଯୋଡ଼ିଥାଏ। ସିଏ ଯଦିଓ ନିଜର ଆଗ୍ରହ ନ ଥିବା କାରଣରୁ ଏସବୁ ସମ୍ପର୍କ ଚାହେଁ ନାହିଁ, କିନ୍ତୁ ବାରଣ କରି ନ ଥାଏ ବିନ୍ଦୁକୁ।

ରୋନି ଅତର୍କିତ ଭାବେ ରୁମ୍ ଭିତରକୁ ପ୍ରବେଶ କରିଛି କି ନାହିଁ, ସିଧା ପ୍ରସ୍ତାବ ଦେଇଥିଲା, "ଦିଦି... ଚଲୋ ଆଜ୍ ମେ ଆପ୍‍କୋ ବାହାର୍ ଲେ ଯାତାହୁଁ। ମେ ଦେଖ୍ ରହା ହୁଁ, ଯହାଁ ଆନେ କି ବାଦ୍ ଆପ୍ ଏକବାର୍ ବି ବାହାର୍ ନେହିଁ ନିକ୍‍ଲେ!"

ତା'ର ସେହି କଥାଟା କିପରି ତାଙ୍କ ଅସତର୍କ ମନରେ ରେଖାପାତ କରିଗଲା ଅଜାଣତରେ। କ୍ଷଣିକ ପାଇଁ ସେ ଭାବି ହେଲା, ହଁ ସତେ ତ! ଆସିବା ପରଠୁ ଗୁଡ଼ାଏ ଦିନ ହେଇଯିବଣି ଏହା ଭିତରେ! ବାହାର ଆଡ଼କୁ ଯାଇପାରିନି। ନା... ଯିବାକୁ ଚାହିଁ ନାହିଁ। ସତକୁ ସତ ଏଇ ରୋନୀ ମନ ପକାଇଦେଲା ସେ ହରାଉଥିବା ଅଭାବଟିକୁ! ଖୁସି ମିଜାଜର ପିଲାଟା। ଯେବେଠୁଁ ଫିଜିଓଥେରାପି ହଲ୍‍ରେ ଦେଖା ହୋଇଛି, ତା' ପରଠାରୁ ପ୍ରତିଦିନ ସକାଳେ ଥେରାପି କରିବାକୁ ଯିବାବେଳେ 'ଗୁଡ୍‍-ମର୍ଣିଂ ସୀମା ଦିଦି' ସମ୍ବୋଧନ କରିକି ଯାଏ। ଶୁଭେଚ୍ଛା ବାର୍ତ୍ତା ଜଣାଇ ଯାଏ। ପ୍ରଥମେ ସେଇ ଶୁଭେଚ୍ଛା ସମ୍ବୋଧନରେ ଖାଲି ତା' ଆଡ଼କୁ ମୁହଁ ବୁଲାଇ ଚାହିଁ ରହୁଥିଲା। ପରେ ପରେ ନିରୁତ୍ସାହ ଭାବେ 'ମର୍ଣିଂ' ବୋଲି ଉଚ୍ଚାରି ଥିଲା। କ୍ରମଶଃ ତା'ର ଉତ୍ତର 'ମର୍ଣିଂ'ରୁ 'ଗୁଡ୍‍-ମର୍ଣିଂ', ଏବେ 'ଭେରୀ ଗୁଡ୍‍-ମର୍ଣିଂ' ଯାକେ କଥା ଗଲାଣି।

ସବୁଥର ସକାଳେ ସେ କହି ଗଲାବେଳେ ବିନ୍ଦୁ ତାକୁ ଥେରାପି କକ୍ଷକୁ ନେବାପାଇଁ ପ୍ରସ୍ତୁତ କରୁଥାଏ। ଏମିତି କି ଏଇ ଡାକ ସହ ଏପରି ଅଭ୍ୟାସ ହୋଇଯାଇଥିଲା ଯେ, ସମ୍ପୂର୍ଣ୍ଣ ପ୍ରସ୍ତୁତ ହୋଇ ସାରିଥିଲେ ବି କିଛି ନା କିଛି ବାହାନା ଦେଖାଇ ତା'ର ଯିବା ବାଟକୁ ଅପେକ୍ଷା କରି ରହିଥାଏ।

ସେଥର ତଳକୁ ଆସିଲା ପରେ କିଛି ଅଲଗା ଅଲଗା ଲାଗି ଆସୁଥିଲା ସୀମାଦ୍ରୀକୁ। ନିରୀତାର କ୍ୟାମ୍ପସର ପରିଚ୍ଛନ୍ନ ହତାରେ ଇତସ୍ତତଃ ପଡ଼ି ରହିଥାଏ ଶୁଖିଲା ଝଡ଼ାପତ୍ର। ମାମା କହେ, "ଏଇ ଡିସେମ୍ବର ମାସରେ ଆରମ୍ଭ ହୋଇ

ଯାଇଥାଏ ପୌଷର ପତ୍ରଝଡ଼ା ସମୟ। ବିରହର ରତୁ। ଗଛର ସବୁଜ ଦେହରେ ଚରି ଆସୁଥିବା ବାର୍ଦ୍ଧକ୍ୟର ରତୁ। ସେଥିପାଇଁ ଏ ଶୁଷ୍କ ପତ୍ର ସବୁ ପବନର ଖଣ୍ଡିଉଡ଼ା ସହ ଅବାଧ ବିଳାପ କରି ଉଠୁଛନ୍ତି।"

ହୁଇଲ୍‌ଚେୟାରର ଟିକିଏ ଆଗରେ ଦୁଇ ଏଲ୍‌ବୋକ୍‌ର୍‌ର ସହାୟତା ନେଇ ପୁରୁଣା ଶୈଳୀରେ ଚାଲୁଥାଏ ରୋନି। ମଝିରେ ମଝିରେ ରହି କ'ଣ କଥା କହୁଥାଏ। ଅଧା ପଛକୁ ଶୁଭୁଥାଏ ତ ଅଧା ନ ଥାଏ। ସହସା ସେ ଅଟକି ଗଲା କାହାର ସମ୍ବୋଧନରେ! ପାଖ ଟି' ସ୍ଥଳରେ ଛିଡ଼ା ହୋଇଥିଲେ ଜଣେ ବରିଷ୍ଠ ଯୁବକ। ସିଏ ହିଁ ପାଖକୁ ଆସିବା ପାଇଁ ସମ୍ବୋଧନ କରି ଡାକୁଥିଲେ ରୋନିକୁ।

– "ହାଁ ଅଙ୍କଲ ଆ ରହା ହୁଁ।"

କେଇ ପାହୁଣ୍ଡ ପରେ ତିନିହେଁ ପହଞ୍ଚି ଯାଇଥିଲେ ସେଇ ଦୋକାନ ନିକଟରେ। ରୋନି ପରିଚୟ କରାଇଦେଲା ସୀମା ଦିଦିଙ୍କୁ ବିଭୂତି ଅଙ୍କଲଙ୍କ ସହ। ବୟସ ଚାଳିଶ ପାଖାପାଖି ହୋଇ ଯିବଣି। ରିହାବିଲିଟେସନ୍‌ର କୌଣସି ପ୍ରକ୍ରିୟାରେ ଥିବା ପରି ଜଣାପଡ଼ୁ ନ ଥାନ୍ତି ସେ।

ଭଲକରି ନିରୀକ୍ଷଣ କଲା ସୀମାଦ୍ରୀ। କୌତୁହଳତା ପୂର୍ବକ କେବଳ ଏତିକି ପଚାରି ଦେଇଥିଲା, "ଆପଣଙ୍କ କେସ୍ କ'ଣ?"

– "ସିଏ ଗୋଟେ ଲମ୍ବା କାହାଣୀ। ଖାଲି ସଂକ୍ଷେପରେ କହି ଦେଉଛି।" ଏତକ କହି ସାରି ବିଭୂତି ବାବୁ ଶୁଣାଇଥିଲେ ତାଙ୍କ ଅଭୂତ ଜୀବନ କାହାଣୀ।

ଯେତିକି ଶୁଣିଲା, ସେତିକିରେ ରୋମ ଟାଙ୍କୁରି ଉଠୁଥାଏ ସୀମାଦ୍ରୀର ଶରୀର। ଘର ତାଙ୍କର ବରଗଡ଼ ଜିଲ୍ଲାର ଗାଏସିଲଟ ଅଞ୍ଚଳରେ। ଗୋଟେ ବଡ଼ ସ୍କିଜ୍ ପାଖରେ ମାର୍କେଟିଂ ମ୍ୟାନେଜର ରୂପେ କାମ କରୁଥିଲେ। ଥରେ ଦୂରନ୍ତ କିଛି ଅଞ୍ଚଳରେ ଜିନିଷ ଲଗାଇ ପୂର୍ବ କଲେକସନ୍ ହିସାବ ଧରି ଫେରୁଥିଲେ ମାଲବାହୀ ଗୋଟେ ବୋଲେରୋ ଗାଡ଼ିରେ। ରାତି ଦଶଟା ଟପି ସାରିଥାଏ। ଗୋଟେ ଛୋଟ ଡଙ୍ଗର ପରେ ପରେ ଦୁଇପଟେ ଶାଳ ଜଙ୍ଗଲ ଆରମ୍ଭ ହୋଇ ଯାଇଥିଲା। ହଠାତ୍ ଗାଡ଼ି ଆଗରେ କାଠଗଣ୍ଡି ପକାଇ କୁଦି ପଡ଼ିଥିଲେ ଚାରି ତସ୍କର। ଆଖି ଆଉ କପାଳକୁ ଛାଡ଼ି ମୁହଁରେ ବନ୍ଧା ହୋଇଥାଏ ଗାମୁଛା।

ମାତ୍ର ସ୍ୱଭାବରେ ବେପରୁଆ ଓ ଭାରି ସାହସୀ ଥିଲେ ବିଭୂତି ବାବୁ। ପଛେଇ ନ ଥିଲେ ଏକୁଟିଆ ଚାରିଜଣଙ୍କ ସହ ଲଢ଼ିବା ପାଇଁ। ଆଦାୟ କରିଥିବା ଅର୍ଥକୁ

ହରାଇବା ସହ ହାରିବା ମଧ୍ୟ ସୁନିର୍ଷ୍ଟିତ ଥିଲା । ମାତ୍ର ଏହା ଜାଣି ସୁଦ୍ଧା ସେ ଲଢ଼ିଥିଲେ । ଶେଷରେ ତାଙ୍କୁ ରାସ୍ତା କଡ଼ରେ ଦୁଇ କାଠଗଣ୍ଟି ମଝିରେ ତଳେ ଶୁଆଇ ବାନ୍ଧି ଦେଇଥିଲେ ସେଇ ତସ୍କରମାନେ । ଲଢ଼ିବାର ଦୁଃସାହସ ଦେଖେଇଥିବାରୁ ଦଣ୍ଡସ୍ୱରୂପ ଟାଙ୍ଗିଆରେ ହାଣି ଗୋଡ଼ର ଦୁଇ ପାଦ ଓ ହାତର ଦୁଇ ପାପୁଲିକୁ ବିଚ୍ଛିନ୍ନ କରିଦେଇଥିଲେ ଶରୀରଠାରୁ । ଭୟଙ୍କର ଯନ୍ତ୍ରଣାର ଚିକ୍ରାର ସେଇ ନିବୁଜ ଜଙ୍ଗଲ ରାସ୍ତାରେ ସୁଦ୍ଧା ପ୍ରତିଧ୍ୱନିତ ହେଉଥିଲା । ବୋଡ଼େ ରକ୍ତର କ୍ଷରଣ ସହ ଚେତାଶୂନ୍ୟ ହୋଇ ପଡ଼ିରହିଥିଲେ ସେହିଠାରେ ।

ସେଇ ନିଛାଟିଆ ରାତିରେ ପଛରେ ଫେରୁଥିବା ଆଉ ଗୋଟିଏ ଟ୍ରକ୍‌ର ହେଡ୍‌ଲାଇଟ୍‌ ଆବିଷ୍କାର କରିଥିଲା ତାଙ୍କୁ । ମରୁ ମରୁ ଖୁବ ଅନ୍ଧକରେ ଜୀବନଟା ରକ୍ଷା ହୋଇଥିଲା ପାଖ ମେଡ଼ିକାଲ୍‌ରେ ।

ସେହି ତସ୍କର ପ୍ରତିଶୋଧରେ ଏତେ ଅଣାୟତ ହୋଇ ପଡ଼ିଥିଲେ ଯେ ଶରୀରର କଟା ଅଂଶକୁ ଧରି ଚାଲିଯାଇଥିଲେ ସାଙ୍ଗରେ ।

ଦୀର୍ଘଦିନ ରହି ଡାକ୍ତରଖାନାରୁ ସୁସ୍ଥ ହେଲା ପରେ କୃତ୍ରିମ ଅଙ୍ଗ ପ୍ରତିରୋପଣ କରିବାକୁ ଆସିଥାଆନ୍ତି ଓଲଟପୁର ।

ବିଭୂତି ବାବୁଙ୍କଠାରୁ ତାଙ୍କ ଜୀବନର ଏହି ଚରମ ଦୁର୍ଯୋଗର ସଂକ୍ଷିପ୍ତ ବୃତ୍ତାନ୍ତ ଶୁଣି ସାରିବାପରେ ଭୟରେ ଛାତିର ମଞ୍ଜି ଥରିଉଠାଏ ସୀମାଦ୍ରୀର । "ଈସ୍‌ କି ନାରକୀୟ... କି ଜଘନ୍ୟ... କି ଲୋମହର୍ଷକ ଘଟଣା ସତରେ...! ଲୋକଟା ବି କେତେଟା ଟଙ୍କା ପାଇଁ ନିଜ ଭିତରର ଲଟୁଆ ସାହସଟାକୁ କାଇଁ ଦେଖାଉଥିଲା କେଜାଣି ! ସେହି ଡକାୟତଗୁଡ଼ାକ ବି କି ଦୁର୍ଦ୍ଦାନ୍ତ... ନିର୍ଦ୍ଦୟ...! ଜିଅନ୍ତା ବାନ୍ଧି ପାଦ ଓ ପାପୁଲି ସୁଦ୍ଧା କାଟି ନେଇଗଲେ । ସେସବୁ ବିନା ସେହି ଲୋକଟା ପାଖରେ ରହିଲା ତ ପୁଣି କ'ଣ ଆଉ ?"

ଗୋଟେ ଆହତ କ୍ଷୋଭ ଓ ବିସ୍ମିତ ଆଖି ନେଇ ସୀମାଦ୍ରୀ ଦେଖିବାକୁ ଚାହିଁ ବସିଲା ଆଖି ଆଗରେ ଛିଡ଼ା ହୋଇଥିବା ବିଭୂତି ବାବୁଙ୍କ ଦେହର ବାସ୍ତବ ସ୍ଥିତିକୁ ! ଆଗେ ଚାହିଁଲା ଦୁଇପାଦ ଆଡ଼କୁ । ଭଲ କରି ନିରୀକ୍ଷଣ କଲାପରେ ଜାଣି ପାରିଲା ଯେ ଜୋତା ଓ ଉପର ଫୁଲ୍‌ପ୍ୟାଣ୍ଟ ମଝିରେ ଅନ୍ଧକେ ଦେଖା ଯାଉଥିବା ଗୋଡ଼ ରଙ୍ଗର ଅଂଶଟି ଆର୍ଟିଫିସିଆଲ ରହିଥିଲା । ବୁଝିଗଲା ଯେ ସେ କୃତ୍ରିମ ଗୋଡ଼ ଲଗାଇଛନ୍ତି । ପରେ ତା'ର କୌତୁହଳୀ ଆଖି ଦୁଇ ଗୋଡ଼ ନିକଟରୁ ଉପରକୁ ଉଠି

ହାତ ଆଡ଼କୁ ଗଲା ।

ସେତେବେଳକୁ ପୂର୍ବର ଦୃଶ୍ୟ ସାମାନ୍ୟ ବଦଳି ସାରିଥାଏ । ସେହି ଚାହା ଦୋକାନୀ ରାଜୁ ଗୋଟିଏ ଗରମ ଚା'ର କପ୍ ବଢ଼ାଇ ଦେଉଥିଲା ବିଭୂତି ବାବୁଙ୍କ ଆଡ଼କୁ ।

ଖୁବ୍ ଅଭ୍ୟସ୍ତଙ୍କ ପରି ହାତର ଦୁଇ କଟା ମଣିବନ୍ଧକୁ ଲଗାଇ ଶୂନ୍ୟରୁ ଟେକି ଆସିଲେ ଚା' କପ୍‍ଟାକୁ । ଆଉ ଢୋକିବାର ଛୋଟ ସୁଡ଼ୁକା ଶବ୍ଦରେ ଆରମ୍ଭ କରି ଦେଇଥିଲେ ତାଙ୍କ ଚା' ପିଆ ପର୍ବ । ଚା' ଗ୍ଲାସ୍‍ଟିକୁ ଓଠରେ ଲଗାଇ ଗୋଟିଏରୁ ଆରେକ ସୁଡ଼କା ମଝିରେ

ନିଜର ବେହିସାବୀ ଚାହାଣିକୁ ଉପର ଆକାଶ ଆଡ଼େ ପହଁରାଇ ଆଣ୍ଠୁଥାଆନ୍ତି । ସେଇ ଦୋକାନୀଟି ବି ଯେମିତି ଅଭ୍ୟସ୍ତ ହୋଇ ଯାଇଥିଲା ତା'ର ଏଇ ସ୍ୱତନ୍ତ ଗରାଖର ନିଆରା ମାଧମ ସହ ।

ଅପଲକ ଆଖିରେ ଦେଖୁଥାଏ ସୀମାଦ୍ରୀ । ବିଭୂତି ବାବୁଙ୍କ ହାତର ଗ୍ଲାସ୍‍ଟିରୁ ଚା'ଟି ସରିବା ସରିବା ହେଉଥାଏ । ଗ୍ଲାସ୍‍କୁ ଚାପି ଧରିଥିବା ଦୁଇ ମଣିବନ୍ଧକୁ ୩୦ ଉପରେ ରଖି ଷାଠିଏ ଡିଗ୍ରୀ ଯାଏ ଟେକି ପକାଇଲେ । ପୂରା ନିଗିଡ଼ି ସାରିଥିଲା ସବୁଟକ ଚାହା । ସେହି ଅବସ୍ଥାରେ ଦୁଇ ହାତ ଅଗକୁ ଚାପି ତଳକୁ ଖସାଇ ଆଣି ବଢ଼ାଇ ଦେଲେ ଦୋକାନୀ ଆଡ଼େ ।

ଏହା ପରର ଫରମାଇସ୍ତା ବି ଜଣାଥାଏ ଦୋକାନୀକୁ । ଟିକେ ତଳକୁ ମୁହଁ ଝୁଙ୍କାଇ ଦେଇଥିବା ବିଭୂତି ବାବୁଙ୍କ ଓଠରେ ଆଣି ଲଗାଇଦେଲା ଗୋଟେ ଫିଲଟର୍ ସିଗାରେଟ୍ । ଦିଆସିଲି ମାରି ଧରାଇଦେଲା ନିଆଁ । ଦାଉ ଦାଉ କରି ପୁଲେ ଧୂଆଁକୁ ଭିତରକୁ ଟାଣିଦେଲା ପରେ ପୁଣି ଦୁଇ ହାତ ଦାଢ଼ ସାହାୟ୍ୟରେ ବିଭୂତି ବାବୁ ସିଗାରେଟ୍‍ଟିକୁ ସାମୟିକ ଭାବେ ପାଟିରୁ କାଢ଼ି ଆସିଲେ । ବୃତ୍ତାକାର ପ୍ରାୟ ପାଟିକୁ ଖୋଲି ଧୂଆଁଗୁଡ଼ିକୁ ଗୋଟିଏ ଫୁଙ୍କରେ ଛାଡ଼ିଦେଲେ ଉପରକୁ । ଏତିକିବେଳେ ସେହି ଚାହା ଦୋକାନୀର ରେଡ଼ିଓରୁ ବିବିଧ ଭାରତୀ ଷ୍ଟେସନରୁ କିଶୋର କୁମାରଙ୍କ କଣ୍ଠର ଗୀତଟିଏ ଭାସି ଆସିଲା "ତୁମ୍ ସାଥ୍ ହୋ ଜବ୍ ଆପ୍‍ନେ... ଦୁନିଆକୋ ଦିଖାଦେଙ୍ଗେ.. ହମ୍ ମତ୍ କୋ ଜିନେକେ ଅନ୍ଦାଜ୍ ଶିଖାଦେଙ୍ଗେ..."

ସିଏ ଲକ୍ଷ୍ୟ କରୁଥାଏ, ସେଇ ଗୀତଟି ଯେପରି ବିଭୂତି ବାବୁଙ୍କ ଚେହେରାରେ

ଟେଗାଟେ ବୈଦ୍ୟୁତିକ ତରଙ୍ଗ ଖେଳାଇବା ପରି ହସ ଫୁଟାଇ ଆସିଲା । ସିଗାରେଟ୍‌ର ଧୂଆଁ, ରେଡ଼ିଓରୁ ଆସୁଥିବା ଗୀତର ତାଳ ଓ ତାଙ୍କ ଦୁଇ ମଣିବନ୍ଧରେ ଜାକି ଓଠରେ ଧୂଆଁକୁ ଶୋଷି ବିନ୍ଦାସଙ୍କ ପରି ଉପରକୁ ଫିଙ୍ଗିବା ଆଉ ମଝିରେ ମଝିରେ ସେଇ ଗୀତର ପଦ ସହ ତାଳ ଦେଇ ବୋଲିବା ଦେଖି ପୁଲକିତ ହୋଇ ଉଠୁଥାଏ ସୀମାଦ୍ରୀ ।

ବିଭୂତି ବାବୁଙ୍କ ଧ୍ୟାନଟା ହଠାତ୍‌ ଅଟକିଗଲା ଆସି ସୀମାଦ୍ରୀର ଏକାଗ୍ର ଚାହାଣି ପାଖରେ । ଟିକେ ଅପ୍ରସ୍ତୁତ ହେବାପରି କହି ପକାଇଲେ, "କିଶୋର କୁମାରଙ୍କ ସବୁ ହିଟ୍‌ ଗୀତ ଭିତରୁ ଏଇ ଗୀତଟା ମୋର ସବୁଠୁଁ ଫେବରାଇଟ୍‌ । ଜି.ଏମ୍‌ ୟୁନିଭର୍ସିଟିରେ ପିଜି କଲାବେଳେ କଲଚରାଲ୍‌ ସେକ୍ରେଟେରୀ ପାଇଁ ଛିଡ଼ା ହୋଇଥିଲି । ଗୋଟିଏ କ୍ଲାସରୁ ଆଉ ଗୋଟିଏ କ୍ଲାସ ଘୁରି ଗୀତ ଗାଇବାକୁ ପଡୁଥିଲା ଭୋଟ୍‌ ପାଇଁ । ସୋସିଓଲୋଜି ଡିପାର୍ଟମେଣ୍ଟରେ ଯେଉଁଦିନ ଏଇ ଗୀତଟି ମୁଁ ଗାଇଲି, ମାମାଲି ତା' ଆଡୁ ମୋ ପ୍ରେମରେ ପଡ଼ି ପ୍ରପୋଜ କରିଥିଲା । ସେଥିପାଇଁ ଖାସ୍‌ ଏଇ ଗୀତଟା ମୋର ଡବଲ୍‌ ଫେବରାଇଟ୍‌ !"

ଆଉ ନିଜକୁ ଅଟକାଇ ନ ପାରି ସେ ଉସ୍ତୁକତାର ସହ ପଚାରି ଦେଲା, "ଆପଣଙ୍କ ସେ ମାମାଲି ଏବେ କେଉଁଠି ?"

– "ହଁ ସିଏ ମୋର ଏବେ ଜୀବନସାଥୀ ଆଉ ସହଧର୍ମିଣୀ । ୟୁନିଭର୍ସିଟି ପରେ ପରେ ଆମ ଦୁଇଜଣଙ୍କ ବାହାଘର ହୋଇଥିଲା । ମୋ ସହିତ ଏଠି ବି ଆସିଛନ୍ତି । ଏଇ ପ୍ରମିଳା ଭବନରେ ଆମେ ରୁମ୍‌ ନେଇଛି ଅଛୁ । ଦୁଇ ପାଦ ବଦଳରେ ପାର୍ସିଆଲ ଫୁଟ୍‌ ଅର୍ଥୋସିସ୍‌ ମିଳି ସାରିଛି । ଦୁଇ ହାତ ପାପୁଲି ପାଇଁ ମଧ୍ୟ ମେଜରମେଣ୍ଟ ନିଆ ସରିଛି । କିଛିଦିନ ମଧ୍ୟରେ ହାତ ପାଇଁ ସିଲିକନ୍‌ କସମେଟିକ୍‌ ଗ୍ଲୋଭ୍‌ ମିଳିଯିବ । ତା'ପରେ ଆମେ ଚାଲିଯିବୁ ଘରକୁ ।"

ଶିଥିଳ ରକ୍ତର ପ୍ରବାହରେ ତରଙ୍ଗର ତଡ଼ିତ୍‌ ଖେଳେଇ ଦେବାପରି ଥିଲା ବିଭୂତି ବାବୁଙ୍କ ଦୁର୍ଦ୍ଦଶ ଜୀବନର କାହାଣୀ ଆଉ ତା'ଠାରୁ ଆହୁରି ରୋମାଞ୍ଚଭରା ଥିଲା ତାଙ୍କ ପ୍ରେମ କାହାଣୀ ।

ସୀମାଦ୍ରୀକୁ ଲାଗୁଥିଲା ଯେପରି, ସେ ଚାରିପଟେ ଦେଖୁଥିବା ପତ୍ରଝଡ଼ା ଥୁଣ୍ଟା ପଡ଼ି ଆସୁଥିବା ଡାଳ ସବୁରେ ଶାଗୁଆ ରଙ୍ଗର ପ୍ରଜାପତିମାନେ ଉଡ଼ିବୁଲିବା ଆରମ୍ଭ କରିଦେଇଛନ୍ତି । ଆଉ ସେହି ପ୍ରଜାପତିର ଡେଣାରେ ରାତିର ଛୋଟ ଛୋଟ ତାରା ସବୁ କାରୁକାର୍ଯ୍ୟ ଖଚିତ ହୋଇ ଲାଖି ଯାଇଛନ୍ତି ଅପୂର୍ବ ତାରାକସିର ଚିତ୍ର

ପାଲଟି । ଦିଗ୍‌ବଳୟ ଆଡୁ ଏକ ମୃଦୁ ଅବୁଝା ସଂଗୀତ ପବନର ଲହର ସହ ଯେପରି ମାଡ଼ି ଆସୁଛି । ସେହି ଲହର ପିଠିରେ ଅସଂଖ୍ୟ ମୟୂରଚନ୍ଦ୍ରିକା ସବୁ ନୃତ୍ୟରତା ହୋଇ ଏକ ସ୍ୱପ୍ନିଲ ଜଗତ ଆଡ଼େ ପ୍ରବେଶ କରୁଛନ୍ତି ।

ଆନମନା ହୋଇ ଆସୁଥାଏ ସୀମାଦ୍ରୀ । ସମୟର ଉଜାଣି ସ୍ରୋତରେ ତା' ମନର ନୌକା ଭାସିଭାସି ଢେର ପଛକୁ ଚାଲି ଯାଉଥିଲା । ଦଳକାଏ ଦଳକାଏ ଚିହ୍ନା ଚଇତାଲିର ଛୁଆଁ ରହିରହିକା ଆସି ତା'ର କୋମଳ ଚାମର ଛୁଆଁରେ ଶୀତଳତା ଭରି ଚାଲିଥାଏ ସେହି ମଧୁର ଅତୀତର ଅବଲୋକନରେ ।

ପଢ଼ାଦିନର ଛୁଟିସବୁରେ କେତେ ସଂଧ୍ୟା, କେତେ ଦ୍ୱିପହର କାଫେ ଆଉ ରେସ୍ତୋରାଁର ମୂର୍ଚ୍ଛନାମୟ ପରିବେଶରେ କେତେଥର ଯେ ନ ହଜିଛି, ତା'ର ସୀମା ନାହିଁ ! ରୋମାଞ୍ଚଭରା ମନ୍ଦ ଆଲୋକ ସହିତ ସ୍ଲୋ ମ୍ୟୁଜିକ୍‌ର ଯୁଗଳବନ୍ଦୀ । ଟେବୁଲର ଦୁଇପଟେ ପରସ୍ପରକୁ ମୁହଁକରି ବସିଥାନ୍ତି ରୋହିତ ଆଉ ସିଏ । ସେହି ଧୀର ଆଲୁଅରେ ଦୁହେଁ ଦୁହିଁଙ୍କ ଆଖିକୁ ସ୍ୱସ୍ତ ପଢ଼ି ନ ପାରିଲେ ବି ଚାହିଁ ରହନ୍ତି ଦୀର୍ଘ ସମୟ । ସେତିକି ମୁହୂର୍ତ୍ତ ଯେପରି ସମୟ କାନ୍ଥରେ ପଜ୍‌ ବଟନର ଚିତ୍ର ପରି ଝୁଲିପଡ଼େ । ସେହି ଚିତ୍ରରେ ଛବି ଯେତିକି ନ ଥାଏ... କାହାଣୀ ଯେତିକି ନ ଥାଏ... ଥାଏ ଘନ ଅନୁଭବର ରଙ୍ଗ !

ସୀମାଦ୍ରୀର ମନେ ପଡ଼ିଯାଏ ସେହି ଡାଇନିଂ ଟେବୁଲର ଠିକ୍ ମଝାମଝି ଦୁଇଟି ହାତ ପାପୁଲି ପରସ୍ପର ଛନ୍ଦାଛନ୍ଦି ହୋଇ ଅନେକ ବେଳ ଯାଏଁ ପଡ଼ି ରହନ୍ତି । ଅନେକ ବେଳ ଯାଏଁ ସେଇ ଦୁଇହାତର ଆଙ୍ଗୁଠିସବୁ ସେମାନଙ୍କ ଦୁଷ୍ଟଛୁଆଁରେ ମନ ତଳର ଭାଷାକୁ ଉସ୍‌କାଇ ପକାନ୍ତି । ସେଥିରୁ ଆର ହାତ, ମାନେ ରୋହିତର, କେତେ ନା କେତେଥର ଅଲଗା ନ ହେବାର ବଜ୍ର ଶପଥ ଯେ ନ ନେଇଛି, ଗଣି ବସିଲେ ରାତି ସୁଦ୍ଧା ନିଆଁ ପଡ଼ିଯିବ !

ଥରେ କାଫେରେ ଏକାଠି ଡିନର କରୁଥିବାବେଳେ ରୋହିତ ତା'ର ଧ୍ୟାନକୁ ଭାଙ୍ଗି ପାଖ କାନ୍ଥରେ ଝୁଲିଥିବା ଖଣ୍ଡିଏ ଏଲ୍‌ଇଡି ଟିଭି ଆଡ଼କୁ ଚାହିଁ ଆଙ୍ଗୁଲି ଦେଖାଇଲା । କଥା ଓ ଖାଇବା ମଝିରେ ଝୁଙ୍ଗି ତା'ର ଏପରି ସଂକେତ ଦେବାଟା ଏକରକମ କୌତୁହଳତା ସୃଷ୍ଟି କରିଥିଲା । ଆଗ୍ରହୀ ହୋଇ ଉଠି ସେ ଚାହିଁ ଦେଖେ ତ ତାହା ଥିଲା ଫେବିକୁଇକ୍‌ର ଏକ ବିଜ୍ଞାପନ ଦୃଶ୍ୟ । ସେଥିରେ ଲୋକଟିଏ ପୋଖରୀ କୂଳକୁ ଆସୁଛି । ବନ୍‌ଶୀ କଣ୍ଠାରେ ମାଛ ପାଇଁ ଖାଦ୍ୟ ବଦଳରେ ଥୋପାଏ

ଫେବିକୁଇକ୍ ଲଗାଇ ପାଣିକୁ ଛାଡୁଛି । ଚମକାଇଲା ପରି ନଦୀ ଭିତରୁ ତା' କଣ୍ଠାରେ ଲାଗି ଉଠି ଆସୁଛି ବିରାଟକାୟ ମାଛ !

ଦୃଶ୍ୟଟିକୁ ଦେଖି ଟିକେ ଉତ୍ସାହିତ ହୋଇପଡ଼ିଥିଲା । ଆଖିର ଭୁଲ୍‌ତାକୁ ସାମାନ୍ୟ ଉଠାଇ ଅବୁଝା ଆଖିରେ ଚାହିଁ ରହିଥିଲା ରୋହିତ ଆଡକୁ । ହସିହସି ରହସ୍ୟ ଫିଟାଇ କହିଥିଲା ରୋହିତ, "ଆମର ଏ ବନ୍ଧନ ଠିକ୍ ଏଇ ଫେବିକୁଇକ୍ ପରିକା । ମାନେ, ଏ ଯୋଡ଼ି ଫେବିକୁଇକ୍‌ର ସଶକ୍ତ ଅଠା ପରି କେବେ ଅଲଗା ହେବନାହିଁ କି ବିଚ୍ଛିନ୍ନ ହେବନାହିଁ ।"

ସେଦିନ ରୋହିତର ଏହି କଥାରେ ଖାଲି ମନ କାହିଁକି ଆମ୍ଭା ବି ପୂରି ଉଠିଥିଲା ଗୋଟାସୁଦ୍ଧା । ଛାତି ଫୁଲି ଉଠିଥିଲା, ପ୍ରେମକୁ ନେଇ ରୋହିତର ପ୍ରତିବଦ୍ଧତାକୁ ଦେଖି । ପୁଣି ଖୁସି ବି ହୋଇ ଉଠିଥିଲା ତା'ର ସେନ୍ସ ଅଫ୍ ହ୍ୟୁମର ଦେଖି ।

ପଛକୁ ଗତି କରୁଥିବା ତା'ର ଚହଲା ମନର ଡଙ୍ଗାଟା ଯେପରି ସହସା କେଉଁ କର୍କଶ ବନ୍ଧୁର କୂଳ ସହ ଧକ୍କାଖାଇ ଚିହିଁକି ଉଠିଲା ।

ସୀମାଦ୍ରୀ ପୁଣି ଫେରି ଆସିଲା ତା' ନିଦାରୁଣ ବର୍ତ୍ତମାନ ଭିତରକୁ ।

ଗୋଟେ ଆହତ ମନ ନେଇ ତୁଳନା କରି ବସିଥିଲା ବିଭୂତି ବାବୁ ଆଉ ତାଙ୍କ ପ୍ରେମିକା ପତ୍ନୀ ମାମାଲିର ପ୍ରେମ ସହ ! ଦୁର୍ଭାଗ୍ୟର ଦୋ' ଛକିରେ ଠିଆ ହୋଇଥିବା ପ୍ରେମିକଟିକୁ କିପରି ପ୍ରେମର ବଡ଼ପଣରେ ପ୍ରେମିକା ବରଣ କରିନେଇ ତାହାର ଦୃଷ୍ଟାନ୍ତ ଥିଲା ସେହି ଦୁହିଁଙ୍କ ଜୀବନ ।

ଅଥଚ ତା' ପାଇଁ ରୋହିତର ପ୍ରେମ ଯେପରି ଥିଲା ଗୋଟେ କ୍ରୂର ଅଟ୍ଟହାସ୍ୟ । ସେଇ ସମାନ ଦୋ' ଛକିରେ ଛତ୍ରଭଙ୍ଗ ଦେଇ ପଳାୟନ କରୁଥିବା ଗୋଟେ କାପୁରୁଷ ପରି ମନେହେଉଥିଲା ରୋହିତ ତାକୁ ।

ଗୋଟିଏ ଗଢ଼ା ଆଉ ଗୋଟିଏ ଭଙ୍ଗା ପ୍ରେମ କାହାଣୀକୁ ଯୁଗପତ୍ ଚାକ୍ଷୁସ କରି ଚାଲିଥିଲା ଏକ ହତାଶାଭରା ଭାବନା ରାଜ୍ୟରେ ରହି ।

ତା'ର ନିମଜ୍ଜି ଆସୁଥିବା ଚେତନାକୁ ଦୋହଲାଇ ଦେଇ ପୁଣି କାନ ପାଖକୁ ଦୁଇଟି ଏଲବୋକ୍‌ର୍‌ର ଠକ୍ ଠକ୍ ଶବ୍ଦ ଘନେଇ ଆସିଲା । ଚାହିଁ ଦେଖେ ତ ବାହାରୁ ଘେରାଏ ବୁଲି ରୋନି ସହ ବିଦ୍ୟୁଲତା ଗପସପ କରି ସେମାନଙ୍କ ପାଖକୁ ଆସୁଛନ୍ତି ।

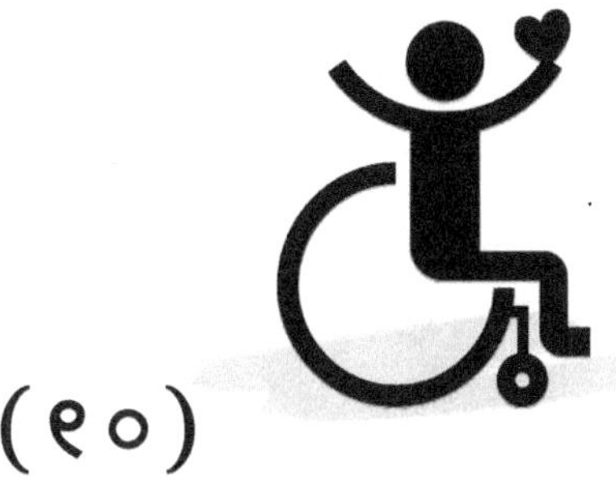

(୧୦)

କ୍ୟାବିନ୍କୁ ଫେରି ଆସିବା ପରେ ବାହାରୁ ମୃଦୁ ଶୀତର ହିଲ୍ଲୋଲ ସହ ଆଉ କିଛି ଭିତରକୁ ପଶି ଆସିଥିବା ପରି ଲାଗୁଥାଏ ସୀମାଦ୍ରୀକୁ ।

ଟିକେ ଥଣ୍ଡା ତ ଲାଗୁଚି ବାହାର ଅପେକ୍ଷା ! କିନ୍ତୁ ଲାଗୁଥାଏ କ'ଣ ଯେ ସାଙ୍ଗରେ ଉଡ଼ି ପଶି ଆସିଛି ରୁମ୍କୁ ! ଯେମିତି ଏଇ ଯେପରି କେଇ ମୁହୂର୍ତ ଆଗରୁ ତା' କଜ୍ଜ୍ୱଳ ନେତ୍ରରେ ଦେଖ୍ଥିବା ସେହି ସବୁ ସବୁଜ ପ୍ରଜାପତିରୁ କେଇଟା ପଛେ ପଛେ ଉଡ଼ି ପଶି ଆସି ନାହାଁନ୍ତି ତ !

ଥିଲା ଥିଲା ମନର ଅତଳ ଗର୍ଭରେ କବର ଦେଇ ସାରିଥିବା ସମ୍ପର୍କଟା ପୁଣି ମାଟି ଖୋଲି ଚେଇଁ ଉଠିଲା ।

ଏଇ ପତଳା ଶୀତ ରୁତୁଟା ଆସିଲେ ସବୁଦିନର ସନ୍ଧ୍ୟା ସମୟ ରୋହିତ ସହିତ ବୁକ୍ ହୋଇଥାଏ କାଫେରେ । କେବେ ପକଡ଼ା, କେବେ ପିଜା ବର୍ଗର ସହ କଫି କପର ଉଷ୍ମ ବାଷ୍ପରେ ଦୁହେଁ ସମୟର ପିଠିରୁ କେତେ ନା କେତେ ମିନିଟ୍ ଆଉ ଘଣ୍ଟାର କଣ୍ଟାକୁ ଓପାଡ଼ି ଫୁଙ୍କି ଉଡ଼ାଇଥିଲେ ତା'ର ହିସାବ ନ ଥାଏ । ଭୁବନେଶ୍ୱର ଜାଭିୟର ସ୍କୁଲ ଅଫ୍ ମ୍ୟାନେଜମେଣ୍ଟରେ ଶେଷ ବର୍ଷର ଶେଷ ସେମିଷ୍ଟାର ସରିଥାଏ । ଯଦିଓ ଦୁଇଜଣ ବାଛି ସାରିଥିଲେ ବୃତ୍ତିଗତ କ୍ୟାରିୟର ପାଇଁ ଅଲଗା ଅଲଗା ପଥ । କିନ୍ତୁ ଦୁହିଁଙ୍କ ପ୍ରେମ ବାଛି ନେଇଥିଲା ଗୋଟିଏ ଚଲାବାଟ, ମାନେ ବୃତ୍ତି ଯୁଆଡ଼େ ଚାହୁଁଚି ତାହା ବାଟରେ ଯାଉ, ହେଲେ ଦୁହିଁଙ୍କ ସ୍ୱପ୍ନ ପରସ୍ପରର ହାତଧରି ବଞ୍ଚି ରହୁ ।

ସେ ପସନ୍ଦ କରିଥିଲା ଓଡ଼ିଶାରେ ରହିଯିବାକୁ, କାରଣ ଗୋଟିଏ ବୋଲି ଝିଅ ହୋଇଥିବାରୁ । କିନ୍ତୁ ରୋହିତର ନଜରରେ ଭରି ରହିଥିଲା ଗୋଟିଏ ଉଡ଼ାଣ

ଖୋର ବିହଙ୍ଗର ଅବଦମିତ ସ୍ପୃହା । ବୃଦ୍ଧିଗତ ଉତ୍କର୍ଷତା ପାଇଁ ସେ ସାଇବେରିଆ ପକ୍ଷୀ ପରି ଲମ୍ବା ଉଡ଼ାଣ ଦେବାକୁ ପସନ୍ଦ କରୁଥିଲା । ତଥାପି ରଖିଥିଲା ନୀଡ଼ଟିଏ ବାନ୍ଧିବାର ଅଭିଳାଷକୁ । ଉଭୟେ ବିବାହର ସୂତ୍ରରେ ସେମାନଙ୍କ ସମ୍ପର୍କକୁ ଏକ ଦୀର୍ଘ ବନ୍ଧନର ରଜ୍ଜୁ ପିନ୍ଧାଇବାକୁ ଚାହୁଁଥିଲେ । କଥା ବି ଆଗେଇ ଯାଇଥିଲା ଢେର ବାଟ । ପରସ୍ପର ଭିତରେ ଜୀବନସାଥୀ ହେବାର ସମସ୍ତ ଲକ୍ଷଣ ଓ ଗୁଣକୁ ଆବିଷ୍କାର କରିସାରିଥିଲେ । ବନ୍ଧନର ଏକ ଅଦୃଶ୍ୟ କାୟା ରୂପ ନେବାକୁ ଅପେକ୍ଷା କରିଥାଏ ଦୁହିଁଙ୍କ ପ୍ରେମ । ଯେପରି ଦୁଇପଟେ ବିରାଜି ରହିଥାଏ ଅଜସ୍ର ଉଦ୍‌ଗ୍ରୀବତା ! ଅସହନୀୟ ଅପେକ୍ଷାର ଦୂରତା !

ହସ୍ପିଟାଲର ବେଡ଼ରେ ଥାଇ ଯାହାର ସାନ୍ନିଧ୍ୟର ଅଭାବକୁ ପ୍ରତି ମୁହୂର୍ତ୍ତରେ ତିଳ ତିଳ ଅନୁଭବ କରୁଥିଲା, ସେ ଥିଲା ରୋହିତ । କୋହ ଆଉ ଲୁହର ଜଡ଼ସଡ଼ ଅବସ୍ଥାରେ ସେ ଖୋଜି ହେଉଥିଲା ତ ଅତି ଆପଣାର ତା'ର ରୋହିତକୁ । ଆଶା ବାନ୍ଧିଥିଲା କେବଳ ସିଏ ହିଁ ସମ୍ଭାଳି ରଖିବ ମଝି ଦରିଆରେ ଫୁଟି ଯାଇଥିବା ତା' ଜୀବନ ଡଙ୍ଗାକୁ ।

ତେବେ ରୋହିତ ଏତେ ସେଲ୍‌ଫିସ୍ କେମିତି ହୋଇପାରିଲା !

ଯୋଉଦିନ ତା' ଗାଡ଼ି ଦୁର୍ଘଟଣାଗ୍ରସ୍ତ ହୋଇଥିଲା, ସେ ପର୍ଯ୍ୟନ୍ତ ସୁଦ୍ଧା ସେ ଅକ୍ଷୁର୍ଣ୍ଣ ଭାବର ଡୋରରେ ବାନ୍ଧି ହୋଇ ରହିଥିଲା ତା' ସହିତ । ଅନୁଗୁଳରୁ କ୍ୱାର୍ଟର ଛାଡ଼ିବା ପରଠୁଁ ଅନର୍ଗଳ ଆଲାପରେ ମଜି ରହିଥିଲା ଫେରିବା ବାଟରେ ।

ଅନ୍ତତଃ ଆଶା ରଖିଥିଲା ତା' ଜୀବନରେ ଘୋଟି ଆସିଥିବା ଦୁର୍ଭାଗ୍ୟ ରୂପୀ ଝଡ଼ର ତାଣ୍ଡବ ଥମିଯିବା ପରେ ସାହାରାର ହାତ ବଢ଼ାଇବ । ଦେହର ଛାଇ ପରି ଛିଡ଼ା ହୋଇ ରହିବ ପାଖରେ । ସୁଦୁ ଏସ୍‌କେପେଷ୍... ପଳାୟନପନ୍ଥୀ କୋଉଠିକାର । ବିପଦ ଦେଖି ଛତ୍ରଭଙ୍ଗ ଦେଉଥିବା ଧୋକାବାଜ୍ । ଦୀର୍ଘଶ୍ୱାସଟିଏ ଛାୟଁ ବାହାରି ଆସିଲା ଭିତରୁ ।

ପ୍ରଶ୍ନ କରିବା ପରି ସେ ପଚାରୁଥିଲା, "ମୋର ଅବସ୍ଥା ଜାଣିସାରିବା ପରେ ଗୋଟେ ଅନିଶ୍ଚିତ ଭବିଷ୍ୟତ ଆଡ଼କୁ ଯେ ମୁଁ ମୁହାଁଇ ଚାଲୁଚି ତାହା ତ ନିଜକୁ ବୁଝାଇ ସାରିଥିଲି । ହେଲେ ମୁଁ ତ ବାଧ୍ୟ କରି ନ ଥିଲି ବିବାହ କରି ମୋତେ ପତ୍ନୀର ଭୂମିକା ଦେବାକୁ ? ଏତେ ସ୍ଟୁପିଡ୍ ତ ମୁଁ ନ ଥିଲି । ଜାଣି ସାରିଥିଲି ଗୋଟେ ସ୍ୱାମୀକୁ କେତେ ସୁଖ ଦେବାରେ ମୁଁ ସମର୍ଥ । କିନ୍ତୁ ଚଲାବାଟର ବନ୍ଧୁ ପରି ସାଙ୍ଗରେ

ଯିବାର କିଛି ମନା ତ ନ ଥିଲା ?" ଗୋଟେ ପ୍ରଚଣ୍ଡ ଅଭିମାନଭରା ଘୃଣା ସଞ୍ଚରି ଆସି କ୍ରୋଧିତ କରି ପକାଉଥାଏ ତାକୁ ।

ସେ ଭୁଲି ନାହିଁ ସେଇ ଗୋଟିଏ ଥର ଓ ଶେଷଥର ପାଇଁ ଆସି ତାକୁ ଦେଖା କରିଥିଲା ଭୁବନେଶ୍ୱରର ଆପୋଲୋ ହସ୍ପିଟାଲରେ । ଅପରେସନ୍ ହେବାର ଦୁଇଦିନ ପରେ । ସେଇଦିନ ସେମି ଆଇସିୟୁରୁ ସେ ସ୍ଥାନାନ୍ତରିତ ହୋଇଥାଏ ହସ୍ପିଟାଲର କ୍ୟାବିନ୍‌କୁ ।

ରୋହିତକୁ ଦେଖିବା କ୍ଷଣି ଜୀବନ ଫେରି ପାଇବା ପରି ଖୁସିରେ ଅଧୀର ହୋଇ ଉଠିଥିଲା ସେ । ଭୁଲି ଯାଇଥିଲା ଯେ ଜଣେ ସଚଳ ମଣିଷରୁ ସେ ପାଲଟି ସାରିଛି କ୍ୱାଡ୍ରିପ୍ଲେଜିକ୍ । ସ୍ପର୍ଶହୀନ ଏକ ନିଶ୍ୱାସ କାଠଗଣ୍ଡି ।

ତା'ର ମନେପଡ଼ି ଯାଇଥିଲା, ପିଲାବେଳେ କେବେ ବାପାଙ୍କ ସହିତ ମୀନାବଜାର ବୁଲି ଯାଇଥିବା ଦିନ । ପଡ଼ିଆରେ ଲାଗିଥିଲା ଅନେକଗୁଡ଼ିଏ ଷ୍ଟଲ୍ । କିଛି ଷ୍ଟଲରେ ଥାଏ ଜୀବଜନ୍ତୁ । ଆଉ କିଛି ସେହିପରି କୌତୁହଳତା ଜାତ କରୁଥିବା ଷ୍ଟଲ୍ ସବୁ ମଧ ରହିଥିଲେ । ସେଥିରୁ ଗୋଟିଏ ଥିଲା ମତ୍ସ୍ୟକନ୍ୟା ଷ୍ଟଲ୍ । ସିଆଡ଼କୁ ଆଙ୍ଗୁଠି ବଢ଼ାଇ ଦେଖେଇବାରୁ ବାପା ଦୁଇଟି ଟିକେଟ୍ କାଟି ନେଇଯାଇଥିଲେ ଭିତରକୁ । ସେଠି ଯାହା ଦେଖିଥିଲା ଚମକି ଉଠିଥିଲା । ଗୋଟିଏ ବଡ଼ କାଚଘରେ ବାହାର ପଟକୁ ଚାହିଁଥିବା ଝିଅଟିର ମୁହଁ ଦେଖାଯାଉଥାଏ । ବେକ ତଳକୁ ଆଉ ଗୋଟିଏ କାଚର କୋଠରୀ । ସେଠି ତା'ର ଶରୀରର ନିମ୍ନ ଅଂଶଟି କାଟି ଲାଗିଥିବା ଏକ ମାଛର ଦେହ ପରି ଦିଶୁଥାଏ । ଚକିତ ହୋଇ ଚାହିଁରହିଥାଏ ସେହି କାଚଘରକୁ । ଦୃଷ୍ଟିର ପଳକ ପଡ଼ିବାର ନାଁ ଧରୁ ନ ଥାଏ ।

ସେପଟୁ ଏକ ଲୟରେ ଚାହିଁ ରହିଥାଏ ଝିଅଟି ତା'ରି ଆଡ଼କୁ । କେମିତି ଏକ ଗୋଟାସୁଦ୍ଧା ଭୟର ଗାଢ଼ ଛାଇ ଢାଙ୍କି ଓହ୍ଲାଇ ଆସୁଥାଏ ତା'ର ମୁହଁ ଉପରକୁ । ବାପା ଜାଣିପାରିଲେ ଯେ ଡରିଯାଇଛି ବୋଲି । ତତ୍‌କ୍ଷଣାତ ହାତକୁ ଧରି "ଆସେ ଯିବା..." କହି ବାହାରକୁ ନେଇ ଆସିଥିଲେ ।

ତଥାପି ସେହି ଭୟର ଛାଇଟା ଗ୍ରାସ କରି ତାକୁ ସମ୍ପୂର୍ଣ୍ଣ ବାକ୍‌ଶୂନ୍ୟ କରିଦେଇଥିଲା । ଡର ଛଡ଼ାଇବାକୁ ଯାଇ ବାପା ବୁଝେଇଥିଲେ, "ଆରେ ନାଇଁରେ, ଡରୁଛୁ କାହିଁକି ? ସିଏ ତୋରି ପରି ଗୋଟିଏ ଛୋଟିଆ ଝିଅଟି । ତାକୁ ତଳୁ ବେକ ଯାଏଁ ମାଛର କାଟିଲଗା ଦେହ ପରି ଏକ ପୋଷାକ ପିନ୍ଧାଇ ସେଠି ବସାଇ ଦେଇଛନ୍ତି ।"

– "ସିଏ ଯଦି ଛୋଟ ପିଲାଟି, ତା' ହେଲେ ସେଇ ପୋଷାକ ଭିତରେ ହାତଗୋଡ଼ କାଇଁ ହଲୁ ନ ଥିଲା ତ ?" ସନ୍ଦେହମୋଚନ କରିବାକୁ ଯାଇ ପାଲଟା ପ୍ରଶ୍ନ କରିଥିଲା ବାପାଙ୍କୁ ।

– "ଆରେ ନାଇଁ, ଗୋଡ଼ହାତକୁ ପୁରା ନିଷ୍ପଳ କରି ରଖିବା ନିମନ୍ତେ ତାକୁ ସେହିପରି ତାଲିମ ଦିଆଯାଇଛି । ବିଲ୍କୁଲ୍ ଯେପରି ବାହାରକୁ ଜଣାପଡ଼ିବନି ସେହି ନିବୁଜ ଶରୀରର ଚଳଚଞ୍ଚଳତା ।" ପ୍ରାଞ୍ଜଳ କରି ବୁଝାଇ ଦେଇଥିଲେ ବାପା ।

ଏବେ ସେ ନିଜକୁ ସେଇ ଅଭିଶପ୍ତା ମତ୍ସ୍ୟକନ୍ୟା ସଦୃଶ ପରିଗଣନା କରୁଥିଲା । ଯାହାର ଡବଡବ ଆଖି ଆଉ ସ୍ଥିରମୁଦ୍ରାର ମତ୍ସ୍ୟକନ୍ୟା ରୂପକୁ ଦେଖି ଦେଖଣାହାରୀମାନେ ଟିକେଟ୍ କାଟି ତୃଷ୍ଣା ମେଣ୍ଟାଉଥିଲେ । ପରିଣାମରେ ସେଇ କୃଚ୍ଛ ସାଧନାରତ ତାଲିମପ୍ରାପ୍ତ ଛୋଟ ଝିଅଟିକୁ ହୁଏତ ମାଲିକର କୃପାରୁ ମିଳିଯାଉଥିବ ଦୁଇ ଓଳି ପେଟପୂରା ଖାଇବା । ଅଥଚ ଦୁହିଁଙ୍କ ଭିତରେ ତ ଫରକ ରହିଥିଲା । ଜଣଙ୍କର ଦେହରେ ପ୍ରାଣ ଥାଇ ସୁଦ୍ଧା ଥିଲା ପ୍ରାଣହୀନ । ଆର ଜଣକ ଦେହ ବାସ୍ତବରେ ପାଲଟି ଯାଇଥିଲା ଗୋଟେ ପ୍ରାଣହୀନ ବୋଝ ।

ଭଲ ପାଉଥିବା ମଣିଷ ଯେତେବେଳେ ଭଲ ପାଇବାର ଗଣିତରୁ ତା' ଦେହକୁ ଫେଡ଼ି ଦେଇଥିଲା, ଆଉ ବାକି ଥିଲା ବା କ'ଣ ! ସେ ଦେହକୁ ପୁଣି ଭାଙ୍ଗିଯାଇଥିବା ସମ୍ପର୍କକୁ ଅଧିକାର କିଏ ଦେଲା !

ଯୋଉଦିନ ରୋହିତ ଆସି ହସ୍ପିଟାଲରେ ପହଞ୍ଚିଥିଲା, ଦେଖିବା କ୍ଷଣି ଭୁଲି ସାରିଥିଲା ତା' ଜଡ଼ ଦେହର ଅସ୍ତିତ୍ୱକୁ ।

ପ୍ରିୟ ମଣିଷର ସାନ୍ନିଧ୍ୟକୁ ପାଖରେ ପାଇ ପୁଲକିତ ହୋଇ ଉଠିଥାଏ ମନପ୍ରାଣ ।

ହେଲେ ଶକ୍ତ ଆଘାତ ଦେବା ପରି କ'ଣ କଲା ରୋହିତ ! ଯେତେବେଳେ ଡାକ୍ତରଙ୍କ ପାଖରୁ ଜାଣିଲା ତା' ଗୁରୁତର ସ୍ପାଇନାଲ୍ ଇଞ୍ଜୁରୀରୁ ରିକଭରୀ ଆଶା ଖୁବ୍ କ୍ଷୀଣ, ଦଶ ମିନିଟ୍ ସୁଦ୍ଧା ରହିପାରି ନ ଥିଲା ପାଖରେ ! ତା' ପ୍ରତି ରହିଥିବା ଇମୋସନ୍‌ର ଲହଡ଼ି ଗୋଟେ ସ୍ଥିର ପାଣି ପରି ନିଥର ପଡ଼ି ଆସୁଥାଏ । ପଲାୟନର ରାସ୍ତା ଖୋଜିହେବା ପରି ସେ ନିଜକୁ ପ୍ରସ୍ତୁତ କରି ନେଉଥିଲା ।

– "ଏହି ଭୁବନେଶ୍ୱରରେ ଆଉ ଗୋଟିଏ ଅଫିସିଆଲ୍ ଏନ୍‌ଗେଜମେଣ୍ଟ ଅଛି" କହି ତୁରନ୍ତ ଅପସରି ଯାଇଥିଲା ଦୃଶ୍ୟପଟରୁ । ତା' ପରଠାରୁ ନା ହ୍ୱାଟ୍‌ସ୍‌ଆପ୍ ନା କଲ୍ !

ଦାରୁଣ ଧକ୍କା ପରି ସକଳ ଅନୁମାନର ବାହାରେ ଅଟକି ରହିଯାଇଥିଲା ତା'ର ଈପ୍ସିତ ସ୍ୱପ୍ନ !

କଡ଼ିରୁ ସବୁଦିନ ପାଇଁ ବିଚ୍ଛିନ୍ନ ଓ ପ୍ରସ୍ଫୁଟିତ ହେବାର ପୁଲକ ।

ଦୁର୍ଘଟଣା ପରେ ସହଜେ ମରୁ ମରୁ ଅଜ୍ଞକେ ଲାଖି ଯାଇଥିଲା ପ୍ରାଣ । ବହୁତ ଥର ଭାବିବାକୁ ବାଧ୍ୟ ହୋଇଛି – ଧିକ୍, ଏହିପରି ପ୍ରାଣହୀନ ଶୁଷ୍କ ଫଟା ମାଟି ପରି ବଞ୍ଚି ରହିବା ତ ଏକ ବିରାଟ ଦଣ୍ଡ ।

ନିରାଶଭରା ଆକାଶରେ ଯେଉଁ ପ୍ରେମର ଧାପେ ବାଦଲ ଖଣ୍ଡେ ଭାସି ବୁଲିଥିଲା, ସିଏ ବି ଶେଷକୁ ଉଡ଼ି ଚାଲିଗଲା ଦିଗନ୍ତ ଉହାଡ଼କୁ !

ଲାଗୁଥିଲା ତା' ଚାରିପଟ ଯାକ ଯେପରି ଜୀବନର ନେଟୱାର୍କ ଭରି ରହିଥିବାବେଳେ ସିଏ ହିଁ ଏକମାତ୍ର ରହି ଯାଇଛି ଆଉଟ୍ରିଚ୍ ହୋଇ ।

(୧୧)

ସବୁ ସନ୍ଧ୍ୟାରେ ବାହାରକୁ ଆସି ବୁଲିବାର ଅଭ୍ୟାସଟା ଏହା ଭିତରେ କିଛିଦିନ ହୋଇ ଯିବଣି ।

ଆଗ ପରି ସୀମାଦ୍ରୀ ନିଜକୁ ବନ୍ଦ କ୍ୟାବିନ୍ ମଧ୍ୟରେ ସବୁବେଳେ ଅବରୁଦ୍ଧ କରି ରଖିବାକୁ ଚାହୁଁ ନ ଥିଲା । ଗୋଟା ସୁଦ୍ଧା ଅଣନିଃଶ୍ୱାସୀ ହୋଇ ନିଜ ଭିତରକୁ ଖାଲି ଚାହିଁବା ଆଉ ଅବ୍ୟକ୍ତ ପୀଡ଼ା ସହ ଯୁଝି ହୋଇ ହୋଇ ଏକ ପ୍ରକାର ବିରକ୍ତ ହୋଇ ଉଠିଥିଲା ।

ତା'ର ଏଇ ବଦଳି ଆସୁଥିବା ଆଚରଣ ପଛରେ ରୋନି ଆଉ ବିଭୂତି ବାବୁଙ୍କ ଜାଣତରେ ବା ପରୋକ୍ଷ ପ୍ରଭାବ ତ ରହିଥିଲା ।

ଅପରାହ୍ନର ଥେରାପି ସେସନ୍ ସରିବା ମାତ୍ରେ ରୋନି ପେଡ଼ିଆଟ୍ରିକ୍ ୱାର୍ଡ଼ରୁ ବାହାରି ପହଞ୍ଚି ଯାଉଥିଲା ଆସି ଦୁଇଶହ ଚାରି ନମ୍ବର କ୍ୟାବିନ୍‌ରେ । ଯଦିଓ ୱାର୍ଡ଼ରେ ରୋନି ସହିତ ତା' ମମି ଆସି ରହୁଥିଲେ, କିନ୍ତୁ ସ୍ୱଭାବତଃ ସେ ଏତେଟା ମେଳାପୀ ନ ଥିଲେ । ୱାର୍ଡ଼ ମଧ୍ୟରେ ରହି ରୋନିର ଦେଖାଶୁଣା କରିବା ବ୍ୟତୀତ ଖୁବ୍ କ୍ୱଚିତ୍ ଆଉ କୁଆଡ଼କୁ ବାହାରି ଥାଆନ୍ତି । କିନ୍ତୁ ତାଙ୍କର ଏହି ଏକମାତ୍ର ପୁଅ ଗୁଣରେ ଥିଲା ପୂରା ଓଲଟା । ଯାହା ସହିତ ମିଶେ ଘନିଷ୍ଠ ଭାବେ ଖୁବ୍ ସହଜରେ ମିଶିଯାଏ । ସମ୍ପର୍କ ବାନ୍ଧିବାର ଏକ ଅଭୁତ ସମ୍ମୋହନ କଳା ଭରି ରହିଥିଲା ତା'ଠାରେ । ସିଏ ସମବୟସ୍କ ହୁଅନ୍ତୁ ବା ମଧ୍ୟବୟସ୍କ । କିଛି ଫରକ ନ ଥାଏ ତା'ର ଭାବସଂଜ୍ଞୁଲା ସ୍ୱଭାବରେ । କେଇ ମିନିଟ୍‌ର କଥାବାର୍ତ୍ତାରେ ଚାହୁଁ ଚାହୁଁ ଆପଣାର କରିନିଏ ଦ୍ୱିତୀୟ ଲୋକଟିକୁ । ସେଥିପାଇଁ ଯେଉଁଠି ଯେତେବେଳେ ଚିହ୍ନା ମୁହଁକୁ ଭେଟିଲେ ତା'ର ଆଖିର ମୋଟା ଚଷମାକୁ ଗୋଟିଏ

୫୦

ଆଙ୍ଗୁଠିରେ ଟେକି, "ଗୁଡ୍ ମର୍ଷିଂ ଅଙ୍କଲ କିମ୍ୟା। ଗୁଡ୍ ଆଫ୍ଟରନୁନ୍ ଅଙ୍କଲ କିମ୍ୟା ଆଣ୍ଟି" ବୋଲି ସମ୍ଭୋଧନ କରି ଅଧା ବାଟରୁ ଅଟକି ଯାଏ।

ସେଦିନ ସେହିପରି ରୁମ୍‌ରେ ପଣ୍ଡ ପଣ୍ଡ ମିଠା ସମ୍ଭାଷଣର ଲହର ଖେଳାଇ, "ସୀମା ଦିଦି ଆୟିଏ ବାହାର ଘୁମ୍‌ନେ ଯାର୍ଇଙ୍ଗେ।" କହି ଜିଗର କରିଥିଲା।

ସିଏ ଭାବି ଆଶ୍ଚର୍ଯ୍ୟ ହେଉଥିଲା, କିଏ ଏଇ ରୋନି! ଏଇଠୁ ଶହ ଶହ ମାଇଲ ଦୂର ବିହାରର ପାଟନା ମହାନଗରୀ ଅନ୍ତର୍ଗତ ରାଜେନ୍ଦ୍ର ନଗରର ସ୍ଥାୟୀ ବାସିନ୍ଦା! କେତେଦିନ ପାଇଁ ଓଲଟପୁରକୁ ଆସିଛି ଫିଜିଓଥେରାପି ଦ୍ୱାରା ନିଜର ଜନ୍ମଗତ ଅକ୍ଷମତାକୁ ସୁଧାରିବା ପାଇଁ! ହୁଏତ ମାସେ ଦୁଇ ମାସ ରହି ପୁଣି ଫେରିଯିବ ତା'ର ମୂଳ ଠିକଣାକୁ! ନା ସେ ଥିଲା ରକ୍ତସମ୍ପର୍କୀୟ ବନ୍ଧୁ, ନା ଅଫିସ୍ କିମ୍ୟା କେଉଁ ଦୂର ଚିହ୍ନା ପରିଚୟ ଭିତରୁ ଜଣେ।

ତା'ର ସବୁଥର ଏଲ୍‌ବୋକ୍‌ର୍‌ର ତଳମୁଣ୍ଡରେ କବାଟକୁ ଠେଲି ଧସେଇ ପଶି ଆସିବାତା ଖରାଦିନିଆ ସନ୍ଧ୍ୟାର ହାବୁକାଏ ଥଣ୍ଡା ପବନ ସଦୃଶ ଆରାମପ୍ରଦ ଥିଲା ଯେପରି ସୀମାଦ୍ରୀ ପାଇଁ। ତା'ର ମଧୁର ତାଡ଼ନାରେ ଯିବାପାଇଁ ଇଚ୍ଛା ନ ଥିଲେ ବି ଏଣେ କିନ୍ତୁ ଅଟକାଇପାରୁ ନ ଥାଏ ବିଦୁଲତାକୁ।

ରୋନି ରୁମ୍‌ରେ ପ୍ରବେଶ କରିବା କ୍ଷଣି କାନ୍ଥ କଡ଼ରେ ଥୁଆ ହୋଇଥିବା ହୁଇଲ୍‌ଚେୟାର୍‌ଟାକୁ ଆଣି ବେଡ଼ ପାଖରେ ଲଗେଇଦିଏ। ସୁନା ପିଲାଙ୍କ ପରି କିଛି ବିରୋଧ ନ କରି ସେ ବି ଚୁପ୍ ପଡ଼ିଯାଏ। କେତେବେଳେ ବେକ ପାଖରେ ହାତ ପୁରାଇ ଗୋଡ଼କୁ ତଳକୁ ଓହ୍‌ଲାଇ ସେ ଆସ୍ତେ କି ସିଫ୍ଟ କରି ନେଇଯାଇଥାଏ ତାକୁ ହୁଇଲ୍‌ଚେୟାର୍ ଉପରକୁ।

କାଲି ରାତିଠାରୁ କିପରି ଗୋଟେ ଅନ୍ୟମନସ୍କତା ଜାତ ହେବାପରି ଲାଗୁଥାଏ ତା' ମଧରେ।

ବୁଡ଼ିଯାଉଥିବା ଲୋକର କୁଟାଖୁଅ ଉପରେ ଭରସା ଆସିବା ପରି ରହିଥିଲା ଏହି ଅନ୍ୟମନସ୍କତା। ମାମାର ସ୍ୱରରେ ବି ଖୁବ୍ ଜୋର୍‌ପଣ ଥିଲା। କହୁଥିଲା, "ଦେଖ୍ ସୀମା, ମୁଁ ଜାଣେ ତୋର ଏସବୁ ଉପରେ ବିଶ୍ୱାସ ନ ଥିବ। କିନ୍ତୁ ମଣିଷ ଯେତେବେଳେ ସବୁଆଡୁ ହାରିଯାଏ, ସେହି ଅଦୃଶ୍ୟ ଈଶ୍ୱରଙ୍କ ଆଡ଼କୁ ହାତ ଟେକିଦିଏ। ଭରା କୁରୁସଭା ଗୃହରେ ଦ୍ରୌପଦୀଙ୍କ ବସ୍ତ୍ରହରଣକୁ ପଣ୍ଡ କରିଥିଲା ତ

ତାଙ୍କରି ଈଶ୍ୱର ଆସ୍ଥା । ଏ କଥା ମୁଁ କହୁନାହିଁ । ଆମ ଧର୍ମପୁରାଣ ସବୁରେ ଏହାର ଅସଂଖ୍ୟ ଉଦାହରଣ ଭରି ରହିଛି ।"

ଭୋରୁ ଉଠି ଗାଧୋଇ ଅଖୁଆ ପେଟରେ ତା' ଜାତକକୁ ଧରି ଯାଇଥିଲା ଶହେ କିଲୋମିଟର ଦୂର ଗନ୍ତବ୍ୟ ସ୍ଥାନକୁ । ସେଠି ଯାହା ସବୁ ବଳ ସାଉଁଟି ଆଣିଥିଲା, ସେଇ କଥାଗୁଡ଼ାକ ମୋବାଇଲରେ ଲାଉଡ଼ସ୍ପିକର ବାଟେ ଫୁଙ୍କୁଥିଲା ତା' ଆଡ଼କୁ ।

ସେ କେମିତି ବୁଝାଇବ ଯେ ମଣିଷ ଦେହଟା ଗୋଟେ ସ୍ୱତଃ ଶରୀର ବିଜ୍ଞାନରେ ପରିଚାଳିତ । ଥରେ ସେଥିରୁ ମୁଖ୍ୟ କଳକବ୍ଜା ଖରାପ ହୋଇଗଲେ ସେଠି ପୁନଃସ୍ଥାପନ ପ୍ରୟାସ ବୃଥା । ସହଜେ ତ ତା'ର ସର୍ଭିକାଲ ଜୋନର ସ୍ପାଇନାଲ ଇଞ୍ଜୁରୀ । ସଫଳ ଅସ୍ତ୍ରୋପଚାର ପରେ ଯୋଉଠି ରିକଭରୀର ଆଶା ସୂଚାଇବାକୁ ଡାକ୍ତରଙ୍କର ତୁଣ୍ଡ ସୁଦ୍ଧା ନିରବ ରହି ଯାଉଛି, ସେଠି କ'ଣ ଅଧିକ ପ୍ରତ୍ୟାଶା ରଖି ବସିବ ସେ ?

ସେପଟୁ ମାମା ଆହୁରି କେତେ କ'ଣ ବୁଝାଇ ଚାଲିଥିଲା ଅବିରତ ଭାବରେ । ଚେଷ୍ଟା କରୁଥିଲା ପାଖାପାଖି ଗମ୍ଭୀର ଡିପ୍ରେସନ୍ ସ୍ତରକୁ ଅଗ୍ରସର ହେଉଥିବା ତା' ବ୍ରେନ୍‌ର ପୁନଃଉଦ୍ଧାର ପାଇଁ । କିନ୍ତୁ ମାମାର ଏହି କାଉନ୍‌ସିଲିଂଗୁଡ଼ାକ ଆଉ ଆଗପରି ଶୁଣିବାକୁ ଚିଡ଼ା ଲାଗୁ ନ ଥାଏ । ତା' ସ୍ୱରରେ ବି କେମିତି ଗୋଟେ ହିପ୍ନୋଟାଇଜ୍ କରିବା ପରି ପ୍ରଭାବକୁ ସେ ଅନୁଭବ କରୁଥିଲା ।

ସିଏ ଜୋର ଦେଇ କହୁଥିଲା, "ତୋ ଜାତକ ଦେଖି ସିଦ୍ଧବାବା କହିଛନ୍ତି, ଭାଗ୍ୟ ପରିବର୍ତ୍ତନ ସମୟ ଉପଗତ । ଏହା ହିଁ ପ୍ରକୃଷ୍ଟ ସମୟ । ଶିବ ମନ୍ଦିରରେ ସୋମବାର ରୁଦ୍ରାଭିଷେକ ପୂଜା ନିମନ୍ତେ ଦେଇଛନ୍ତି ପରାମର୍ଶ ।" କଥା ମଝିରେ ଟିକେ ରହିଯାଇ କାଲେ ତା'ର ବାବାଙ୍କ ଭବିଷ୍ୟବାଣୀ ପ୍ରତି ବିଶ୍ୱାସ ଜନ୍ମୁ ନ ଥିବ, ସେଥିପାଇଁ ଆଉ ଟିକେ ସିରିୟସ୍ ହେବାପରି ବଖାଣିଥିଲା, "ଏ ବାବାଙ୍କୁ ଜାହିତାହି ବାବା ବୋଲି ଭାବୁଚୁ କି ! ଆଦୌ ସେ ସବୁ ସନ୍ଦେହ ମୁଣ୍ଡରେ ପୁରାନା ! ତୁ ଜାଣିଚୁ ଦୁଇଦିନ ଆଗରୁ ଟେଲିଫୋନ୍ ଘୁରାଇବା ପରେ ଦୈବାତ୍ କାଲି ସକାଳୁ କିପରି ଲାଗି ଯାଇଥିଲା କଲ । ମୁଁ ତ ତୋର ଆକ୍ସିଡେଣ୍ଟ ପରଠୁଁ ଜାତକ ଟିକେ ନେଇ ଦେଖାଇବି ବୋଲି ଚେଷ୍ଟା କରି କରି ଫେଲ୍ ମାରୁଥିଲି । ବୁକିଂ ପାଇଁ ସକାଳୁ ମାତ୍ର ଘଣ୍ଟାକର ସମୟ । ସେଥିରେ ପୁଣି ଲ୍ୟାଣ୍ଡଲାଇନ୍ ନମ୍ବର । ଦିନକୁ ମାତ୍ର ଏକାବନଟିରୁ ଅଧିକ ଜାତକ ଦେଖନ୍ତି ନାହିଁ ବାବା । ଜାଣିଛୁ ନା, ମୋ ନମ୍ବରଟା

କେତେରେ ପଡ଼ିଥିଲା ! ପୁରା କଣ୍ଠାକଣ୍ଠି ଶେଷ କ୍ରମିକ ନମ୍ବର ଏକାବନରେ ।”
ଯେମିତି ଗୋଟେ ଚମତ୍କାରିତାର ଆତ୍ମବିଶ୍ବାସ ଝଲି ଉଠିଥିଲା ତା’ କଥାରେ ।

ଫୋନ୍ ରଖିବା ଆଗରୁ ଶେଷକୁ ମାମା ଜଣେଇ ଦେଇଥିଲା ତା’ର ପରବର୍ତ୍ତୀ
କାର୍ଯ୍ୟପନ୍ଥା । “ଭାବୁଛି ସେହି ଓଲଟପୁରକୁ ଯାଇ ଆସନ୍ତା ସୋମବାର ରୁଦ୍ରାଭିଷେକ
କାମଟା କରିବି । ତୁ ବିଦୁକୁ ପଠାଇ ପାଖ ଅଭୟେଶ୍ବର ଶିବ ମନ୍ଦିର ନନାଙ୍କ ସହ
ଆଗୁଆ କଥା ହୋଇ ଯାଇଥିବୁ । ମୁଁ ଯା’ଡୁ ଯାହା ଯୋଗାଡ଼ କରିବା କଥା, ସକାଳୁ
ସାଙ୍ଗରେ ଧରି ପହଞ୍ଚିଯିବି । ସେପରି କଲେ ପୂଜା ସାରି ସେଇଦିନ ଫେରି ଆସିବାକୁ
ମୋତେ ସୁବିଧା ହେବ ।”

ଯଦି ସେ ନିଦ ଲାଗି ଆସିଲାଣି ବୋଲି ନ କହିଥାନ୍ତା ସେପଟୁ କୋଉଠି
ଯାଇ କେତେବେଳେ କଥା ଛିଣ୍ଡିଥାଆନ୍ତା କହି ହେଉ ନ ଥାଆନ୍ତା !

ଛାଁ’କୁ ଛାଁ’ ଭାବି ତର୍ଜମା କରି ବସିଥିଲା, ହଁ ଏହିସବୁ ଈଶ୍ବର ବିଶ୍ବାସ ଓ
ଯନ୍ତ୍ରଣାର ଅଲୌକିକ ଉପଶମ ସିନା ମାମା ପରି ସରଳ ବିଶ୍ବାସୀ ମଣିଷଙ୍କୁ ମାନିବ ।
ହେଲେ ସିଏ ବି କିପରି ଢଳିଆସୁଛି ଏହି ମାର୍ଗରେ ?

ଦିନକ ତଳେ ନିରତାରର ନିର୍ଦ୍ଦେଶକ ପିପି ସାର ଫିଜିଓଥେରାପି
ଡିପାର୍ଟମେଣ୍ଟରେ ରହି ଡକେଇଥିଲେ ପ୍ରକୋଷ୍ଠକୁ । ମଝିରେ ପୂର୍ବରୁ ଥରେ ତାଙ୍କୁ
ଭେଟିଥିଲା । ଅହରହ ଛଟପଟ କରୁଥିବା ନିଜ ଭିତରର ସେହି ଅନିଶ୍ଚିତତାକୁ ଧରି
ଯାଇଥିଲା ପାଖକୁ । ଏକାନ୍ତବେଳା ଥିଲା । ଡିପାର୍ଟମେଣ୍ଟ ବନ୍ଦ ହେବା ସମୟ ।
ଘଣ୍ଟାରେ ସାଢ଼େ ପାଞ୍ଚ ବାଜିବାକୁ ଯାଉଥାଏ ।

ସାରଙ୍କ ସ୍ବଭାବସୁଲଭ ଶାନ୍ତ ମୁଦ୍ରାର ମୁହଁରେ ସ୍ମିତହାସଟିଏ ଖେଳି ଉଠିଥିଲା ।
ତା’ର କହିବା ମତେ ବିଦୁ ସଙ୍ଗେ ସଙ୍ଗେ ସାରଙ୍କ ଆଡ଼କୁ ଏମ୍ଆର୍ଆଇ ଓ ଅନ୍ୟାନ୍ୟ
ରିପୋର୍ଟ ବଢ଼ାଇ ଦେଇଥିଲା । ନିର୍ଲିପ୍ତ ଭାବରେ ଗୋଟିଏ ଗୋଟିଏ କାଗଜକୁ
ମନଯୋଗ ସହକାରେ ଦେଖିଲା ପରେ କେବଳ ପଦୁଟିଏ ତାଙ୍କ ପାଟିରୁ ବାହାରି
ଥିଲା, “ଥେରାପି କଣ୍ଟିନିୟୁ କରନ୍ତୁ... । ଧୀରେ ଧୀରେ ଇମ୍ପ୍ରୁଭମେଣ୍ଟ ହେବ ।”

ହାତର ଶୂନ୍ୟ ଆଙ୍ଗୁଳାରେ ପୁଣିଥରେ ଛିଣ୍ଡିଯାଇଥିବା ଭରସାର ଫଳଟି
ପଡ଼ିବା ପରି କଥା ଶୁଣି ଲାଗୁଥାଏ ତାକୁ ।

କଥାବାର୍ତ୍ତା ମଧ୍ୟରେ ବ୍ୟକ୍ତିଗତ ଜୀବନର ସବୁ ଦିଗକୁ ତାଙ୍କ ଆଗରେ
ଉନ୍ମୁକ୍ତ କରି ଦେଇଥିଲା । କିଛି ଗୋଟିଏ ଆକର୍ଷଣଭରା ଥିଲା ତାଙ୍କ ବ୍ୟକ୍ତିତ୍ୱ ।

ମୁହଁରେ ଧୀର ପାଣି ପଥର କାଟିବା ପରି କଥା। ପୁଣି କହିଥିଲେ, "ତମକୁ ଗୋଟେ ଭଲ ବହି ଆଣିଦେବି। ନିଶ୍ଚୟ ତାକୁ ପଢ଼ିକି ସାରିଲା ପରେ ଆସି ମୋତେ ଫେରାଇବ।"

ଗତକାଲି ସେହି ବହିଟିକୁ ବଢ଼ାଇ ଦେଇଥିଲେ ତା'ରି ଆଡ଼କୁ। ଏହି 'ଅଟୋବାୟୋଗ୍ରାଫି ଅଫ୍ ଏ ଯୋଗୀ' ବହିଟି ବିଷୟରେ ଶୁଣିଥିଲା ଆଗରୁ। ପରମହଂସ ଯୋଗାନନ୍ଦଙ୍କ ଦ୍ୱାରା ଲେଖାଯାଇଥିବା ଏହି ଆମ୍ୟଜୀବନୀ ପଢ଼ିବାକୁ କେମିତି କ'ଣ ଏକ ସ୍ୱତଃ ଆଗ୍ରହ ଉଙ୍କି ମାରିଥିଲା। ହୁଇଲ୍‌ଚେୟାର୍‌ରେ ବସିବା ସମୟରେ କାଲି କୋଳରେ ରଖି ସେଥିରୁ କେଇପୃଷ୍ଠା ପଢ଼ି ସାରିଛି। ତା' ପରଠୁ ରାତିରେ ମାମାର ଏ ଫୋନ୍‌ ମିଶି ଯେପରି କିଛି ବ୍ୟତିକ୍ରମତା ଭରି ଦେଇଛି।

ଚାହୁଁଥିଲା ସେହି ବୁଢ଼ିଆଣୀ ଜାଲପରି ଦିଶୁ ନ ଥିବା ନିୟତିକୁ, ତାକୁ ନିଷ୍ଫଳ କରି ରଖିଥିବା କ୍ରୂର ସମୟକୁ ପ୍ରଶ୍ନ ପଚାରିବାକୁ। ଏବେ କିନ୍ତୁ କିଛି କିଛି ଅନୁଭବ କରୁଥିଲା, ବେଲୁନ୍‌କୁ ପବନ ଫୁଙ୍କି ଫୁଲାଇବା ପରି କିଏ ଯେପରି ଆସ୍ତେ ଆସ୍ତେ ଫୁଙ୍କ ଦେଇ ବଳ ଭରୁଛି ତା' ଭିତରେ।

(୧୨)

ଛୁଟିଥିବାରୁ ସୀମାଦ୍ରୀଙ୍କୁ ମିଶାଇ ଚାରିଜଣ ସେଦିନ ବାହାରି ପଡ଼ିଥିଲେ ବୁଲିବାକୁ ଲାବଣ୍ୟ ପାର୍କ ଆଡ଼େ। ନିରତାର କ୍ୟାମ୍ପସର ବାମପଟ ଧାରେ ଧାରେ ଯେଉଁ ରାସ୍ତାଟା। ୱାର୍କିଙ୍ ଓମେନ୍ ହଷ୍ଟେଲ ଓ ଷ୍ଟାଫ୍ କ୍ୱାର୍ଟର ମଝିଦେଇ ଲମ୍ବି ଯାଇଛି ଆଗକୁ, ଠିକ୍ ସେଇ ବାଟର ଶେଷ ମୁଣ୍ଡରେ ପଡ଼େ।

ଆଗେ ଆଗେ ସଦର୍ପରେ ଚାଲିଥାନ୍ତି ବିଭୂତି ବାବୁ। ତା' ପଛକୁ ରୋନି। ସେଇ ଗ୍ରପ୍ ଟାଇଲରେ ଖୁଦା ଖୁଦିହୋଇ ଗଢ଼ା ରାସ୍ତାଟା ବିଭୂତି ବାବୁଙ୍କ ଦର୍ମିଲା କୃତ୍ରିମ ବୁଟ୍ର ଚାପ ଆଉ ରୋନିର ଏଲ୍ବୋକ୍ର୍ ଶବ୍ଦରେ କେଉଁ ପ୍ୟାରେଡ଼୍ ଦଳର ମାର୍ଚ୍ଫାଷ୍ଟ ପରି ଶୁଭୁଥାଏ କାନକୁ।

ସଲଖ ରାସ୍ତା ହୋଇଥିବା ହେତୁ ବିଦୁ ହୁଇଲ୍ଚେୟାର୍ଟାକୁ ଅକ୍ଲେଶରେ ଗଡ଼ାଇ ଚାଲିଥାଏ।

ଠିକ୍ ପାର୍କ ସମ୍ମୁଖରେ ପହଞ୍ଚିବା କ୍ଷଣି ହଠାତ୍ ସତର କି ଅଠର ବର୍ଷ ପାଖାପାଖି ବୟସର ତରୁଣଟି ଦୁଇ ହାତରେ ନିଜର ହୁଇଲ୍ଚେୟାର୍ ଚକାକୁ ଆଗକୁ ଗଡ଼ାଇ ବାହାରି ଆସୁଥିଲା ପାର୍କରୁ।

ବିଭୂତି ବାବୁଙ୍କୁ ଦେଖୁ ଦେଖୁ ଖୁସି ହେବା ପରି ଚିତ୍କାର କରି ଉଠିଲା, "ଭାଇ! ଆପଣ କହୁଥିଲେ, ଆଜି ଅଡ଼ସପୁର ଆଡ଼େ ଯିବାପାଇଁ। ମୁଁ ପ୍ରମିଳା ଭବନରେ ଖୋଜି ଆପଣଙ୍କୁ ନ ପାଇ ଏଠିକି ଚାଲି ଆସିଥିଲି।"

– "ଆରେ ନାହିଁରେ କାଳିଆ। ମୁଁ ପ୍ରୋଗ୍ରାମ୍ ଚେଞ୍ଜ କରିଦେଲି। ଭାଉଜ ମନା କଲା। କହିଲା, କାଲି ହାଟପାଲି ଅଛି। ବୁଲିବା ସହ ହାଟକାମ ଏକାଠରେ ହୋଇଯିବ। କ'ଣ କହୁଚୁ?" ସଫେଇ ରଖ୍ ଚାହିଁ ରହିଲେ ସେଇ ପିଲାଟି ଆଡ଼କୁ।

୫୫

– "ହଁ ଭାଇ। କାଲି ତ ଶୁକ୍ରବାର ଅଛି। କିଛି ଅସୁବିଧା ନାହିଁ। ଆପଣ ଖାଲି ଟିକେ ଆଗରୁ କଲ୍‌ଟିଏ କରିଦେଲେ ମୁଁ ମାଡ଼ି ଆସିବି।"

ହସ ହସ ମୁହଁରେ ସୀମାଦ୍ରୀ ମ୍ୟାଡ଼ାମଙ୍କୁ ଚାହିଁ ବିଭୂତି ବାବୁ ସେଇ ତରୁଣ ଆଡ଼କୁ ହାତ ବଢ଼ାଇ ଚିହ୍ନା ପରିଚୟ କରାଇଦେଲେ। ସେହିପରି ତା'ର ମଧ୍ୟ।

ସଂକ୍ଷେପରେ ସେହି ପିଲାଟିର ନାଁ ଥିଲା କାଲିଆ। ଭଲ ନାଁ ସୁଦ୍ଧା ରହିଥିଲା ସେଇ କାଲିଆ ନାମରେ। ଆଠଗଡ଼ ପାଖ କନ୍ଦରପୁର ଗାଁରେ ତା'ର ଘର। ବାପା ମା' ଦୁହେଁ ଥିଲେ କୃଷି ଶ୍ରମିକ ଶ୍ରେଣୀର। ପରିବାର କହିଲେ କାଲିଆ ଥିଲା ସେମାନଙ୍କର ଏକମାତ୍ର ପୁଅ। ତିନିବର୍ଷ ତଳୁ ଗଛରୁ ପଡ଼ି ଏହି ପାରାପ୍ଲେଜିକ୍ ଅବସ୍ଥା। ପଛ ପଟେ ପ୍ରେସରସୋର ବଢ଼ି ଗୁରୁତର ହୋଇ ଯାଇଥିବାରୁ ଏଇଠି ରହି ଲେଜର ଥେରାପି ନେଉଛି।

ପିଲାଟିର ପରିଚୟ ଓ ସ୍ୱାଇନାଲ୍ ଇଞ୍ଜୁରୀର ଏପରି ଗମ୍ଭୀର ପରିଣାମ ଯେ ହୋଇପାରେ, ଭାବି ଚିନ୍ତିତ ହୋଇ ଆସୁଥିଲା ସୀମାଦ୍ରୀ। ଆପେ ଆପେ ତା'ର ଦୁଇଆଖି ହୁଇଲ୍‌ଚେୟାର ଉପରେ ଖଣ୍ଡେ ସ୍କୁଟି ଚକାର ଗୋଲ୍ ଟିଉବ୍ ପକାଇ ବସିଥିବା ଚିତ୍ରକୁ ନିରୀକ୍ଷଣ କରିବା ଆରମ୍ଭ କରି ଦେଇଥାଏ।

ନିଜର ଉତ୍ସୁକତାଭରା ସ୍ୱରରେ କହିଲା "ଦିଦି ନମସ୍କାର। ମୁଁ ଆପଣଙ୍କୁ ଆଗରୁ କେତେଥର ମେନ୍ ବିଲ୍‌ଡ଼ିଂରେ ଯିବା ଆସିବା ସମୟରେ ଦେଖ୍ ସାରିଛି। ଆପଣ କ୍ୟାବିନ୍‌ରେ ରହୁଛନ୍ତି ନା ? ମୁଁ ରହୁଛି ସେଇ ବିଲ୍‌ଡ଼ିଙ୍ଗର ଡର୍ମିଟୋରୀ ୱାର୍ଡ଼ରେ। କେତେବେଳେ ବୁଲି ଆସନ୍ତୁ ଆମ ୱାର୍ଡ଼କୁ। ବେଡ଼୍ ନମ୍ବର ବତିଶି।"

ମୁହଁରେ ଟିକେ ହସ ଖେଳାଇ ହଁ ଭରିଥିଲା ସୀମାଦ୍ରୀ।

ପରସ୍ପର ମଧ୍ୟରେ ଚିହ୍ନା ପରିଚୟ ସରିଛି କି ନାହିଁ କାଲିଆ ତା' ହୁଇଲ୍‌ଚେୟାର୍‌ଟାକୁ ସମସ୍ତଙ୍କ ଆଗକୁ ୫ପଟି ନେଇ ଆସି ପ୍ରସ୍ତାବ ରଖିଥିଲା, "ଆଜି ନୂଆ କରି ସୀମା ଦିଦି ଇଆଡ଼କୁ ଆସିଛନ୍ତି, ଚାଲ ସମସ୍ତେ ପ୍ରାଚୀ ନଦୀକୂଳ ଆଡ଼କୁ ଯିବା।" ନିର୍ମଳ ହସଟିଏ ୫ରାଇ ସମସ୍ତଙ୍କ ମୁହଁକୁ ଘେରାଏ ଚାହିଁଗଲା ସମ୍ମତି ଅପେକ୍ଷାରେ।

ପ୍ରାଚୀ ନଦୀର ନାଁ ଶୁଣୁ ଶୁଣୁ ତା' ଭିତରେ ସୁପ୍ତ ରହିଥିବା ଇଚ୍ଛାଟିଏ ଯେପରି ଜାଗ୍ରତ ହୋଇ ଉଠିଥିଲା। ଏଠାରେ ଆଡ଼ମିସନ୍ ହୋଇ ରହିବା ପରେ ପରେ ମାମା ପାଖରୁ ଶୁଣିଥିଲା ଏହି ନଦୀ ବିଷୟରେ। କହୁଥିଲା, ଏପଟ ଅଞ୍ଚଳରେ

ଏହି ନଦୀକୁ ପବିତ୍ର ପୁଣ୍ୟତୋୟା ସଦୃଶ ମନେ କରିଥାନ୍ତି। ନଦୀର କଡ଼େ କଡ଼େ ଅନେକ ଶୈବପୀଠ ସବୁ ରହିଛି। ଲକ୍ଷେଶ୍ୱର ମହାଦେବଙ୍କଠାରୁ ଆରମ୍ଭ କରି ବକ୍ରେଶ୍ୱର, ଓଲଟପୁର ପୂର୍ବରେ ଦକ୍ଷିଣେଶ୍ୱର, ପାଖରେ ଅଭୟେଶ୍ୱର। ଏହିପରି ନଦୀଟି ଯାଇ କୋଣାର୍କ ମୁହାଣରେ ମିଶିଛି। ସେଠି ନଦୀର ପରିଶେଷରେ ରହିଛି ବେଲେଶ୍ୱର ଶିବ ମନ୍ଦିର।

ମାମାର ଟିକେ ଇତିହାସ ଓ ଧାର୍ମିକ ମନ୍ଦିର ସମ୍ପର୍କୀୟ ତଥ୍ୟ ଅନୁସନ୍ଧାନର ଅଦମ୍ୟ ଜିଜ୍ଞାସା ରହିଛି। ଏସବୁ ତଥ୍ୟ ରଘୁନନ୍ଦନ ପଣ୍ଡାଙ୍କ ଲିଖିତ 'ପ୍ରାଚୀ ତନୟା' ବହିରୁ ପଢ଼ି ଜାଣିଛି ବୋଲି ସେ କହୁଥିଲା। ଇତିହାସ ସମ୍ପର୍କୀୟ ଅନେକ ଗୁଡ଼ିଏ ବହି ଓ ପତ୍ରପତ୍ରିକା ସଂଗ୍ରହ କରି ପଢ଼ିବା ତା'ର ବହୁ ପୁରୁଣା ଅଭ୍ୟାସ। ସେ କହୁଥିଲା, କୁଆଡ଼େ ଖୋର୍ଦ୍ଧା ମୁଣ୍ଡିଆ ପାହାଡ଼ରୁ ପଥର କଟାହୋଇ ମଲାଗୁଣି ନଈ ବାଟେ ଡଙ୍ଗାରେ ପ୍ରାଚୀ ନଦୀକୁ ଆସୁଥିଲା। ପୁଣି ପ୍ରାଚୀ ନଦୀ ବାଟେ ଏହି ପଥର ବୋଝେଇ ଡଙ୍ଗାଗୁଡ଼ିକ କୋଣାର୍କ ମୁହାଣ ପାଖରେ ପହଞ୍ଚୁଥିଲା। ଆଉ ସେହି ସବୁ ପଥରଗୁଡ଼ିକରେ ଗଢ଼ା ହୋଇଛି କାରୁକାର୍ଯ୍ୟପୂର୍ଣ୍ଣ କୋଣାର୍କ ମନ୍ଦିର। ଏବେ ସେହି ପ୍ରାଚୀ ନଦୀ ତା'ର ପୁରାତନ ଗହୀର ପାଣିର ସ୍ରୋତ ହରାଇ ବସି ଦୁଇ ପାଖରୁ ପୋତିହୋଇ ପଡ଼ିଛି।

ପ୍ରାଚୀ ନଦୀର ନାଁ'ଟି କାଳିଆ ମୁହଁରୁ ଶୁଣିବା କ୍ଷଣି ତା'ର ସେହି ନିଷ୍କ୍ରିୟ ସ୍ମୃତିକୋଷଟି ସକ୍ରିୟ ହୋଇଉଠିଥିଲା ତତ୍‌କ୍ଷଣାତ୍।

ତା' ମୁହଁର ସମ୍ପ୍ରତି ଆଡ଼କୁ ସଭିଏଁ ଚାହିଁ ରହିଥାନ୍ତି ଏକଲୟରେ।

"ହଁ, ଚାଲ ତା'ହେଲେ..." ପାଟିରୁ ବାହାରିବା କ୍ଷଣି କାଳିଆ ଆଗେ ଆଗେ ହୁଇଲ୍‌ଚେୟାର୍‌ଟାକୁ ଚଲାଇ ପାର୍କର ବାମପଟେ ଥିବା ଏକ ଅସମତୁଲ ଘାସପୂର୍ଣ୍ଣ ରାସ୍ତା ଆଡ଼େ ଆଗେଇଗଲା।

ଗୋଟେ ଅପେକ୍ଷାକୃତ ସମତଲ ଜାଗା ଦେଖି ସଭିଏଁ ନଦୀମୁହାଁ ହୋଇ ବସି ରହିଲେ।

ଅଳ୍ପ ଓସାର ଏହି ନଦୀଟା ଜଣାପଡ଼ୁ ନ ଥାଏ ନଦୀ ପରିକା। ଅନ୍ୟ ସବୁ ନଦୀଗୁଡ଼ିକ ପରି ନା ଏହାର ଥାଏ ପ୍ରଶସ୍ତ ଶଯ୍ୟା ନା ଲମ୍ବା ବାଲିଚର ପଠା। ଯଦିଓ ଅପ୍ରଶସ୍ତ ତଥାପି ଜଣାପଡ଼ୁଥାଏ ଖାଲୁଆ।

ସନ୍ଧ୍ୟା ଆକାଶ ନଈଁ ଆସୁଥାଏ ପ୍ରାଚୀ ନଈପଠାକୁ। ଆଖି ବୁଲାଇ ଚାହିଁଲେ

କ୍ରମଶଃ ଘଞ୍ଚ ସବୁଜ ରଙ୍ଗ ଧରି ଆସୁଥାଏ ଦୂରରୁ ଦିଶୁଥିବା ଗଛବୃକ୍ଷଗୁଡ଼ିକ । କେଇ ଦଳ ନୀଡ଼ ଫେରନ୍ତା ଚଢେଇ ପଛକୁ ପଛ ଭାସି ଯାଉଥିଲେ ଆକାଶ ଛାତିରେ । ସେମାନଙ୍କ ଲହରାୟିତ ଡେଣା ସବୁ ମିଶି ଗାଢ଼ ରଙ୍ଗ ପାଲଟୁଥିବା ଦିଗନ୍ତ କାନ୍ତରେ ଛିଟା ଚିତ୍ରର ଭ୍ରମ ସୃଷ୍ଟି କରୁଥାଏ ।

ସିଆଡ଼କୁ ଚାହିଁ ଚିଆଁଇ ଦେବାପରି ପାଟି କରି ଉଠିଲେ ବିଭୂତି ବାବୁ, "ଆରେ କାଳିଆ ଦେଖୁରୁ ତ କେମିତି ସିନେରୀ ପରି ଦିଶୁଛି ଏଇ ସଞ୍ଜ ଆକାଶ । ଗୀତ ଗୋଟା ବୋଲି ଶୁଣା । ସୀମାଦ୍ରୀ ମ୍ୟାଡ଼ାମ୍ ବି ପ୍ରଥମ କରି ଶୁଣିବେ ତୋ ମୁହଁରୁ ଗୀତ ।" ଟିକେ ରହି ତା' ଆଡ଼କୁ ଚାହିଁ ପୁଣି କହି ଉଠିଲେ, "ବଢ଼ିଆ ଗୀତ ଗାଏ କାଳିଆ । ପୂରା ଡିଟୋ ମିଶେଇଦେବ ! ଜାଣି ପାରିବେନି, ଆପଣଙ୍କୁ ଲାଗିବ ଯେପରି ଅକ୍ଷୟ ମହାନ୍ତି କଣ୍ଠରୁ ଶୁଣୁଛନ୍ତି ଗୀତ ।"

କାଳିଆ ମୁହଁରେ ସହସା ମୁଚୁକୁ ଦିଆ ହସ ଧାରେ ଖେଳି ଉଠିଲା । ଯେତେବେଳେ ବିଭୂତି ବାବୁ ତା'ର ଗୁଣଗାନ କରି ପ୍ରଶଂସାସୂଚକ ପରିଚୟ ଦେଇ ସାରିଛନ୍ତି, ହୁଏତ ସେଥିପାଇଁ !

ତା'ପରେ ନିଜ ଆଡ଼ୁ ଅସ୍ତନ୍ ବାଢ଼ିବା ପରି ସୀମାଦ୍ରୀ ଆଡ଼କୁ ଚାହିଁ ପଚାରିଲା, "ଦିଦି ଆପଣ କୁହନ୍ତୁ, ଅକ୍ଷୟ ମହାନ୍ତିଙ୍କ କେଉ ଗୀତଟି ପ୍ରିୟ । ସେଇଟା ଗାଇବି ।"

କେଉଁ ଗୀତଟି କହିବ ବୋଲି ଟିକେ ଦ୍ୱନ୍ଦରେ ଅଟକି ଯାଇଥିଲା ସୀମାଦ୍ରୀ । ଏମିତିରେ ହିନ୍ଦୀର ଗଜଲ୍‌ଠାରୁ ଆରମ୍ଭ କରି କିଶୋର କୁମାର, ଲତା ମଙ୍ଗେଶକର, କୁମାର ସାନୁ ଓ ଏବେକାର ଅରିଜିତ୍ ସିଂହଙ୍କ ଗୀତଗୁଡ଼ିକ ତା'ର ଭାରି ପ୍ରିୟ । ଗାଡ଼ିରେ କୁଆଡ଼େ ଯାତ୍ରା ଆରମ୍ଭ କରିବା ମାତ୍ରେ ଏଥିରୁ କାହାର କିଛି ନା କିଛି ଗୀତ ନିହାତି ବାଜୁଥିବ । ସେହିପରି ଓଡ଼ିଆ ଗୀତ ଶୁଣିବାକୁ ଥିଲେ ସେ ଭାରି ସିଲେକ୍‌ଟିଭ୍ ହୋଇଥାଏ । ମନ ହେଲେ ଦୁଇ ଜଣଙ୍କର କଣ୍ଠକୁ ସେ ବେଶୀ ପସନ୍ଦ କରିଥାଏ । ତା'ର ପ୍ରଥମ ପସନ୍ଦ ତ ରହିଥିଲେ ଅକ୍ଷୟ ମହାନ୍ତି । ଆଉ ଦ୍ୱିତୀୟରେ ଶୁଣିଥାଏ ହୁମାନ୍ ସାଗରଙ୍କୁ । କିନ୍ତୁ ତା' ମାମାର ପସନ୍ଦ ଥାଏ ଭଜନରେ । ସେଥିପାଇଁ ଘରେ କୌଣସି ପୂଜାପାର୍ବଣରେ ଭିକାରି ବଳଙ୍କ ଭଜନ "କୋଠ ଭୋଗଣ୍ଡିଆ ମୋ ଚକାଆଖ୍ଡିଆ" ସକାଳୁ ଆଗେ ବାଜିଥାଏ ।

କେତେଦିନ ହୋଇ ଯିବଣି, ପ୍ରାୟ ଆଠ୍‌ଦେଢ଼ ପରଠୁଁ ସଙ୍ଗୀତ ଶୁଣିବାର ଅଭ୍ୟାସଟା କୁଆଡ଼େ ବିସ୍ମରି ଦେଇଥିଲା ।

ପ୍ରତି ମୁହୂର୍ତ୍ତର ଜୀବନ ଦହନ ଓ ତୀବ୍ର ଜ୍ୱଳନର ବାସ୍ତବତାରେ ବଞ୍ଚିଥିବା ମଣିଷଟେ ପାଇଁ ପୁଣି ସଙ୍ଗୀତ ବା କ'ଣ ?

ସ୍ପନ୍ଦନହୀନ ମନ ପାଇଁ ମନୋରଞ୍ଜନ ଅବା କ'ଣ ?

ବହୁଦିନ ପରେ ଗୀତ ଚ୍ୟସ୍ କରିବାର ଗୋଟେ ନୂଆ ଆମନ୍ତ୍ରଣ ପାଇ ଟିକେ ଦୋ'ଛକିରେ ପଡ଼ିଯାଇଥିଲା ଯେପରି ସୀମାଦ୍ରୀ।

ସାମାନ୍ୟ ବିରତି ପରେ ଆରପଟୁ ପୁଣି ଥରେ ସେଇ କଥାକୁ ପଚାରି ବସିଲା କାଳିଆ।

ଟିକେ ହଡ଼ବଡ଼େଇ ଉଠି ଅକ୍ଷୟ ମହାନ୍ତିଙ୍କର ଶୁଣିଥିବା ଗୀତ ସବୁ ମନେପକାଇ ଚାଲିଲା। ରହି ପାଟିରୁ ବାହାରି ଆସିଲା, "ହଁ ଏମିତି ଗୋଟା ଗୀତ ମନେ ପଡୁଛି... ହାରିଯାଇଥିବା ଲୋକର କି ଅଛି..."

– "ଐ! ଏତେ ବଢ଼ିଆ ଗୀତ ଥାଉ ଥାଉ ତାଙ୍କ ଶେଷ ସମୟର ଗୀତଟା ଆପଣଙ୍କୁ ମିଳିଲା। କହୁଛନ୍ତି ଯେତେବେଳେ... ଗାଇ ଦଉଚି..." କହି କାଳିଆ ବୋଲିବା ଆରମ୍ଭ କଲା।

ତା' କଣ୍ଠରେ ସତସତିକା ପୋଖତ ଗାୟକର ସମ୍ମୋହନ ରହିଥିବା ପରି ନିର୍ଣ୍ଣିତ ହୋଇ ଆସୁଥିଲା ସୀମାଦ୍ରୀ। ଗୀତର ଭାବଜଗତ ଭିତରେ ତଲ୍ଲୀନ ହୋଇ ନିଜ ଚେହେରାଟା ତାକୁ ହାରିଯାଇଥିବା ନାୟିକା ପରି ଅନୁଭବ ହେଉଥିଲା।

ସେହି ଗୀତର ଅନ୍ତର୍ନିହିତ କାରୁଣ୍ୟର କାଉଁରୀରେ ପ୍ରାଚୀତଟରେ ସନ୍ଧ୍ୟା କ୍ରମଶଃ ବ୍ୟୟସ୍କ ହୋଇ ଉଠୁଥାଏ।

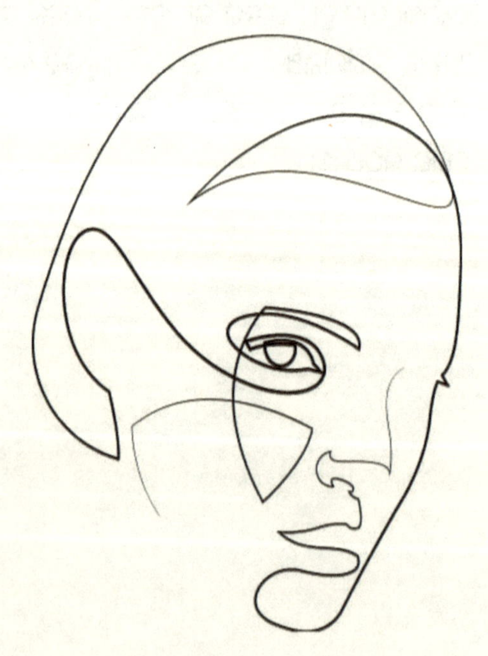

(୧୩)

ଏହା ଭିତରେ ସୀମାଦ୍ରୀର ସ୍ୱାମୀ ବିବେକାନନ୍ଦ ଜାତୀୟ ପୁନର୍ବାସ ପ୍ରଶିକ୍ଷଣ ପ୍ରତିଷ୍ଠାନରେ ଚିକିତ୍ସାଧୀନ ହୋଇ ରହିବାରେ ବିତି ସାରିଥିଲା ତିନିମାସ। ଅର୍ଥାତ ପୂରା ନବେ ଦିନର ପରମାୟୁ ଅତିକ୍ରାନ୍ତ ହୋଇ ସାରିଥିଲା ଓଲଟପୁର ରହଣି ସମୟର କ୍ୟାଲେଣ୍ଡରୁ।

ସ୍ଥିର ସ୍ଥବିର ଜୀବନରେ ସେହି ଗୋଟିଏ ପ୍ରକାରର ଧାଁ ଦୌଡ଼। ସକାଳୁ ଉଠି ଯାବତୀୟ ନିତ୍ୟକର୍ମ ପରେ ହୁଇଲ୍‌ଚେୟାର୍‌ରେ ବସି ଫିଜିଓଥେରାପି ଡିପାର୍ଟମେଣ୍ଟକୁ ଯିବା। ସେଠାରୁ ଥେରାପି ସେସନ୍‌ରୁ ଫେରି ଲଞ୍ଚ ଖାଇବା ପରେ ଘଡ଼ିଏ ଖଣ୍ଡେ ବିଶ୍ରାମ ନେଇଥିବ କି ନାହିଁ ପୁଣି ବିଦୁ ଅପରାହ୍ନ ସେସନ୍ ପାଇଁ ତରବର କରି ଉଠାଇ ପକାଏ। ଅକ୍ୟୁପେଶନାଲ୍ ଥେରାପି ଡିପାର୍ଟମେଣ୍ଟରେ ରିଷ୍ଟ ମୁଭିଲାଇଜେସନ୍, ହାତର ଦୈନିକ ଜୀବନ ଧାରଣ ନିର୍ବାହନ ପାଇଁ ଟ୍ରେନିଂ ଓ ଆଙ୍ଗୁଠି ସବୁର ଗ୍ରସ ଓ ସୂକ୍ଷ୍ମ ପରିଚାଳନା ତାଲିମ୍‌ର ପ୍ରକ୍ରିୟା ଚାଲିଥାଏ। ଜଣା ପଡ଼ୁଥାଏ ଆସ୍ତେ ଆସ୍ତେ କିଛିଟା ପରିବର୍ତ୍ତନ ସଂଗଠିତ ହେଉଛି।

ବେଲେବେଲେ ଏହି ଆସ୍ତେ ଆସ୍ତେ ପ୍ରକ୍ରିୟାଟା ତାକୁ କଇଁଛ ଚାଲିଠାରୁ ଆହୁରି ଶହେଗୁଣ ଅଧିକ ମାନ୍ଦା ଜଣାପଡ଼େ। ବିରକ୍ତ ହୋଇଉଠେ ଏତେ ସ୍ଲୋ ପ୍ରୋଗ୍ରେସରେ। କିନ୍ତୁ ଓଟି ଡିପାର୍ଟମେଣ୍ଟର କ୍ଷଣପ୍ରଭା ମ୍ୟାଡ଼ାମ୍ ତ ଗତକାଲି ଆଉଥରେ ଆସେସ୍‌ମେଣ୍ଟ କରି କହୁଥିଲେ, "ହଁ, ଡେଭଲପ୍‌ମେଣ୍ଟ ହେଉଛି। ଆପଣ କ'ଣ ନିଜେ ଅନୁଭବ କରିପାରୁ ନାହାଁନ୍ତି। ଆସିବା ଦିନର ଡେ' ୱାନ୍ କଥା ଭାବନ୍ତୁ, ସେତେବେଲେ ଶରୀରର ସେନ୍‌ସେସନ୍ ସ୍ତର ଯାହା ରହିଥିଲା, ଏବେ ବଢ଼ିଛି ନା

ନାହିଁ, କହୁ ନାହାନ୍ତି ?" ଗୋଲ ଚଷମାର କାଚଦେଇ ପୁଣି ସୀମାଦ୍ରୀ ଆଡ଼କୁ ଏକ ଲୟରେ ଚାହିଁ ତା' ଭିତରେ ଆତ୍ମବିଶ୍ୱାସ ବଢ଼େଇବାକୁ ଯାଇ କୁହନ୍ତି, "ଦେଖୁନାହାନ୍ତି କାଲି ଆପଣଙ୍କର ହାତ ଆଙ୍ଗୁଠି ଯେପରି ନିଷ୍କ୍ରିୟ ହୋଇ ରହିଥିଲା ଏବେ କ'ଣ ସେପରି ରହିଛି କି ? ସେଇ ହାତ ଆଙ୍ଗୁଠିରେ ଏବେ ଆପଣ ମାଲି ଗୋଟାଇବାଠୁ ବୋତାମ ପର୍ଯ୍ୟନ୍ତ ଉଠାଇବାକୁ ସକ୍ଷମ ହେଲେଣି। ସେ ପରିବର୍ତନ ଆପଣ ବି ନିଜେ ଦେଖୁ ନାହାଁନ୍ତି କି !"

ମ୍ୟାଡ଼ାମ୍‌ଙ୍କ କଥାରେ ଟିକେ ଦମ୍ ଫେରି ପାଇବା ପରି ଲାଗୁଥିଲା ସୀମାଦ୍ରୀକୁ। ସିଏ ମଧ୍ୟ ସେଇ କଥାକୁ ଅଲ୍ଫ ଅଲ୍ଫ କରି ଅନୁଭବ କରିବା ଆରମ୍ଭ କରିଥିଲା ନିଜ ଭିତରେ।

ଫିଜିଓଥେରାପି ଡିପାର୍ଟମେଣ୍ଟରେ ତାକୁ ଏବେ ଦେଖୁଥିବା ବିଶ୍ୱଜିତ୍ ଶତପଥୀ ସାର ମଧ୍ୟ ଏହି କଥା କହୁଥିଲେ। ଆସ୍ତେ ଆସ୍ତେ ଏକ୍‌ସରସାଇଜ୍ ବେଡ଼୍‌ରେ ସିଏ ଏବେ ବିଦୁର ସହାୟତାରେ ଦୁଇ ହାତ ଓ ଆଣ୍ଠୁକୁ ତଳେ ଭରା ଦେଇ କ୍ରାଡ଼ିପଡ଼୍ ହୋଇ ପାରୁଛି। ପୁଣି ସାମ୍ନାପଟୁ ତା'ର ଦୁଇ ବାହୁକୁ ବିଦୁ ଧରି ରଖିଲେ ସେ ନିଲିଂ କରି ପାରୁଛି। ଏହି ସବୁ ନୂଆ ବ୍ୟାୟାମଗୁଡ଼ିକୁ ଏବେ ବିଶ୍ୱଜିତ୍ ସାର ପ୍ରୟୋଗ କରୁଛନ୍ତି। କହିଛନ୍ତି, "ଏହି ଦୁଇଟି ବ୍ୟାୟାମ ଯେତେ ଅଧିକ ସମୟ କରିବେ, ତାହା ଆପଣଙ୍କୁ ଶୀଘ୍ର ବାଲାନ୍‌ସ ଆଣିଦେବ। ଏବେ ଶତକଡ଼ା ଶହେ ଭାଗ ସପୋର୍ଟରେ କରାଯାଉଛି। ଧୀରେ ଧୀରେ ଏତେ ସହାୟତା ଆଉ ଦରକାର ନ ପଡ଼ିପାରେ। ସେତକ ଆସିଗଲେ ଆପଣଙ୍କର ଛିଡ଼ା ହେବାର ପର୍ଯ୍ୟାୟଟା ଆଉ ଅଧିକ ବିଲମ୍ବ ହେବ ନାହିଁ।"

ଡିପାର୍ଟମେଣ୍ଟର ଫିଜିଓଥେରାପିଷ୍ଟ ବିଶ୍ୱଜିତ୍ ସାରଙ୍କ ସ୍ୱରରେ ତା' ଭିତରର ଶୂନ୍ୟ ଭରସାର ପାଚେରୀ ଉପରେ ଖଣ୍ଡେ ଖଣ୍ଡେ ଇଟା ଯୋଡ଼ି ହେବାପରି ଲାଗୁଥାଏ।

ହଁ, ଆଗ ଅପେକ୍ଷା ସେ ଟିକେ ବଦଲିଛି ନିଶ୍ଚୟ। କିନ୍ତୁ ସବୁଦିନ ସେହି ପିଟି ଆଉ ଓଟିକୁ ଯିବାର ରୁଟିନ ବନ୍ଧା ଜୀବନଚର୍ଯ୍ୟାରେ ଏକରକମ ଅତିଷ୍ଠ ହୋଇ ପଡ଼ିଥିଲା ସେ।

ପ୍ରଥମେ ପ୍ରଥମେ କେଉଁ ଗୋଟିକୁ ଗଲେ ଆର ଗୋଟିକୁ ଯିବାରେ ଇଚ୍ଛା ପ୍ରକାଶ କରୁ ନ ଥିଲା। କହିବାକୁ ଗଲେ ସେଥିପ୍ରତି ଭିତରେ ଆସୁ ନ ଥିଲା ସ୍ୱତଃସ୍ଫୁର୍ତ ଆଗ୍ରହ। ତାକୁ ଲାଗେ ଯେପରି ଜବରଦସ୍ତ ବିଦୁ ଦୁଇ ଓଲି ଦୁଇ ପଟକୁ

ନେଇ ଖାଲି ଯାହା ଉଠାପକା କରି ଚାଲିଛି। ଏସବୁ ଯେପରି ତା' ପାଇଁ ମନେ ହେଉଥିଲା ଗୋଟିଏ ଗୋଟିଏ ରିପିଟେଟିଭ୍ ଏକ୍ସରସାଇଜ।

ପୂରା ଓଲଟପୁରଟା ତାକୁ ଲାଗୁଥିଲା ଗୋଟିଏ ରିପିଟେସନ୍ର ଆବର୍ତ୍ତ। ବାପା ଓ ମାମାଙ୍କ ଇଚ୍ଛାରେ ଠେଲି ହୋଇ ଆସିଛି ସେ ଏହି ଆବର୍ତ୍ତ ଭିତରକୁ। ଯାହାର ରିମୋଟ୍ ଚାବି ରହିଛି ଏବେ ବିଦୁଲତାର ହାତରେ।

"ହାୟ!! ଭାଗ୍ୟ ମୋର" କେତେ ନା କେତେଥର ଏହି କଥାକୁ ଭାବି ବସି ତା' ନାକପୁଡ଼ାରୁ ତୀବ୍ର ଶାଣିତ ନିଃଶ୍ୱାସ ବାହାରି ଆସିଛି ତା'ର ଗଣନା ନାହିଁ। ସେଇ ସବୁ କାୟାହୀନ ଅସହାୟ ନିର୍ଗତ ନିଃଶ୍ୱାସ ମଧ୍ୟରେ ସେ ତା'ର ସଉକୁ ତିଳ ତିଳ ଜଳିପୋଡ଼ି ଯାଉଥିବାର ଅନୁଭବ କରୁଥିଲା।

ଏକଦମ୍ ବିଜାର ଲାଗୁଥିଲା ଏଇ ରିପିଟେସନ୍ରେ ଭରା ପୁନର୍ବାସ। ଦେଖୁଥିବା ଲୋକଗୁଡ଼ିକ ବି ଲାଗୁଥିଲେ ସେଇ ରିପିଟେସନ୍ର ଭୃତାଣୁରେ ଆକ୍ରାନ୍ତ। କିଏ ହୁଇଲ୍‌ଚେୟାର୍ ଉପରେ ଆସୀନ ହୋଇ ତ କିଏ ଏଲ୍‌ବୋକ୍‌ର୍ ଉପରେ ଭରା ଦେଇ ଏହି ଅଭିଶପ୍ତ ପୁନରାବୃଭ ଜୀବନକୁ ଧାରଣ କରିଥିଲେ ଯେପରି।

ଏମିତି କି ନିରୃତାର ପକ୍ଷରୁ କ୍ୟାବିନ୍‌କୁ ଦୁଇ ଟାଇମ୍ ଆସୁଥିବା ଖାଦ୍ୟରେ ବି ତାକୁ ଏଇ ପୁନରାବୃଭିର ଗନ୍ଧ ଦିଶୁଥିଲା। ଅଧିକାଂଶ ଦିନ ଭାତ ଟ୍ରେ ସହ ରହିଥିବ ଛୁଇଁ ଆଳୁ ବଡ଼ି ବାଇଗଣର ତରକାରୀ। ନ ହେଲେ ସେହିପରି ଗୋଟେ ଭଜା। ଏଇ ପୁନରାବୃଭିର ଜୀବନ ସହ ତାଳଦେଇ ମିଳୁଥିବା ଖାଦ୍ୟକୁ ଦେଖି ଦେଖି ଏକ ପ୍ରକାର ଜିଭ ଘସରା ହୋଇ ଯାଇଥିଲା ତା'ର। ସବୁ ଜଣାପଡୁଥିଲା ବୋରିଂ କେବଳ ବୋରିଂ।

ହେଲେ ଏବେ ବଦଳି ଆସୁଥିଲା ତା'ର ଧାରଣା। ପୁନରାବୃଭି ମଧ୍ୟରେ ଯେ ରହି ରହି ଅଦୃଶ୍ୟ ଭାବରେ କିଛି ନୂଆ ସଂଗଠିତ ହୋଇ ଚାଲିଛି ସେଇ ହୃଦ୍‌ବୋଧଟେ ଅଳ୍ପ ହେଲେ ବି ଜନ୍ମ ଆସୁଥିଲା ତା' ମଧ୍ୟରେ। ଯେବେଠୁ ପିପି ସାର୍ ଦେଇଥିବା 'ଅଟୋବାୟୋଗ୍ରାଫି ଅଫ୍ ଏ ଯୋଗୀ' ବହିଟିକୁ ପଢ଼ି ସାରିଛି, ସେବେଠୁ ତା'ର ଭାବନାର ନିସ୍ତରଙ୍ଗ ହୃଦରେ ଆଶାର ଏକ ଛୋଟ ଢେଉ ଖେଳିବା ଆରମ୍ଭ କରିଛି।

ତା'ର ସେଇ ବିଶ୍ୱାସକୁ ଛୁଇଁବା ପାଇଁ ଯେପରି ବଳ ଭରି ଦେଇଛନ୍ତି ଓଟି ଡିପାର୍ଟମେଣ୍ଟର କ୍ଷଣପ୍ରଭା ମ୍ୟାଡ଼ାମ୍ ଓ ପିଟିର ବିଶ୍ୱଜିତ୍ ସାର୍।

ଯଦିଓ ବାହାରକୁ ସେତେ ବଡ଼ ଆଖିଦୃଶିଆ ପରିବର୍ତ୍ତନ ନ ହେଲେ ବି କିଛି ନା କିଛି ଘଟୁଛି ବୋଲି ଆମ୍ବିଶ୍ୱାସଟିଏ ଉଙ୍କି ମାରି ଆସୁଥାଏ।

ଆଗ ପରି କ୍ୟାବିନ୍‌ରେ ମିଳୁଥିବା ଖାଦ୍ୟକୁ ନେଇ ସେତେଟା ଅସନ୍ତୁଷ୍ଟ ନ ଥିଲା। ଯାହା ମିଳୁଛି ମିଳୁଛି, ତା' ସହିତ ରୁମ୍‌ରେ ଛୋଟ ଗ୍ୟାସ୍ ଚୁଲାଟେ ରଖି ସେଥିରେ ଯୋଡ଼ି ଦେଉଥିଲା ନିଜ ପସନ୍ଦର ଖାଦ୍ୟ।

ଭବିଷ୍ୟତକୁ ନେଇ ହଳାହଳ ଅନ୍ଧକାର ମଧ୍ୟରେ କେଉଁଠି ବୁଦାଏ ଆଶାଙ୍କର ନାଦକୁ ହୁଏତ ଶୁଣି ପାରୁଥିଲା ସୀମାଦ୍ରୀ।

(୧୪)

ଡିସେମ୍ବର ମାସର ଲୋମଶ ଶୀତ ଓହ୍ଲାଇ ସାରିଥିଲା ଓଲଟପୁରକୁ ।

ପନ୍ଦର ଦିନ ପୂର୍ବରୁ ମାମା ଏଠାକୁ ଆସିବାବେଳେ କମ୍ଫଲ, ସ୍ଵେଟର ଓ ସାଲ ପ୍ରଭୃତି ଶୀତ ବସ୍ତ୍ର ସବୁ ଧରି ଆସିଥିଲା ସାଙ୍ଗରେ । ସେହି ଉଷ୍ମ ବସ୍ତ୍ର ସବୁ ବେଶ୍ ଉପଯୋଗ ହେଉଥିଲା । ଦୁଇ ଥର ଥେରାପି ସେସନ୍‌କୁ ଯିବାବେଳେ ବିନ୍ଦୁ ଟି-ସାର୍ଟ ଉପରେ ଫୁଲ୍ ସ୍ଵେଟର, ମୁଣ୍ଡରେ କାନକୁ ଢାଙ୍କିଲା ପରି ହାଫ୍ କ୍ୟାପ୍ ଆଉ ସନ୍ଧ୍ୟାରେ ବାହାରକୁ ବୁଲିଯିବାବେଳେ ଦେହର ସ୍ଵେଟର ସହ ଗୋଡ଼ ଟ୍ରାକ୍ ସୁ'କୁ ଢାଙ୍କି ସାଲଟିଏ ଘୋଡ଼ାଇ ଦେଉଥିଲା ।

ଦିନକ ପରେ ଆସୁଥିଲା ନୂଆ ବର୍ଷ ।

ନିରନ୍ତାରର କ୍ୟାମ୍ପସରେ ନୂଆବର୍ଷକୁ ନେଇ ସେତେ ବେଶୀ ଉସ୍ଵାହ ଥିବା ପରି ଲାଗୁ ନ ଥାଏ । ଯାହା ପଛରେ ଠୋସ୍ କାରଣ ବି ରହିଥିଲା । ଏଠି ସମବେତ ହୋଇଥିବା ଉଭୟ ଇନ୍‌ଡୋର ଓ ଆଉଟ୍‌ଡୋର ପେସେଣ୍ଟ ବର୍ଷର ପ୍ରଥମ ସୂର୍ଯ୍ୟୋଦୟରେ ଆନନ୍ଦ ଓ ଉଦ୍ଦୀପନା ଖୋଜିବା ବଦଲରେ ସଭିଏଁ ଜୁଡ଼ି ହେଉଥିଲେ ଯେଝା ଯେଝା ଅପୂର୍ଣ୍ଣତା ସହ । ସେଥିପାଇଁ ଅନ୍ୟ ସ୍ଥାନ ତୁଲନାରେ ଏଠିକା ପରିବେଶରେ ନୂଆବର୍ଷକୁ ନେଇ କମ୍ ମାତ୍ରା ରହିଥିଲା ସ୍ଵନ୍ଦନର ।

ସିଏ କିପରି ବା ଭୁଲି ପାରନ୍ତା ନୂଆବର୍ଷକୁ ନେଇ ଯୋଡ଼ି ହୋଇଥିବା ତା'ସ୍ମୃତିରେ ଜଡ଼ିତ ଏହି ଉସ୍ଵବର ପୁଲକ ଓ ଫୁଆରା ।

ପୂରା ଗୋଟେ ମାସ ଆଗରୁ ପ୍ଲାନିଂ କରା ହୋଇଥାଏ ଜିରୋ ନାଇଟ୍ ସେଲିବ୍ରେସନ୍ ପାଇଁ । ଡିସେମ୍ବର ମାସର ଶେଷ ରାତିକୁ ଉଜାଗର ରଖି ମିଶି ଓହ୍ଲାଇ ଆଣିଥାନ୍ତି ସମୟ କାନ୍ତୁରେ ନୂଆବର୍ଷର ପ୍ରଥମ ପାଦଚିହ୍ନକୁ । ସେଲିବ୍ରେଟି

ଗାୟକ ଓ ଗାୟିକାଙ୍କ ରଙ୍ଗାରଙ୍ଗ ସଙ୍ଗୀତ ଆସରରେ ମୁଖର ହୋଇଉଠେ ହୋଟେଲର ମୁକ୍ତାକାଶ ସେଲିବ୍ରେସନ୍ ଗ୍ରାଉଣ୍ଡ। ପ୍ରିୟ ସାଙ୍ଗସାଥୀଙ୍କ ଗ୍ରହଣରେ ଆସୁଥିବା ସମୟର ନୂଆ ଅତିଥିଙ୍କ ପାଇଁ ଭରପୂର ମନୋରଞ୍ଜନର ମାହୋଲ ଜମିଉଠେ। ରାତି ପାହିଲା ପରେ ସକାଳର ଚିତ୍ରପଟରେ ଉହ୍ଲବର ଝୋଟିଚିତା ଲାକ୍ଷ ରହିଥାଏ। ଅଫିସରେ ସହକର୍ମୀମାନଙ୍କ ମଧ୍ୟରେ ପାରସ୍ପରିକ ଅଭିନନ୍ଦନର ଭାବ ଦିଆନିଆର ପର୍ବ ଆରମ୍ଭ ହୁଏ। ଫୁଲତୋଡ଼ା ଓ ମିଠା ପ୍ୟାକେଟର ବାସ୍ନାରେ ବାରି ହୋଇପଡେ ନୂଆ ବର୍ଷ ପ୍ରଥମ ଦିବସର ଉଷ୍ମତା। ହ୍ୱାଟ୍ସଆପ୍ ଓ ଫେସବୁକ୍ର ୱାଲ୍‌ରେ ଅପ୍ରମିତ ଶୁଭେଚ୍ଛାର ପଛକୁ ପଛ ଧାଡ଼ି ସବୁ ଏକାଠି ମିଶି ନିଆରା କରି ତୋଲିଥାଏ ଏହି ଦିନଟିକୁ।

ସୀମାଦ୍ରୀକୁ ଲାଗୁଥିଲା ଯେପରି ତା'ପାଇଁ ସମ୍ପୂର୍ଣ୍ଣ ନିଃଶେଷ ହୋଇ ଯାଇଛି ସ୍ୱର୍ଣ୍ଣିମ ସମୟର ବାଲିଘଡ଼ି। ଏବେ ନାମକୁ ମାତ୍ର ସେଇ ବାଲିଘଡ଼ିରୁ ମୃତବତ୍ ନିସ୍ତବ୍ଧ ସମୟର ରେଣୁ ସବୁ ଖାଲି ଖଣ୍ଡେ ଖଣ୍ଡେ ଖସି ଚାଲୁଛନ୍ତି ଯାହା। କେବଳ ଏତିକି ଜଣାଇବାକୁ, ସମୟ ଘଣ୍ଟାର କଣ୍ଟା ଟିକ୍ ଟିକ୍ କରି ଚାଲୁଛି ବୋଲି!

ଗୋଟେ କଳା ଘୁମର ମେଘର ଆସ୍ତରଣ ପରି ବିଷର୍ଣ୍ଣତାର ବହଳ ରଙ୍ଗ ଘୋଟି ଆସିଥିଲା ସୀମାଦ୍ରୀ ମନର ଅଗଣା ଉପରେ। ଯାହା ତାକୁ ପୁରାପୁରି ଗୁମ୍ ସୁମ୍ କରାଇ ଦେଇଥିଲା।

ରୁମ୍‌ରେ ପହଞ୍ଚିବା ପରେ ପୂର୍ବ ଯୋଜନା ଅନୁସାରେ ଚାହିଁ ନ ଥିଲା ମାମା ସହିତ କଲ୍ କରି କଥାହେବାକୁ।

ସକାଳୁ ଉଠିବା କ୍ଷଣି ଭାବି ସାରିଥିଲା ବର୍ଷଟା ସରୁଛି ଯେତେବେଳେ, ସନ୍ଧ୍ୟାରେ ନିଶ୍ଚୟ ବାପା ଓ ମାମାଙ୍କ ସହିତ କଥା ହେବ। ସବୁଥର ପରି ଏଥର ପାଇଁ ତା' ନୂଆବର୍ଷର ରିଜୋଲ୍ୟୁସନ୍ କ'ଣ ରହିବ, ତାକୁ ଜଣାଇବ। ଜଣାଇବ ଯେ ସେ କିପରି ତା' ନୂଆବର୍ଷର ରିଜୋଲ୍ୟୁସନ୍‌ରେ ଥେରାପି ନିମନ୍ତେ ଆଉ ଦୁଇ ଘଣ୍ଟାର ଅଧିକ ସମୟ ବାହାର କରିବ। ସେଥିପାଇଁ ଜଣେ ପିଜି ପଢୁଥିବା ଝିଅ ଥେରାପିଷ୍ଟଙ୍କ ସହିତ କଥା ହୋଇ ସାରିଛି। ନୂଆ ବର୍ଷ ପରଦିନ ଦୁଇ ତାରିଖଠାରୁ ପ୍ରତି ସନ୍ଧ୍ୟାରେ ସିଏ ଆସି ରୁମ୍‌ରେ ଥେରାପି କରାଇଯିବେ। ଯାହା ଫଳରେ ନିଜର ଡେଭଲପ୍‌ମେଣ୍ଟକୁ ନେଇ ଦେଖୁଥିବା କ୍ଷୀଣକାୟ ସ୍ୱପ୍ନର ଅସ୍ତିତ୍ୱରେ ଆଉ ଟିକେ ବଳ ହୁଏତ ଭରି ପାରିବ।

ମାତ୍ର ଧେତ୍... ପୁରୁଣା ସ୍ମତିର ଚାରଣରେ ପୁଣି ଯେପରି ମନ ଭିତରେ ଚେଙ୍ଗ ଉଠିଥିଲା ଡିପ୍ରେସନ୍ର ଭୂତ !

ଶୋଇବାକୁ ଯିବା ପର୍ଯ୍ୟନ୍ତ ବିଲକୁଲ କଥା ବନ୍ଦ କରିଦେଇଥିଲା ବିଦୁ ସହିତ ।

ଖୁବ ସକାଳୁ ନିଦ ଭାଙ୍ଗିବା ଆଗରୁ ତା'ର କ୍ୟାବିନ୍ର ବାହାର ପଟ ଦରଜାରେ କାହାର ଖଟ୍ ଖଟ୍ ଶବ୍ଦ ଶୁଭିଲା । ସେହି ଶବ୍ଦରେ ପ୍ରଥମେ ନିଦ ଭାଙ୍ଗି ପଡିଥିଲା ସୀମାଦ୍ରୀର । ତା' ପଛକୁ ଆଉ ଥରେ ସେଇ ଠକ୍ ଠକ୍ ଶବ୍ଦ ଶୁଣାଯିବାରୁ ନିଦ ଭାଙ୍ଗି ଯାଇଥିଲା ଆର ବେଡ୍ରେ ଶୋଇଥିବା ବିଦୁର ।

ଉଠି ଡୋର ଖୋଲୁ ଖୋଲୁ "ଗୁଡ଼ ମର୍ଣିଂ ସୀମାଦ୍ରୀ ଦିଦି... ହାପି ନିୟୁ ଇଅର୍ ଟୁ ୟୁ" ଏତକ କହି ସମରେନ୍ଦ୍ର ବାବୁଙ୍କ କାଖରେ ବସି ରୁମ୍ ଭିତରକୁ ପଶି ଆସିଥିଲା ଅର୍ପିତା ।

ସୀମାଦ୍ରୀ ଶୋଇ ରହିଥିବା ବେଡ଼ ପାଖକୁ ଯାଇ ହସ ହସ ମୁହଁରେ ହାତରେ ବଢ଼ାଇ ଦେଇଥିଲା ରଙ୍ଗୀନ ସ୍କେଚ୍ରେ ଅଙ୍କା ଏକ ଗ୍ରୀଟିନ୍ସ୍ କାର୍ଡ ।

ଅପଲକ ଆଖିରେ ସୀମାଦ୍ରୀ ଚାହିଁ ରହିଥିଲା ସେଇ କାର୍ଡଟି ଆଡକୁ । ପାହାଡ଼ରୁ ବହି ଆସୁଛି ଏକ ଝରଣା । ଉପରେ ଉଦିତ ସୂର୍ଯ୍ୟର ଚିତ୍ର । ତଳେ ବହି ଆସୁଥିବା ଝରଣାର ଦୁଇ କଡେ ଦୁଇଟି ଘଞ୍ଚ ବୃକ୍ଷ । ବୃକ୍ଷ ଉପରେ ଡେଣା ଝାଡ଼ି ଉଡ଼ି ବୁଲୁଥିବା କେତୋଟି ଚଢ଼େଇ ।

ରଙ୍ଗୀନ ସ୍କେଚ୍ରେ ଅଙ୍କା ସେଇ ନିଖୁଣ ସିନେରୀର ଦୃଶ୍ୟପଟ୍ରେ ଯେମିତି ଭରି ରହିଥିଲା ଏକ ଯାଦୁକରୀ ସ୍ପର୍ଶ । ଏକ ପ୍ରଚ୍ଛନ୍ନ ମାଦକଭରା ଆମନ୍ତ୍ରଣ । ନିଜକୁ ବିସ୍ମରି ଦେବାର ଏକ ଉଦୟରାଗର ମୂର୍ଚ୍ଛନା ।

ଛୁ' ମନ୍ତ୍ର କଳାପରି ଗଲା ରାତିଠୁ ଭରି ରହିଥିବା ବିଷର୍ଣତା ଦେଖୁ ଦେଖୁ କୁଆଡେ ଉଭେଇ ଯାଇଥିଲା । ସତେଜ ଲାଗୁଥିଲା ସକାଳଟା । ଆଉ କିଛି କିଛି ଅର୍ଥପୂର୍ଣ ଲାଗୁଥିଲା ବି ନୂଆବର୍ଷର ଏଇ ପ୍ରଥମ ସକାଳ ।

ନିଜର ଦୁଇ ସନ୍ତୁଷ୍ଟ ନୟନକୁ ଉଠାଇ ଚାହିଁ କହିଲା, "ଥାଙ୍କ୍ ୟୁ ଭେରୀ ମଚ୍ ଅର୍ପିତା ! ତତେ ବି ନୂଆ ବର୍ଷର ବହୁତ ବହୁତ ଶୁଭେଚ୍ଛା ! ହାପି ହାପି ନିୟୁ ଇଅର୍ ଟୁ ୟୁ ।"

ମାତ୍ର ମାସେ ଖଣ୍ଡେ ହୋଇଥିବ ଅର୍ପିତା ଆସି ରହିଛି ପେଡିଆଟ୍ରିକ୍ ୱାର୍ଡରେ । ସାଙ୍ଗରେ ତା' ବାପା ସମରେନ୍ଦ୍ର ବାବୁ ଆସି ରହୁଛନ୍ତି । ତେର କି ଚଉଦ ବର୍ଷ

ବୟସ ହୋଇଥିବ । ଘର ସୁଦୂର ରାଉରକେଲା । ସେକ୍ଟର ଏଗାରରେ । ମସ୍କୁୟଲାର ଡିସ୍ଟ୍ରୋଫି କେସ୍ । କେବଳ ବସେଇ ଦେଲେ ବସିପାରେ । ନ ହେଲେ ଯୁଆଡେ ଗଲେ ସମରେନ୍ଦ ବାବୁ ତାକୁ ସାଙ୍ଗରେ କାଖରେ ଧରି ଯାଆନ୍ତି । ମଝିରେ ମଝିରେ ଏଠାରେ ରହି ଫିଜିଓଥେରାପି କରିବାକୁ ଆସିଥାଏ ।

ତା'ର ଶରୀର ଓ ଦୁଇ ହାତ ଗୋଡ଼ ମାଂସପେଶୀ କ୍ଷୟ ଯୋଗୁଁ କିପରି ଶୀର୍ଷ ପାଲଟି ଯାଇଛି । ତଥାପି ବେଡ଼ରେ ବସେଇ ଦେଲେ ହାତରେ ଏକରୁ ଆରେକ ସୁନ୍ଦର ଚିତ୍ର ଆଙ୍କି ପାରେ ।

ବାଃ... କି ସୁନ୍ଦର ଆର୍ଟିଷ୍ଟିକ୍ ଟ୍ୟାଲେଣ୍ଟ ତା'ର ରହିଛି ! ଅର୍ପିତା କଥାକୁ ଭାବି ବିସ୍ମୟରେ ବିହ୍ବଳ ହୋଇ ଉଠୁଥିଲା ସୀମାଦ୍ରୀ ।

ଲାଗୁଥିଲା ଯେପରି ବାହାର ପଟେ ନୂଆବର୍ଷ ତା'ର ପ୍ରଥମ ପଦାର୍ପଣ ଦିବସରେ ଅର୍ପିତାର ହାତ ଅଙ୍କା ଚିତ୍ର ପରି ନୂଆ ପ୍ରତିଶ୍ରୁତି ଧରି ଉଭା ହୋଇଛି ।

(୧୫)

ରବିବାରର ଏକ ଫୁରୁସତଭରା ଅପରାହ୍ନ । ଧୀରେ ଧୀରେ ମ୍ଲାନ ପଡ଼ି ଆସୁଥାଏ ଦିବାଲୋକର ରଙ୍ଗ । ଶୀତର ପ୍ରକୋପ ଯୋଗୁଁ ଅପସୃୟମାଣ ଖରାର ପିଠିରେ ଛାଇସଞ୍ଚର ଲୁଚକାଳି ଆରମ୍ଭ ହୋଇ ଯାଇଥିଲା ।

ରାଜୁ ଟି’ସ୍ୟ ସାମ୍ନାରେ ଚକ୍ରାକାର ଆକୃତିର ଗୋଟିଏ ଖଟି ଗୋଲ୍ ମାରି ବସିଥାଏ । ସେଇ ଖଟିରେ ନୂଆ ନୂଆ ସାମିଲ ହୋଇଥିବା ସୀମାଦ୍ରୀକୁ ଛାଡ଼ି ଆଉ ଦଶଗୋଟି ହୁଇଲ୍‌ଚେୟାର ପରସ୍ପରକୁ ମୁହଁକରି ଛିଡ଼ା ହୋଇଥାନ୍ତି । ସେଗୁଡ଼ିକୁ ଛାଡ଼ି ଗୋଟିଏ ହଳ ଏଲ୍‌ବୋକ୍‌ସ୍, ଯାହା ଉପରେ ହାତକୁ ଭରାଦେଇ ତା’ ମୋଟା ଚଷମାର କାଚକୁ ମଝିରେ ମଝିରେ ଆଙ୍ଗୁଠି ଅଗରେ ଟେକି ସମସ୍ତଙ୍କ ଆଡ଼କୁ ଭେରାଏ ଭେରାଏ ଚାହିଁ ଶୁଣୁଥାଏ ରୋନି । ପାଟିରୁ କିଛି କଥା ଛିଟିକି ନ ଆସୁଥିଲେ ସୁଦ୍ଧା ଆଖିର ଚଞ୍ଚଳତାରେ ମାଲ୍ୟୁମ୍ ପଡ଼ି ଯାଉଥାଏ ତା’ର କିଶୋରସୁଲଭ ଆଗ୍ରହ ।

ବିଷୟର କେନ୍ଦ୍ର ରହିଥାଏ ହୁଇଲ୍‌ଚେୟାର ବାସ୍କେଟ୍‌ବଲ ମ୍ୟାଚ୍ । ଆସନ୍ତା ଫେବୃୟାରୀ ମାସରେ ପଡ଼ୁଥିବା ପ୍ରଥମ ରବିବାର ଦିନ ଚୂଡ଼ାନ୍ତ ବନ୍ଧୁତ୍ୱପୂର୍ଣ୍ଣ ପ୍ରତିଯୋଗିତା ଅନୁଷ୍ଠିତ ହେବ । ତାହା ପୂର୍ବରୁ ଅଭ୍ୟାସ ମ୍ୟାଚ୍ ପାଇଁ ହାତରେ ମାତ୍ର ତିନୋଟି ରବିବାର । ତେଣୁ ପ୍ରତିଯୋଗିତାକୁ ନେଇ ସମସ୍ତଙ୍କ ମଧ୍ୟରେ ରହିଥିଲା ଚାପାଚାପା ଉଦ୍‌ଗ୍ରୀବତା । ଯେଉଁଥିରେ ପରସ୍ପରର ମୁକାବିଲା କରିବେ ଅନ୍ତେବାସୀ ହୁଇଲ୍‌ଚେୟାର ଦଳ ଓ ବିପକ୍ଷରେ ବାହାରେ ଅବସ୍ଥାନ କରୁଥିବା ହୁଇଲ୍‌ଚେୟାରଧାରୀ ଟିମ୍ ।

ସେହି ଅନ୍ତିମ ନିର୍ଣ୍ଣାୟକାରୀ ମ୍ୟାଚ୍ ପାଇଁ ହାତରେ ରହିଲା ମାତ୍ର ଆଉ ମାସଟିର ସମୟ ।

ନିଜ ବିଲିଡ଼ିଙ୍ଗର ଇନ୍‌ସ୍ପେସେଣ୍ଟ ହୁଇଲ୍‌ଚେୟାର ଗ୍ରୁପ୍ ସହ ସେଈଠି ବସିଥାଏ ସୀମାଦ୍ରୀ । ମନ୍ତ୍ରଣା ଚାଲିଥାଏ ଆଗାମୀ ମ୍ୟାଚ୍‌ର ରଣନୀତି ।

ତାଙ୍କ ଗ୍ରୁପ୍‌ର କୋଚ୍ ରୂପେ ଯାହାକୁ ବାଛିଥାଆନ୍ତି, ସିଏ ବସିଥାଆନ୍ତି ସମସ୍ତଙ୍କ ଦୃଷ୍ଟିର କେନ୍ଦ୍ର ହୋଇ ଗୋଟିଏ କଡ଼ରେ । ସମସ୍ତଙ୍କ ମୁହଁ ତାଙ୍କରି ଆଡ଼କୁ ବୁଲି ରହିଥାଏ । ନାମ ପ୍ରଶାନ୍ତ ନାୟକ । ସମ୍ପ୍ରତି ଓଡ଼ିଶାର ଉଭୟ ହୁଇଲ୍‌ଚେୟାର ବାସ୍କେଟ୍‌ବଲ୍ ଓ ରଗ୍‌ବି ଦଳର ସକ୍ରିୟ ସଦସ୍ୟ । ଏଇ କେଇମାସ ଆଗରୁ ମଧ୍ୟପ୍ରଦେଶର ଗୋଆଲିୟର୍ ସହରଠାରେ ଅନୁଷ୍ଠିତ ହୋଇଥିବା ସର୍ବଭାରତୀୟ ହୁଇଲ୍‌ଚେୟାର ରଗ୍‌ବି ଚାମ୍ପିୟନ୍‌ସିପ୍‌ର ବିଜେତା ଓଡ଼ିଶା ଦଳର ଅନ୍ୟତମ ପ୍ରମୁଖ ସଦସ୍ୟ । ଫାଇନାଲ୍ ମ୍ୟାଚ୍‌ରେ କେରଳକୁ ପରାସ୍ତ କରି ଓଡ଼ିଶାକୁ ବିଜୟୀ କରିବାରେ ଯେଉ ଦୁଇ ତିନିଜଣଙ୍କର ରହିଥିଲା ଉଲ୍ଲେଖନୀୟ ଲଢ଼ୁଆ ଭୂମିକା, ସେଥି ମଧ୍ୟରେ ଥିଲେ ସିଏ । ବାକି ଅନ୍ୟ ଜଣେ ଖେଳାଳୀ ଓମ୍‌ପ୍ରକାଶଙ୍କୁ ବାହାରେ ରହୁଥିବା ଦଳ ସେମାନଙ୍କ ପ୍ରଶିକ୍ଷକ ରୂପେ ବାଛିଥାଆନ୍ତି ।

ପ୍ରଥମ କରି ଅନ୍ତେବାସୀ ଓ ବର୍ହିବାସୀ ହୁଇଲ୍‌ଚେୟାର ଦଳ ମଧ୍ୟରେ ବାସ୍କେଟ୍‌ବଲ୍ ଖେଳକୁ ନେଇ ଏକ ବନ୍ଧୁତ୍ୱପୂର୍ଣ୍ଣ ଲଢ଼େଇର ଆୟୋଜନ ହେଉଥିବାରୁ କେମିତି ଏକ ପ୍ରତିଯୋଗିତାମୂଳକ ପରିବେଶ ବିରାଜୁଥାଏ ନିର୍ତାରର ଭିତରେ ଓ ବାହାରେ ମଧ୍ୟ ।

ସ୍ଥିର ହେଲା ଆସନ୍ତା ରବିବାରଠାରୁ ବ୍ଏଜ୍ ହଷ୍ଟେଲ କ୍ୟାମ୍ପସ୍‌ରେ ଥିବା ବାସ୍କେଟ୍‌ବଲ୍ କୋର୍ଟରେ ପ୍ରାକ୍ଟିସ୍ ଆରମ୍ଭ ହେବ ।

ଯଦିଓ ଖେଳରେ ସିଧାସଳଖ ଭାବେ ଭାଗ ନେଉ ନ ଥିଲା ସୀମାଦ୍ରୀ, କିନ୍ତୁ ଏହି ଖେଳ ପ୍ରତି ତା'ର ଖୁବ୍ ଦୁର୍ବଳତା ରହିଛି । କେବେ ଯଦି ଛୁଟିରେ ବା କାର୍ଯ୍ୟବଶତଃ ନାଲ୍‌କୋରେ ରହି ଯାଉଥିଲା, ସେଦିନ ଅପରାହ୍ନକୁ ନାଲ୍‌କୋ କ୍ୟାମ୍ପସ୍ ପଡ଼ିଆର ବାସ୍କେଟ୍‌ବଲ୍ ଖେଳ ଦେଖିବାକୁ କେବେ ହାତ ଛଡ଼ା କରୁ ନ ଥିଲା ।

ଆଜି କେବଳ ଖେଳାଳି ଚୟନ, ସେମାନଙ୍କ ଭୂମିକା ଓ ଖେଳର ତରିକା ସମ୍ପର୍କରେ କୋଚ୍ ଦାୟିତ୍ୱରେ ଥିବା ପ୍ରଶାନ୍ତ ସମସ୍ତଙ୍କୁ ବିଶଦ ଭାବରେ ବୁଝାଉଥିଲେ ।

ସହସା ସେଇ ଆଲୋଚନା ମଧ୍ୟରୁ ସେ ସୀମାଦ୍ରୀ ଆଡ଼କୁ ଚାହିଁ କହି ଉଠିଲେ, "ଟିମ୍‌ରେ ସମୁଦାୟ ଦଶଜଣ ଖେଳାଳି ରହିବା ଦରକାର । ଖେଳିବାକୁ ଓହ୍ଲାଇବେ ସିନା ପାଞ୍ଚ, କିନ୍ତୁ ବାକି ବାହାରେ ଥିବା ପାଞ୍ଚ ଜଣଙ୍କ ସହ ଅଦଲ ବଦଲ ଚାଲିଥିବ ।

ମୁଁ ଭାବୁଥିଲି ଆପଣ ଆମ ଟିମ୍‌ରେ ଦଶ ନମ୍ବର ପ୍ଲେୟାର୍ ରୂପେ ସାମିଲ ହୋଇ ଯାଆନ୍ତୁ। ଟିମ୍ ପୂରା ହେବା ପାଇଁ ଆମର ବି ଆଉ ଜଣେ ନିହାତି ଦରକାର ହେଉଛନ୍ତି।"

ପ୍ରଶାନ୍ତଙ୍କ ଏହି ଅତର୍କିତ ପ୍ରସ୍ତାବଟା ଆଶ୍ଚର୍ଯ୍ୟ କରିଦେବା ପରି ଥିଲା ଯେପରି ସୀମାଦ୍ରୀ ପାଇଁ। "ବାସ୍କେଟବଲ୍ ପୁଣି ସିଏ! ତା' ପରି ଜଣେ କ୍ୱାଡ୍ରିପ୍ଲେଜିକ୍! କେଇ ମାସର ନିୟମିତ ଥେରାପି ନେବାପରେ ଏବେ ଦୁଇ ହାତକୁ ଚେଷ୍ଟା କରି ମାତ୍ର କାନ୍ଧ ରେଞ୍ଜ ଯାଏଁ ସିଧା କରି ଉଠାଇ ପାରୁଛି। ଆଉ ମଧ ଦୁଇ ହାତରେ ପ୍ରୟାସ କରି ଏବେ ହୁଇଲ୍‌ଚେୟାର୍‌ଟିକୁ କିଛି କିଛିବାଟ ଗଡ଼ାଇ ପାରୁଛି। ବାସ୍... ସେତିକି ଶାରୀରିକ ଯୋଗ୍ୟତା କ'ଣ ଯଥେଷ୍ଟ ହେବ ପ୍ଲେୟାର୍ ହେବା ପାଇଁ?" ସନ୍ଦିହାନ ହେବାପରି ଆପଣା ଛାଏଁ ନିଜ ଖେଳାଳି ହେବାର ଦକ୍ଷତାର ଆକଳନ କରି ଚାଲିଥିଲା ସେ!

ପୁଣିଥରେ ନିଜର ପ୍ରସ୍ତାବକୁ ଦୋହରାଇ ସୀମାଦ୍ରୀ ଆଡ଼କୁ ଚାହିଁ ରହିଲେ ପ୍ରଶାନ୍ତ।

କ'ଣ କହିବ ନ କହିବ ଭାବି ଥଙ୍ଗଥଙ୍ଗ ହୋଇ ପଡ଼ୁଥାଏ। କିଛି ସମୟ ପୂର୍ବରୁ ତା'ର ଧାରଣା ଥିଲା, ସେ କେବଳ ଦୂରରେ ରହି ଦର୍ଶକ ସାଜି ଉପଭୋଗ କରିବ। ମେନ୍ ବିଲ୍‌ଡ଼ିଙ୍ଗରୁ ରହି ଖେଳୁଥିବା କାଳିଆ ଓ ଅନ୍ୟ ଅଂଶଗ୍ରହଣକାରୀମାନଙ୍କୁ ଉତ୍ସାହିତ କରିବ। ହେଲେ ପ୍ରଶାନ୍ତଙ୍କର ଏ ପ୍ରସ୍ତାବଟା ତା'ର ଭୂମିକାକୁ ସମ୍ପୂର୍ଣ୍ଣ ଓଲଟପାଲଟ କରିବାକୁ ଯେ ଯାଉଛି, ତାହାକୁ କଳ୍ପନା କରି ଟିକେ ପଛଘୁଞ୍ଚା ଦେଉଥିଲା।

ତା' ମୁହଁରୁ ଜଣା ପଡ଼ୁଥିଲା କୁଣ୍ଠିତ ଓ ସଂକୁଚିତ ହେବାର ଭାବ।

ସେଇ ଅଦୃଷ୍ଟ ଭାବନାକୁ ବୋଧେ ପଢ଼ି ପାରିଥିଲେ ପ୍ରଶାନ୍ତ। ସଙ୍ଗେ ସଙ୍ଗେ ଭରସା ଦେବାକୁ ଯାଇ କହିଥିଲେ, "ଏଇଟା ତ ଆମ ଭିତରେ ଗୋଟେ ଫ୍ରେଣ୍ଡେଲି ମ୍ୟାଚ୍। ଏତେ ସିରିୟସ୍ କାଇଁ ନେଉଛନ୍ତି! ମୁଁ ଆପଣଙ୍କୁ ତ କହିନାହିଁ, ବଲକୁ ଡ୍ରିବ୍‌ଲିଂ କରି ବାସ୍କେଟ୍‌ରେ ଫୋପାଡ଼ିବାକୁ। ଯଦି ନିହାତି ଦରକାର ପଡ଼ିଲା, ଆପଣ ବଦଳ ଖେଳାଳି ରୂପେ ପଡ଼ିଆକୁ ଓହ୍ଲାଇବେ। ମାତ୍ର ଚାଳିଶ ମିନିଟ୍‌ର ଖେଳ। ମୁଁ ଆପଣଙ୍କୁ ସେହି ସବୁ କୌଶଲ ଶିଖାଇ ଦେବି। କିଛି ନ ହେଲେ ବ୍ଲକର୍ ହୋଇ ହାତରେ ବଲଟାକୁ ଅଟକାଇ ଆମ ଟିମ୍ ପିଲାଙ୍କୁ ପାସ କରିଦେବେ। ବାସ୍...

ଏତିକି ! ବାସ୍କେଟ୍କୁ ଚାହିଁ ବଳ ଧରି ମାଡ଼ି ଆସୁଥିବା ଅପର ପକ୍ଷର ହୁଇଲ୍ଚେୟାର୍‌ ଆଗକୁ ଯାଇ କିଛି ନ ହେଲେ ପ୍ରତିବନ୍ଧକ ଆଣି ପାରିବେ ।"

କଥାଟା ଶୁଣି ତା' ଉଡ଼ି ଯାଇଥିବା ହୋସ୍‌ରେ ପୁଣି ସାହସ ଟିକେ ପଶି ଆସିଲା । ସାମାନ୍ୟ ଉତ୍ସାହୀ ହୋଇ ଉଠିଲା ।

ପ୍ରାୟତଃ ସେ ଅବଗତ ହୋଇ ସାରିଥିଲା ନିଜର ଭୂମିକା ସମ୍ପର୍କରେ । ଭିତରେ କୋଉଠି ଖେଳୁଆଡ଼ ମନଟା ଚେଇଁ ଉଠୁଥିଲା ଧୀରେ ଧୀରେ ।

ଦୁଇ ଆଖିକୁ ଏକାଗ୍ର କରି ଚାହିଁଲା ପ୍ରଶାନ୍ତଙ୍କ ମୁହଁକୁ । ସେଠି ସମ୍ଭାବନାର ଅସଂଖ୍ୟ ଚୁନାଚୁନା ଢେଉ ବାହାରକୁ ବିଛୁରି ଆସୁଥିବା ପରି ଲାଗୁଥିଲା ତାକୁ । କ'ଣ ଭାବିଲା କେଜାଣି ଖୁବ୍‌ ଜୋରରେ ମୁଣ୍ଡ ଟୁଙ୍ଗାରି "ହଁ ଖେଳିବି" ବୋଲି କହିଦେଲା ।

କହି ସାରିବା କ୍ଷଣି ଅନୁଭବ କଲା ଯେପରି ସ୍ୱେଟର ତଳେ ଲୁଚିଥିବା ତା' ଦେହର ପ୍ରତିଟି ଲୋମକୂପ ଶିହରିତ ହୋଇ ଉଠୁଛି ଏକ ଅଜଣା ଉଷ୍ଣତାରେ ! ଆଉ ପ୍ରତିଟି ଲୋମକୂପରେ ଗୋଟେ ଅଭୁତ ସଙ୍ଗୀତର ଧ୍ୱନି ତରଙ୍ଗ ପାଲଟି ବାହାରି ଆସୁଛି ଭିତରୁ !

ପୁଣି ଆଉ ଟିକେ କ'ଣ ଭାବି ଉତ୍‌ଫୁଲ୍ଲିତ ହୋଇ ଉଠିଲା, "ଫାଇନାଲ୍‌ ଖେଳରେ ପ୍ଲେୟାର୍‌ ରୂପେ ମୁଁ ନିଶ୍ଚୟ ପିନ୍ଧିବ ଦଶ ନମ୍ବର ଜର୍ସି ! ଦଶ ନମ୍ବର ମୋର ସବୁଠୁ ଫେବୋରାଇଟ୍‌ ! ଫୁଟ୍‌ବଲ୍‌ ୱାର୍ଲ୍ଡକପ୍‌ ମ୍ୟାଚ୍‌ରେ ମୋର ସବୁଠାରୁ ପ୍ରିୟ ଦେଶ ଆର୍ଜେଣ୍ଟିନା । ପ୍ରିୟ ଖେଳାଳି ଲିଓନେଲ୍‌ ମେସି । ଆଉ ତାଙ୍କର ଜର୍ସି ନମ୍ବର ହେଉଛି ଦଶ । ୦୪ ! ଏଥର ମୁଁ ବି ଏଇ ଖେଳରେ ପିନ୍ଧିବ ଦଶ ନମ୍ବର ଜର୍ସି !" ସତେ ଯେମିତି ଗୋଟେ ଦଶ ରଙ୍ଗର ଢେଉ ପରି ଖୁସିର ଲହରୀଟିଏ ଉଠି ତା'ର ମନର ବେଲାଭୂଇଁ ଉପରେ ମଥା ପିଟି ନାଚିଯାଉଛି ।

କହି ସିନା ଦେଲା, ତଥାପି କେମିତି ଗୋଟିଏ ଅନିଶ୍ଚିତଭରା ଦ୍ୱନ୍ଦ ଘାଣ୍ଟି ପକାଉଥାଏ ତା'ର ଅନ୍ତର୍ମନକୁ ।

କ'ଣ ଭାବି ଗମ୍ଭୀର ହୋଇ ଉଠୁଥାଏ ତା'ର ମୁଖମଣ୍ଡଳ । ଦୁଇ ହାତରେ ହୁଇଲ୍ଚେୟାରକୁ ଟିକେ ପଛକୁ ଗଡ଼ାଇ ଘୁରାଇ ନେଲା ମୁହଁକୁ ପଶ୍ଚିମ ଦିଗ ଆଡ଼େ । ଏକାଡେମିକ୍‌ ବ୍ଲକ୍‌ର ଉହାଡ଼ରେ ଅସ୍ତ ହୋଇ ଉଠୁଥିଲା ଆରକ୍ତ ରଙ୍ଗ ବୋଲି ଆକାଶ । ସେ ରଙ୍ଗରେ ତଥାପି କିପରି ଏକ ଉଜ୍ଜ୍ୱଳତା ଭରିହୋଇ ରହିଥିବା ପରି ବୋଧ ହେଉଥାଏ ସୀମାଦ୍ରିକୁ ।

(୧୭)

ସକାଳୁ ସେଦିନ ବିନ୍ଦୁ ମନେ ପକାଇ ଦେଇଥିଲା, "ଆଜି ଅର୍ପିତାର ଜନ୍ମଦିନ। ସମରେନ୍ଦ୍ର ବାବୁ ଆସି କହି ଯାଇଛନ୍ତି ସନ୍ଧ୍ୟାରେ ୱର୍କିଂ ୱୋମେନ୍ ହଷ୍ଟେଲ ଆଡକୁ ଯିବା ପାଇଁ। ୱାର୍ଡରୁ ଡିସ୍ଚାର୍ଜ ହେବାପରେ ଏବେ ସେଠାରେ ରୁମ୍ ଭଡ଼ା କରି ରହୁଛନ୍ତି। ସେଠାରୁ ସବୁଦିନ ହୁଇଲ୍‌ଚେୟାର୍‌ରେ ସମରେନ୍ଦ୍ର ବାବୁ ଅର୍ପିତାକୁ ବସାଇ ଥେରାପି ସେସନ୍‌କୁ ନବା ଆଣିବା କରୁଛନ୍ତି।"

– "ଆରେ ହଁ ତ ମନ ପକାଇଦେଲୁ ଭଲ କଲୁ। ମୁଁ ପୁରା ଭୁଲି ଯାଇଥିଲି। ୱାର୍ଡରୁ ଡିସ୍ଚାର୍ଜ ହେଇ ଯିବା ପରଠୁଁ ତା'ର ମୋର ଆଉ ଆଗ ପରି ନିୟମିତ ଦେଖା ସାକ୍ଷାତ ହୋଇ ପାରୁନାହିଁ। ତିନିଦିନ ତଳେ ଫିଜିଓଥେରାପି ଡିପାର୍ଟମେଣ୍ଟରେ ଦେଖା ହୋଇ ଆସିବାକୁ କହିଥିଲା।"

କେଇ ମାସ ଆଗରୁ ବାର୍ଥ ଡେ' ସେଲିବ୍ରେସନ୍ କଥା ଶୁଣିଲା ମାତ୍ରେ ମୁହଁ ବୁଲାଇ ଦେଉଥିଲା ସୀମାଦ୍ରୀ। କେମିତି ଏକ ଉଦାସୀନତା ପ୍ରତିକୂଳ ପାଣିପାଗ ପରି ତା'ର ଚିନ୍ତା ଓ ଭାବନା ରାଜ୍ୟକୁ ଗୋଟାଏଶୁଦ୍ଧା ଆବୋରି ବସିଥିଲା।

ଏତେ ବଡ଼ ଆଘାତ ପରେ ଜୀବନଠାରୁ ସମ୍ପୂର୍ଣ୍ଣ ହତୋସାହ ହୋଇ ମୁହଁ ମୋଡି ସାରିଥିଲା। ଯୁଆଡକୁ ଦେଖୁଥିଲା ସବୁଟି ଦିଶୁଥିଲା ସ୍ତର ସ୍ତର ବ୍ୟାପୀ ଶୋକର ବିପର୍ଯ୍ୟସ୍ତ ମଳିନ ଉଦାସ ଚେହେରା।

ଏମିତି ବି ସମୟ ଥିଲା, ଜୀବନକୁ ନେଇ ତା'ର ମନୋଭାବ ରହିଥିଲା ଖୁବ ପଜିଟିଭ୍... ସକାରାମ୍ବକ ଭାବନାରେ ଭରା। ଯୁବସୁଲଭ ରସସିକ୍ତ ଖେଳୁଆଡ ମନୋଭାବ ନେଇ ସେ ନିଜେ ବଞ୍ଚୁଥିଲା ଓ ଅନ୍ୟମାନଙ୍କୁ ମଧ୍ୟ ସେହିପରି ବଞ୍ଚିବା ପାଇଁ ପ୍ରବର୍ତ୍ତାଉଥିଲା। ଏଚ୍‌ଆର୍ ମ୍ୟାନେଜର ହିସାବରେ ଅଫିସରେ ତା'ର କାମ

ତ ଥିଲା ସେୟା। ସ୍ଟାଫ୍‌ମାନଙ୍କୁ ମୋଟିଭେସନାଲ୍ ଟ୍ରେନିଂ ଦେବା ଆଉ ସବୁବେଳେ ସେମାନଙ୍କ ମୋଟିଭେସନ୍‌ର ସ୍ତରକୁ ଉଚ୍ଚା ରଖିବା ହିଁ ଥିଲା ତା'ର ଅନ୍ୟତମ ଗୁରୁଦାୟିତ୍ୱ। ସେଥିରେ ଥିଲା ତା'ର ପ୍ରଫେସ୍‌ନାଲ୍ କ୍ୟାରିୟର‌ର ସଫଳତା। ସେ ଅନୁଗୁଳ ନାଲ୍‌କୋ ୟୁନିଟ୍‌ର ଦୁଇ ବର୍ଷର ମାନବ ସମ୍ବଳ ବିଭାଗର ଦାୟିତ୍ୱ ବେଶ ଭଲ ଭାବରେ ନିର୍ବାହନ କରି ପାରୁଥିଲା। ତା'ର ଏଇ ଦକ୍ଷତା ନିମନ୍ତେ ଏମ୍‌ଡି ଅନେକ ଥର ଆପ୍ରିସିଏଟ୍ ମଧ୍ୟ କରିଥିଲେ।

ଗୋଟାଏ ବର୍ଷ ବୃଭିଗତ ଉତ୍କର୍ଷତା ପାଇଁ ଆନୁଆଲ୍ ଫଙ୍କ୍‌ସନ୍‌ରେ ତାକୁ ମିଳି ସାରିଥିଲା ଟ୍ରଫି। ସବୁ ସମ୍ଭବ ହୋଇ ପାରୁଥିଲା ତା'ର ଜୀବନକୁ ନେଇଥିବା ଏହି ସକାରାମ୍ୱକ ଆଭିମୁଖ୍ୟ ପାଇଁ।

ତା'ର ଚିଡ, ତା'ର ବୃଭି, ତା'ର ପ୍ରବୃଭି ତା'ର ଧ୍ୟାନ, ତା'ର କାର୍ଯ୍ୟଧାରା ଏହି ସବୁଗୁଡିକୁ ଯଦି କିଏ ବିଶେଷ ଭାବରେ ପ୍ରଭାବିତ କରି ରଖିଥିଲା, ତାହା ଥିଲା ମାତ୍ର ଦୁଇ ଧାଡିର ଗୋଟେ ହିନ୍ଦୀ କବିତାର ପଂକ୍ତି। ସେଇଟାକୁ ଟାଙ୍ଗିଥିଲା ଫେମ୍ କରି ଠିକ୍ ତା' ଚାୟରର ସାମ୍ନା କାନ୍ଥରେ। ଯେପରି ଚାହିଁ ଦେଲା ମାତ୍ରେ, ସେଇ ଅମୂଲ୍ୟ ପଂକ୍ତିର ଧାଡିଗୁଡିକ ଚକ୍ଷୁର ପଟଳ ଦେଇ ତା'ର ସର୍ବାନ୍ତକରଣରେ ପ୍ରବେଶ କରି ପାରୁଥିବ। ଯେପରି ରିଚାର୍ଜ ସରି ଯାଇଥିବା ବ୍ୟାଟେରୀରେ ପ୍ଲକ୍ ଗୁଞ୍ଜିଲା ମାତ୍ରେ ବୈଦୁତିକ ସ୍ଫୁରଣ ଖେଳିଉଠେ, ସେହିପରି ପୁନଃ ନୂଆ ଉଦ୍ଦୀପନା ଭରି ଦେଉଥିଲା ସେହି କାଳଜୟୀ ଧାଡି। ଯେଉଁଠି ଲେଖାଥିଲା, "ଅଗର ଖିଲ୍ ନା ହୋ ତୋ ଫୁଲ୍ ଜୈସୀ ଖିଲ୍ ଉଠୋ, ବିଖର ନ ହୋ ତୋ ଖୁସବୁ ଜୈସୀ ଫୈଲ୍ ଯାଓ।"

ମାତ୍ର ଗୋଟିଏ ବିପର୍ଯ୍ୟୟର ୫ଢ଼ ଆସି ହଠାତ୍ ଯେପରି ତା'ର ଏହି ରିଚାର୍ଜ ଥିଓରୀର ମୂଳ ଫ୍ୟୁଜ୍‌ଟାକୁ କାଟି ପକାଇଲା। ଏଚ୍‌ଆରରେ ପଢିଥିବା ସବୁ ପ୍ରେରଣାଦାୟୀ ତତ୍ତ୍ୱ ଆଉ ଉଦାହରଣ ଗୋଟା ଗୋଟା ଫେଲ୍ ମାରିଥିଲେ ନିଜଠାରେ। କେହି ବି ଜଣେ ସୁଦ୍ଧା ତା' ଝାଉଁଳା ମନର ପାଖୁଡାରେ ପାଣି ସିଞ୍ଚି ସତେଜତା ଭରି ଦେବାରେ ଥିଲେ ଅସମର୍ଥ।

କିନ୍ତୁ ନିର୍ଜ୍ତାର‌ର ଅନ୍ତେବାସୀ ହୋଇ ଏଇ କେଇ ମାସର ରହଣି ବି ଥିଲା ଖୁବ ବିଚିତ୍ର ତା' ପାଇଁ।

ପୁନର୍ବାସ କୈନ୍ଦ୍ରିକ ଜୀବନର ତାଲିମ୍ ନେଉ ନେଉ ପୁଣି ଫାଶରେ

ଅଟକି ଯାଇଥିଲା ଫେରି ଯାଉଥିବା ପାଦ। ଯେଉଁ ଜୀବନଠାରୁ ମୁହଁ ମୋଡ଼ି ବିଷାଦ ଯୋଗିନୀ ପାଲଟି ଯାଇଥିଲା, ଏବେ ସେଇ ଯୋଗିନୀର ହାତରେ ବଞ୍ଚିବାର ଏକତାରା ବାଦ୍ୟ କେବେ କେବେ ଗୁଞ୍ଜରୀ ଉଠୁଥିବା ପରି ଅନୁଭବ କରୁଥିଲା।

ୱାର୍କିଙ୍ଗ୍ ଓମେନ୍ ହଷ୍ଟେଲର ବାଟଘରେ ଆୟୋଜିତ ହେଉଥିଲା ଅର୍ପିତାର ବାର୍ଥ ଡେ' ପାର୍ଟି। ଟେବୁଲରେ ରଖା କେକ୍ ଉପରେ କ୍ୟାଣ୍ଡେଲ୍ ଜଳି ଉଠିବା ପରେ ସେହି ବାଟ ଘରଟି ହାପି ବାର୍ଥ ଡେ'ର ଗୁଞ୍ଜରଣରେ ପୁରି ଉଠ‍ୁଥାଏ।

ସେହି ହଷ୍ଟେଲର ତତ୍ତ୍ୱାବଧାରିକା ବିଷ୍ଣୁପ୍ରିୟା ମ୍ୟାଡ଼ାମ୍‍ଙ୍କ ସହ ସୀମାଦ୍ରିର ପରିଚୟ କରାଇଦେଲେ ସମରେନ୍ଦ୍ର ବାବୁ। ଏତେ କୋମଳ କଣ୍ଠ ଓ ଆତିଥ୍ୟ ପରାୟଣତାରେ ଭରା ହଷ୍ଟେଲର ସେହି ତତ୍ତ୍ୱାବଧାରିକାଙ୍କୁ ଭେଟି ମୁଗ୍ଧ ହୋଇ ଉଠୁଥିଲା ସେ। ସ୍ୱୟଂ ବିଷ୍ଣୁପ୍ରିୟା ମ୍ୟାଡ଼ାମ୍ ନିଜେ ଦାୟିତ୍ୱ ନେଇ ଅର୍ପିତାର ଜନ୍ମଦିନ ପାଳନ କରୁଥାନ୍ତି। ନିଜ କିଚେନ୍‍ରେ ଛାଣି ପ୍ରସ୍ତୁତ କରିଥାନ୍ତି ପୁରି, ଡାଲମା ଓ ମିଠା ବୁନ୍ଦି।

ଅର୍ପିତା ମଧ୍ୟ ସେହିପରି ତା'ଆଡକୁ ବଢ଼ି ଆସୁଥିବା ଗିଫ୍ଟ‍କୁ ଗୋଟିଏ ହାତରେ ଧରି କୃତଜ୍ଞତାର ନମୁନା ସ୍ୱରୂପ ତା'ର ହାତ ଅଙ୍କା। ଖଣ୍ଡେ ଖଣ୍ଡେ ଚିତ୍ର ବଢେଉ ଦେଉଥାଏ ଅତିଥିଙ୍କ ହାତକୁ। ଏଥର ଅର୍ପିତା ଦେଇଥିବା ଯୋଉ ଚିତ୍ରଟି ସୀମାଦ୍ରୀ ହାତରେ ପଡିଲା, ତାହା ଥିଲା ତା'ର କଳ୍ପନା ବାହାରେ।

କେବେ ଅନ୍ଧ‍କେ ଶୁଣି ମନେ ରଖ‍ିଥିଲା ତା' ଅତୀତ ଜୀବନର କାହାଣୀ। ଛବିରେ ଆଙ୍କିଥିଲା ଅବିକଳ ତା' ପରି ଦିଶୁଥିବା ଗୋଟେ ଝିଅ; ଏକ ସୁନ୍ଦର ସାଜସଜ୍ଜାପୂର୍ଣ୍ଣ ଅଫିସ ରୁମ୍ ମଧ୍ୟରେ ବସି ରହିଛି। ଟେବୁଲକୁ କଡ଼ କରି ସେଠି ପଡିଥିଲା ଚୌକି ବଦଳରେ ଏକ ହୁଇଲ‍ଟେୟାର୍। ଟେବୁଲ ଉପରେ ଖେଲା ହୋଇ ରହିଥିଲା ଖଣ୍ଡେ ଫାଇଲ୍। ଝିଅଟି ଗୋଟିଏ ହାତ ଓଠ ତଳେ ଭରା ଦେଇ ଆର ହାତରେ କଲମ ଧରି ଲେଖ‍ ଚାଲିଥାଏ ଫାଇଲରେ। ସବୁଠୁ ଆହୁରି ଆଶ୍ଚର୍ଯ୍ୟ କରୁଥିଲା ସେହି ଚିତ୍ର ଟାଇଟେଲ‍କୁ ଦେଖ! ନାମ ଦେଇଥିଲା "ସୀମା ଦିଦିଙ୍କ ନୂଆ ଅଫିସ।"

ସୀମାଦ୍ରୀର ତଟସ୍ଥ ଦୁଇ ଆଖ‍ି ପରଦାକୁ ଠେଲି ଉଚ୍ଛୁଳି ଆସିଥିଲା ଦୁଇ ଧାର ଲୁହ। ଆଗରୁ କେତେ ଯେ କାନ୍ଦିଛି ତା'ର ଇୟତା ନ ଥିଲା। ସେହି ଲୁହର

ବୁନ୍ଦାକୁ ଯଦି ଗୋଟା ଗୋଟା ସାଇତି ହିସାବ କରନ୍ତା ତେବେ, ସାଗରଠୁଁ ବି ଆହୁରି ଗଭୀର ହୋଇ ପାରିଥାନ୍ତା ସେହି ଲୁହର ଦରିଆ ।

ହେଲେ ସିଏ ଆଜି ଯାଏଁ ଝରାଇଥିବା ସବୁତକ ଲୁହ ଥିଲା ହରାଇବାର...

ନିଜ ଚରମ ଅସହାୟପଣର..

ନିଜ କ୍ଷତାକ୍ତ କୋହର...

ମାତ୍ର ଆଜି ଯେଉଁ ଦୁଇ ଟୋପା ଲୁହ ଅର୍ପିତାର ଚିତ୍ର ଦେଖି ଝରି ଆସିଛି, ଏଇ ଯେମିତି ଥିଲା ଏକ ଅଲଗା ପ୍ରାପ୍ତିର !

ହଁ, ବିଲକୁଲ୍ ଏକ ଅଲଗା ଉପଲବ୍ଧିର । ମେଲି ପଡ଼ିଥିବା ଦୁଇ ଶୂନ୍ୟ ପୋଡ଼ାଭୂଇଁର ଭାଗ୍ୟ ପରି ହାତ ପାପୁଲି ଉପରେ ଦୁଇ କାକର ଟୋପାର ସିକ୍ତ ପରଶ ପରି ଏ ପ୍ରାପ୍ତି !

(୧୭)

ଫିଜିଓଥେରାପି ସେସନ୍‌କୁ ଯିବାପାଇଁ ସକାଳୁ ସୀମାଦ୍ରୀକୁ ପ୍ରସ୍ତୁତ କରୁଥାଏ ବିନ୍ଦୁ।

ତିନି ମାସରୁ ଊର୍ଦ୍ଧ୍ୱ ରହଣି କାଳରେ ଘଣ୍ଟାରେ ଆଲାର୍ମ ଦେବାପରି ସେ ଏହି ନୂଆ ଜୀବନଧାରା ସହ ଅଭ୍ୟସ୍ତ ହୋଇ ଯାଇଥିଲା ଏହା ଭିତରେ।

ପ୍ରଥମେ ପ୍ରଥମେ ବିଳମ୍ବିତ ରାତିଯାଏଁ ନିଦ ଅପେକ୍ଷାରେ ଉଜାଗର ରହିବାକୁ ପଡ଼ୁଥିଲା। ଯା'ଛଡ଼ା ନୂଆ ଜାଗା ସହ ଖାପ ଖୁଆଇ ଚଳିବାଟା ଟିକେ ସମୟସାପେକ୍ଷ ହୋଇ ପଡ଼ିଥିଲା ତା' ପାଇଁ। ପୁଣି ସବୁଦିନ ଭିତରେ ଭିତରେ ପଲପଲ କରି ଆମ୍ଭକୁ ଶୋଷି ଚାଲିଥିବା ଅମିତ ପରାକ୍ରମୀ ବିଷାଦବୋଧ ସହ ଲଢ଼ି ପ୍ରତିନିୟତ ମରି ବଞ୍ଚିବା ମଧ ଥିଲା ଦୁଃସହ।

ଏବେ କ୍ଷତମାନଙ୍କ ସହ ମିଶି ଶୋକଗୀତ ଗାଇ ବଞ୍ଚିବାଟାକୁ ଅଭ୍ୟାସରେ ପକାଇ ଦେଇଛି ସେ।

ଯଦିଓ କେବେ କେବେ ତା' ଅନ୍ତରର ସୁଦୀର୍ଘ ଇଲାକା ମଧକୁ ହାବୁକାଏ ଆସ୍ତାର ପବନ ଆଜିକାଲି ପଶି ଆସୁଥିବା ପରି ତାକୁ ବୋଧ ହୁଏ। କିନ୍ତୁ ନିଜର ଆଗତ ଜୀବନକୁ ନେଇ ଯେଉଁ ଦୁଇପାଦେ ବିଶ୍ୱାସର ଆବଶ୍ୟକତା ରହିଛି, ସେତିକି ଏଯାଏଁ ହୋଇପାରି ନ ଥାଏ ସମ୍ଭବ।

ମନ ଆକାଶରେ ଗୋଟିଏ ପରସ୍ତ ଆଶାର ସଫା ବାଦଲ ଖେଲି ଉଠୁଥିବାବେଳେ ସହସା ତାକୁ ଚାରିଦିଗରୁ ଆସି ଢାଙ୍କି ପକାଉଥାଏ ନିରାଶାର ଘନ କୃଷ୍ଣ ମେଘପଟଲ।

ଡିପାର୍ଟମେଣ୍ଟକୁ ଯାଇ ଥେରାପି ନେବାବେଳେ ପ୍ରତିଦିନ କିଛି ନା କିଛି ଉଦୟ ଆକାଂକ୍ଷାକୁ ସାଙ୍ଗରେ ଧରି ଫେରିଥାଏ। ମାତ୍ର ଯେତେବେଳେ କ୍ୟାବିନ୍‌କୁ

ଫେରି ପୁଣି ହୁଇଲ୍‌ଚେୟାରରୁ ବେଡ୍‌କୁ ସିଫ୍ଟ ହୋଇଯାଏ। ସେଇଠି ଯୋଉ ସୀମାଦ୍ରୀକୁ ଭେଟିଥାଏ, ସିଏ କେବଳ ନିଶ୍ଚଳପ୍ରାୟ ହାତ ଗୋଡ଼କୁ ଧରି ପଡ଼ି ରହିଥିବା ଗୋଟିଏ କ୍ୱାଡ୍ରିପ୍ଲେଜିକ୍ ଛଡ଼ା ଆଉ କିଛି ନୁହେଁ। ଯାହାକୁ ଦେଖୁ ଦେଖୁ ଆଉଥରେ ସାମ୍ନା କରିଥାଏ ଯାବତୀୟ ନୈରାଶ୍ୟର ଲମ୍ବା ଧାଡ଼ିକୁ। ସେଇଥିପାଇଁ କେବଳ ଏଇ ସବୁଦିନିଆ ଥେରାପିକୁ ନେଇ ସେତେ ବେଶୀ ଉତ୍ସାହ କି ଆଗ୍ରହ ନ ଥିଲା ତା'ଠାରେ। ଖାଲି ରୁଟିନବନ୍ଧା ଅଭ୍ୟାସ ପରି ବିଦୁ ହାତର କଣ୍ଢେଇ ସାଜିବାକୁ ପଡ଼ୁଥିଲା।

ବେଡ୍‌ରୁ ହୁଇଲ୍‌ଚେୟାର। ହୁଇଲ୍‌ଚେୟାରରୁ ଡିପାର୍ଟମେଣ୍ଟ। ସେଠି ପୁଣି ହୁଇଲ୍‌ଚେୟାରରୁ ଏକ୍‌ସରସାଇଜ ବେଡ୍। ପୁଣି ହୁଇଲଚେୟାର। କ୍ୟାବିନ୍‌ରେ ପହଞ୍ଚିବା କ୍ଷଣି ଶେଷକୁ ବେଡ୍‌କୁ ଯାଇ ପୁନଃ ସେହି ଉଦ୍‌ବେଳନହୀନ ଶରୀରକୁ ଧରି ପଡ଼ି ରହିବାଟାକୁ ସେ ଯଥା ପୂର୍ବମ୍ ତଥା ପରମ୍ ଅବସ୍ଥା ପରି ମଣୁଥିଲା।

ଆଜି ସେହିପରି ବେଡ୍ ଉପରୁ ହୁଇଲ୍‌ଚେୟାରକୁ ସିଫ୍ଟ ହୋଇ ବସିଛି କି ନାହିଁ ଟେବୁଲ ଉପରେ ଥିବା ମୋବାଇଲ୍‌ଟା ଆରମ୍ଭ କରିଦେଇଥିଲା ରାହା ଧରିବା।

ଆଶ୍ଚର୍ଯ୍ୟ ହୋଇଥିଲା ସୀମାଦ୍ରୀ। ବେଶୀ ଡିସ୍‌ଟର୍ବାନ୍ସ ନ ହେବା ପାଇଁ ସିଏ ତ ରାତି ହେବା ଆଗରୁ ସ୍ୱିଚ୍ ଅଫ୍ କରିଦିଏ! କେବେ ଦିନରେ ଦରକାର ପଡ଼ିଲେ ଅନ୍ କରେ। ନ ହେଲେ ସେହିପରି ଅଫ୍ ହୋଇ ପଡ଼ିଥାଏ ଟେବୁଲ ଉପରେ।

ସକାଳୁ ମୋବାଇଲଟାକୁ କିଏ ଅନ୍ କଲା ? ଏଇ ବିଦୁ ନିଶ୍ଚୟ ହୋଇଥିବ। ଚିଡ଼ିଚିଡ଼ି ହୋଇ ଉଠିଲା ମନେ ମନେ।

ଦିଦିଙ୍କର ମୁହଁରେ ଆସୁଥିବା କଳ ପ୍ରତି କୌଣସି ଆଗ୍ରହ ନ ଦେଖୁ ମୋବାଇଲ୍‌ଟି ଅନ୍ କରିଥିବାରୁ ଦୋଷୀଙ୍କ ପରି ଚୁପ୍ ରହିଥାଏ ବିଦୁ।

ଥରେ କଳ ଆସି କଟିବାର କିଛି ସମୟ ପରେ ପୁଣି ଥରେ ରିଙ୍ କରି ଉଠିଲା ମୋବାଇଲ।

ଦୁହେଁ ଏକାସଙ୍ଗରେ ମୁହଁ ଘୁରାଇ ଚାହିଁ ରହିଥାନ୍ତି ଟେବୁଲ ଆଡ଼କୁ।

କଳଟି ଉଠାଇବ କି ନାହିଁ ତଥାପି ପଚାରିବାକୁ ସାହସ ଜୁଟି ନ ଥାଏ ବିଦୁର।

ଆଉ ସହି ନ ପାରି ସୀମାଦ୍ରୀ ବିଦୁ ଆଡ଼େ ଚାହିଁ ଇସାରା ଦେଲା କଳଟି ଉଠାଇବାକୁ।

ଆରପଟୁ ଫୋନ୍ଟି ଆସିଥିଲା ଦୁର୍ଗା ସାର୍ଙ୍କର। ଅନୁଗୁଲ ନାଲ୍‌କୋ ଏଚ୍‌ଆର୍‌ ଡିପାର୍ଟମେଣ୍ଟର ମୁଖ୍ୟ। ସିନିୟର୍ ଯେତେବେଳେ ଆପାତତଃ ରେସ୍‌ପଣ୍ଡ କରିବାକୁ ତ ହେବ।

ସୀମାଦ୍ରୀ ଏକ ସଂକ୍ଷିପ୍ତ ଅବଧି ପାଇଁ କଥା ହୋଇ ଚାଲିଥାଏ ତାଙ୍କ ସହ। ଏବେ ଇମ୍ପ୍ରଭମେଣ୍ଟ କିପରି ରହିଛି, ସେହି ବିଷୟରେ ଜାଣିବାର ଜିଜ୍ଞାସା ରଖିଥିଲେ ସାର୍। କଥା ମଝିରେ ମଝିରେ ରହି ଦୁଇଟି ଶବ୍ଦ ପାଖରେ ଅଟକି ଯାଉଥିଲେ, "ଜଷ୍ଟ ଇଭୋକ୍ ଇୟ୍ୟୋର ଉଇଲ୍ ପାୱାର ସୀମାଦ୍ରୀ। ୟୁ କ୍ୟାନ୍।"

ଏଇ ଉଇଲ୍ ପାୱାର ଶବ୍ଦ ଦୁଇଟା ଯେପରି ବ୍ୟବହାର ହେବାକୁ ରହିଥିଲା ତା' ପରି ଦୁର୍ଦ୍ଦଶାଗ୍ରସ୍ତ ପେସେଣ୍ଟମାନଙ୍କ ପାଇଁ !

ଆପୋଲୋ ହସ୍ପିଟାଲରୁ ଆଜି ଯାଏଁ ଶୁଣି ଆସୁଛି ଏଇ କଥା।

ସେଠି ଚିକିତ୍ସା କରୁଥିବା ଡାକ୍ତରଙ୍କ ପାଖରୁ ଆରମ୍ଭ କରି ଏଠି ଥେରାପି ଦେଉଥିବା ଥେରାପିଷ୍ଟ ଓ କ୍ୟାବିନ୍‌କୁ ଆସୁଥିବା ନର୍ସ, ସଭିଏଁ ଏକାଧିକ ଥର ବ୍ୟବହାର କରି ସାରିଛନ୍ତି ଏହି ଦୁଇଟି ଶବ୍ଦ। ଶୁଣି ଶୁଣି ଚିଡ଼ା ମାଡ଼ୁଥିଲା ତାକୁ।

ଆଜି ପୁଣି ବସ୍ ଦୁର୍ଗା ସାରଙ୍କ ମୁହଁରୁ ସେଇ ଯୋଡ଼ାଏ ଶବ୍ଦର ପୁନରାବୃଭି କେମିତି ଏକ ବିରକ୍ତଭାବ ଜାତ କରୁଥାଏ।

ତାଙ୍କ ସହ କଥାବାର୍ଭାକୁ ଯଥା ଶୀଘ୍ର ଚାହୁଁଥିଲା ସାରିଦେବାକୁ। ବାଧ୍ୟ ହୋଇ ଏକ୍ସରସାଇଜ ପାଇଁ ଯିବାକୁ ହେବ ବୋଲି ଜଣାଇଲା ନିଜ ଆଡ଼ୁ।

କଥାର ଧାଡ଼ି ଆଉ ନ ବଢ଼ାଇ ସେଇଠି ଅଟକି ଗଲେ ଦୁର୍ଗା ସାର୍। ନିକଟରେ ସୁବିଧା ଦେଖି ତାଙ୍କ ସହ ନାଲ୍‌କୋ ଏଚ୍‌ଆର୍ ଡିପାର୍ଟମେଣ୍ଟର ଏକ କ୍ଷୁଦ୍ର ଟିମ୍ ଓଲଟପୁର ଆସିବାକୁ ଯୋଜନା ରଖିଛନ୍ତି ବୋଲି ଜଣାଇଥିଲେ ପରିଶେଷରେ।

ଏପର୍ଯ୍ୟନ୍ତ ମାମା ଓ ବୁଟୁ ମାମୁଁ ଛଡ଼ା ଆଉ କାହାକୁ ତା' ପାଖକୁ ଆସିବାକୁ ସିଧା ବାରଣ କରି ଦେଉଥିଲା। ଏପରିକି ନିଜର ନିକଟ ସମ୍ପର୍କୀୟ ବନ୍ଧୁବାନ୍ଧବଙ୍କୁ ସୁଦ୍ଧା ଏଠାକୁ ନ ଆସିବା ପାଇଁ ସୂଚାଇ ଦେବାକୁ ମାମାକୁ ରୋକ୍‌ଠୋକ୍ ଶୁଣାଇ ଦେଇଥିଲା।

ଝିଅର ଏପରି ମନସ୍ଥିତିକୁ ଦେଖି ମାମା ମଧ୍ୟ ସେହି ଅନୁସାରେ ସଭିଙ୍କୁ କହି ବୁଝାଇ ରୋକ୍ ଲଗାଇ ରଖିଥିଲା।

ହେଲେ ଖୋଦ୍ ନିଜ ଡିପାର୍ଟମେଣ୍ଟର ବସ୍ ଯେତେବେଳେ ସ୍ଥିର କରି ସାରିଛନ୍ତି, ମନା କରିପାରିଥାନ୍ତା ବା କିପରି ?

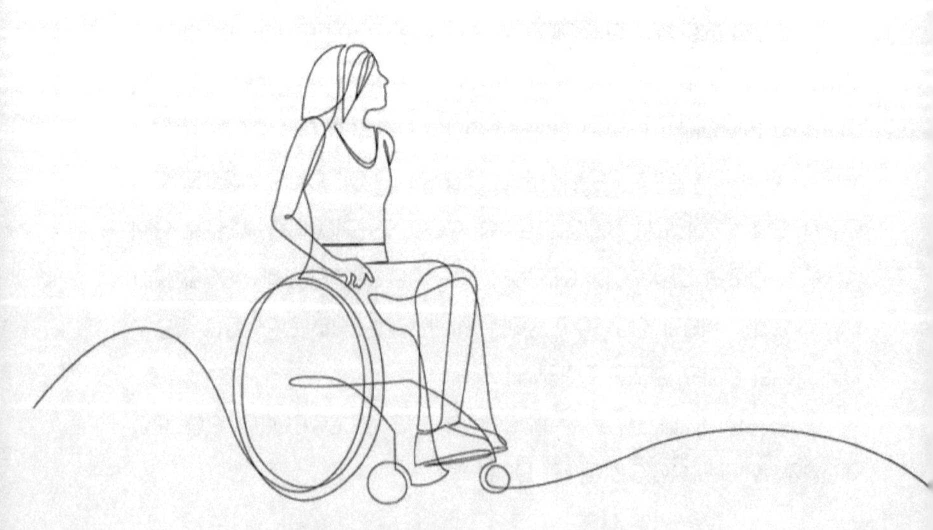

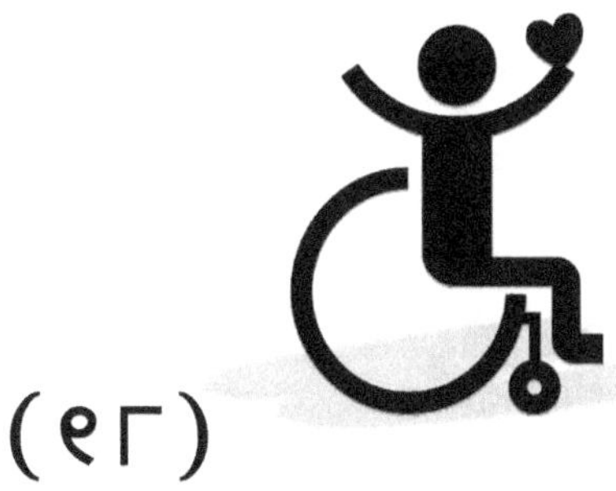

(୧୮)

ସବୁଦିନ ଥେରାପି ପାଇଁ ସକାଳ ଓ ଦ୍ୱିପହରରେ ଦୁଇଟା ଡିପାର୍ଟମେଣ୍ଟକୁ ଦୌଡ଼ି କେମିତି ଏକ ଚିଡ଼ିଚିଡ଼ାପଣ ଆସି ଯାଇଥିଲା ସୀମାଦ୍ରୀର। ଚାହୁଁଥିଲା ଏଇ ପୁନରାବୃତ୍ତିରୁ ସାମାନ୍ୟ ବିରତି।

ଫିଜିଓଥେରାପି ଡିପାର୍ଟମେଣ୍ଟରୁ ଫେରି ଆସୁଥିବାବେଳେ ବାଟରେ ତାକୁ ଅତିକ୍ରମ କରୁଥିଲା ଅର୍ପିତାର ହୁଇଲ୍‌ଚେୟାର।

ସୀମାଦ୍ରୀକୁ ଦେଖୁ ଦେଖୁ ଜନ୍ମଦିନର ଗିଫ୍ଟ ପାଇଁ ଥ୍ୟାଙ୍କସ୍ ଜଣାଇସାରି କହିଲା, "ଦିଦି, ମୋ ସହିତ ଏବେ ଚାଲନ୍ତୁ।"

– "କୁଆଡ଼େ ?" ଟିକେ ଆଶ୍ଚର୍ଯ୍ୟ ହେବାପରି ପଚାରି ବସିଲା ସୀମାଦ୍ରୀ।

– "ମୋ ଠିକଣା ୱାର୍କିଙ୍ ଓମେନ୍ସ ହଷ୍ଟେଲକୁ। ମୁଁ ଆଉ ଗୋଟିଏ ପେନ୍ଟିଙ୍ ଖାସ୍ ଆପଣଙ୍କ ପାଇଁ ଆଙ୍କି ରଖିଛି। ତରତରରେ ଆସୁ ଆସୁ ସାଙ୍ଗରେ ଆଣିପାରି ନାହିଁ। ଚାଲନ୍ତୁ ନା ପ୍ଲିଜ୍।"

କଥା ଭାଙ୍ଗି ପାରିଲା ନାହିଁ ଝିଅଟିର। ବିଦୁର ହାତ ଘଣ୍ଟାକୁ ଚାହିଁଲା ସୀମାଦ୍ରୀ। ଦଶଟା ବାଜିବାକୁ ଯାଉଥାଏ। ମନେ ମନେ କଳି ବସିଲା, "ହଁ ହାତରେ ସମୟ ତ ଅଛି ! ଚାଲିଗଲେ ହୁଅନ୍ତା ! ନ ହେଲେ ଛୁଆଟାର ମନ ଭାଙ୍ଗିଯିବ !"

ବିଭିନ୍ନ ପେସେଣ୍ଟ ଓ ଷ୍ଟୁଡେଣ୍ଟ ସବୁ ମିଶି ରହୁଥିବା ଏହି ହଷ୍ଟେଲଟି କେବଳ ନାମକୁ ମାତ୍ର ୱାର୍କିଙ୍ ଓମେନ୍ସ ହଷ୍ଟେଲ। ହଷ୍ଟେଲ୍ ତ ନୁହେଁ ଯେପରି ନିରତାରସ୍ଥିତ ପୁନର୍ବାସ କେନ୍ଦ୍ର ଦୂରାଗତ ପେସେଣ୍ଟମାନଙ୍କ ପାଇଁ ଏକ ଅସ୍ଥାୟୀ ବହିର୍ବାସ। ତାହା ପୁଣି ସବୁଠୁଁ ପୁରୁଣା। ଆରୋଗ୍ୟ ଭବନ, ପ୍ରମିଳା ଭବନ, ରାଧାକୃଷ୍ଣ ଭବନ

ଓ ଆଉ ଯେତେ ସବୁ ବାହାରେ ତିଆରି ହୋଇଛି ସବୁ ଏବେକାର ।

ହ୍ୟଷ୍ଟେଲ ସାମ୍ନା ର୍ୟାମ୍ପରେ ଉପରକୁ ଉଠୁ ଉଠୁ ପ୍ରବେଶ ହଲର ଟେବୁଲ ପାଖରେ ବସିଥାନ୍ତି ସୁପରିଟେଣ୍ଡେଣ୍ଟ ବିଷ୍ଣୁପ୍ରିୟ ମ୍ୟାଡ଼ାମ୍ । ଗତ ସନ୍ଧ୍ୟାଠୁଁ ଉଭୟଙ୍କ ମଧ୍ୟରେ ପରିଚୟ ହୋଇ ସାରିଛି । ତେଣୁ ନିଃସଙ୍କୋଚରେ ସୀମାଦ୍ରୀକୁ ଦେଖୁ ଦେଖୁ ଅଭିବାଦନ ଜଣାଇ ପଚାରିଥିଲେ, "ସୀମାଦ୍ରୀ ଭଲ ଅଛ ?"

ସେଇଠି ତାଙ୍କ ନିକଟରେ ଅଟକି ଯାଇଥିଲା ଢେର ସମୟ । ଶୁଣିଥିଲା ବର୍ତ୍ତମାନର ଏହି ଓଲଟପୁର ମଲାଟ୍ ପଛର ଇତିହାସ ।

ଯାହା ତାଙ୍କଠାରୁ ଅବଗତ ହୋଇଥିଲା, ୧୯୮୮ ମସିହାରେ ଓଡ଼ିଶା ସରକାରଙ୍କ ମହିଳା ଓ ଶିଶୁ ମଙ୍ଗଳ ବିଭାଗଦ୍ୱାରା ଏହି ହ୍ୟଷ୍ଟେଲ ତିଆରି ହୋଇଥିଲା । କେନ୍ଦ୍ର ସରକାରଙ୍କ ଏହି ଅନୁଷ୍ଠାନର ଅଧୀନରେ ସେହି ସମୟରେ କାର୍ଯ୍ୟରତ କର୍ମଜୀବୀ ମହିଳାମାନଙ୍କ ରହିବା ଉଦ୍ଦେଶ୍ୟରେ ହୋଇଥିଲା ନିର୍ମିତ ।

ଏବେ ସେଇ ସମୟ ଆଉ ନାହିଁ । ପୁନର୍ବାସ ଥେରାପି ସେବା ପ୍ରଦାନ ପାଇଁ ଓଲଟପୁର ଏବେ ପାଲଟି ଯାଇଛି ସାରା ଦେଶର ଏକ ଅଗ୍ରଣୀ ଅନୁଷ୍ଠାନ । ଏହାର କାୟାକଳ୍ପ କେତେ କୁଆଡ଼େ ବଦଲି ଯାଇଛି । ଏହି ପୁନର୍ବାସ କେନ୍ଦ୍ର ନିମନ୍ତେ ବିଜିରାମ ମିଶ୍ର ନାମକ ଜୈନିକ ତତ୍କାଳୀନ ସର୍ବୋଚ୍ଚ ଯନ୍ତ୍ରୀ ୨୫ ଏକର ଯାଗା ଦାନ କରିଥିଲେ । ତାହାରି ଉପରେ ଏବେ ଆଧୁନିକ ନିର୍ତ୍ତାରର ଅନେକ ଅତ୍ୟାଧୁନିକ ଶାଖା ପ୍ରଶାଖା ଖୋଲି ସାରିଛି ।

ଏହି କେନ୍ଦ୍ରକୁ ବେଢ଼ି ଚାରିପଟ୍ୟାକ ପେସେଣ୍ଟମାନଙ୍କ ସ୍ୱଳ୍ପ ଅବଧୂର ରହଣି ନିମନ୍ତେ ସଂଖ୍ୟାଧିକ କୋଠାବାଡ଼ି ତିଆରି ହୋଇ ସାରିଲାଣି । ସେହିପରି ଷ୍ଟାଫ୍‌ମାନଙ୍କ ପାଇଁ କ୍ୱାର୍ଟର୍ସ । ଛାତ୍ରଛାତ୍ରୀମାନଙ୍କ ପାଇଁ ଅଲଗା ଅଲଗା ହ୍ୟଷ୍ଟେଲ ନିର୍ମାଣ ହୋଇ ସାରିଛି । ସୁତରାଂ ଓ୍ୱର୍କିଙ୍ଗ ଓମେନ୍ ହ୍ୟଷ୍ଟେଲ ଖାଲି ନ ପଡ଼ି ପେସେଣ୍ଟମାନଙ୍କ ନିମନ୍ତେ ଏକ ନିରାପଦ ସ୍ୱଚ୍ଛରହଣୀ ଆବାସସ୍ଥଳୀ ପାଲଟିଯାଇଛି ।

ଇତିହାସ ଓ ମାଇଥୋଲୋଜିକୁ ନେଇ ମ୍ୟାଡ଼ାମ୍‌ଙ୍କଠାରେ ରହିଥିଲା ଯଥେଷ୍ଟ ତଥ୍ୟ ।

ଏହି ସ୍ଥାନର ଅତୀତ ବଖାଣିବାକୁ ଯାଇ ଗୋଟେ ରୋଚକ ପ୍ରସଙ୍ଗ ଉତ୍ଥାପନ କରିଥିଲେ । ପ୍ରସଙ୍ଗଟି ଥିଲା ଅତି ରୋମାଞ୍ଚଭରା କୌତୁହଲ କାହାଣୀ ।

କୁଆଡ଼େ ଗୁଞ୍ଜାବାବା ନାମକ ଏକ ସାଧୁ ଏହି ପ୍ରାଚୀ ନଦୀ କୂଲରେ ଗୁପ୍ତରେ

ରହି ସାଧନା କରୁଥିଲେ। ପୂର୍ବରୁ ନଦୀ କୂଳର ଏହି ନିଘଞ୍ଚ ଅଞ୍ଚଳଟି ବଣବୁଦାରେ ପରିପୂର୍ଣ୍ଣ ରହିଥିଲା। ଗୁମ୍ଫା ବାବାଙ୍କ ଅନ୍ତେ ଏହି ସ୍ଥାନଟି ପାଲଟି ଯାଇଥିଲା ଚୋର ମଦ୍ୟପମାନଙ୍କ ଆଖଡ଼ା ଭୂମି। ଥରେ ରାତିରେ ଏହି ମଦ୍ୟପମାନଙ୍କ ଆଡ୍ଡା ଚାଲିଥିବା ସମୟରେ ସମସ୍ତଙ୍କ ଦେହରେ ପଛକୁ ପଛ ଅଦୃଶ୍ୟ ପାହାର ପଡ଼ିଥିଲା। ପ୍ରାଣ ବିକଳରେ ସଭିଏଁ ଛତ୍ରଭଙ୍ଗ ଦେଇଥିଲେ କିଏ କୁଆଡ଼େ।

ତାହା ପରଠୁ ସ୍ଥାନୀୟ ଅଧିବାସୀ ମିଶି ଗୁମ୍ଫା ବାବାଙ୍କ ନାମରେ ଖଣ୍ଡେ ଛୋଟଘର ତୋଳିଥିଲେ। ସେହି ଶୂନ୍ୟ ଗୃହରେ କେବଳ ସ୍ଥାନିତ ହୋଇଥିଲା ଗୁମ୍ଫା ବାବାଙ୍କ ହଳେ କଠାଉ।

ଲୋକେ କୁହନ୍ତି କୁଆଡ଼େ ଥରେ ପ୍ରବଳ ବନ୍ୟା ପ୍ରାଚୀନଦୀର କୂଳଲଙ୍ଘି ଆଖପାଖ ସମସ୍ତ ଅଞ୍ଚଳକୁ ଜଳମଗ୍ନ କରିଦେଇଥିଲା। ହେଲେ ଆଶ୍ଚର୍ୟ୍ୟ, ବନ୍ୟାପାଣି ଛାଡ଼ିବା ପରେ ସେହି ଦ୍ୱାରହୀନ ଗୁମ୍ଫାବାବାଙ୍କ କୋଠରୀରେ ପୂର୍ବସ୍ଥାନରେ ସେହିପରି ଅକ୍ଷତ ରହିଥାଏ ଦୁଇଟି କଠାଉ।

ଏହା ପରଠୁ ପ୍ରତି କାର୍ତ୍ତିକ ପୂର୍ଣ୍ଣିମାରେ ଗୁମ୍ଫା ବାବାଙ୍କ ଉଦ୍ଦେଶ୍ୟରେ ଦୁଇ ତିନି ଦିବସବ୍ୟାପୀ ନାମଯଜ୍ଞ କରାଯାଇ ଆସୁଅଛି। ମାନସିକ ରଖିଥିବା ରୋଗୀ ହେଉ କି ଶ୍ରଦ୍ଧାଳୁ ଏଠି ସଂକେତ ରୂପେ ଗୁମ୍ଫା ବାବାଙ୍କ ନାମରେ ଯାଚିଥାନ୍ତି ଦୁଇଟି ଛୋଟ ଛୋଟ କଠାଉ।

ପରବର୍ତ୍ତୀ ସମୟରେ ସେଇ ପାଖରେ ଯୋଡ଼ିହୋଇ ଯାଇଛି ଅଭୟେଶ୍ୱର ଶିବ ମନ୍ଦିର ଓ ରାଧାକୃଷ୍ଣ ମନ୍ଦିର।

ନିରୋତାର କର୍ମଚାରୀ ସ୍ଥାନୀୟ କେଲାକୁଦ, ଇଞ୍ଛାପୁର ଓ ବାଇରୋଇ ପ୍ରଭୃତି ଅଞ୍ଚଳର ଅଧିବାସୀଙ୍କ ଦାନ ସହଯୋଗରେ ନିରୋତାର ଏକାଡ଼େମିକ୍ ବୁକ୍ର ପଛପଟକୁ ଏହି ଧର୍ମପୀଠ ସବୁ ଉଭା ହୋଇଛନ୍ତି।

ମ୍ୟାଡ଼ାମଙ୍କ କହିବା ଅନୁଯାୟୀ ଏଠିକାର ରୋଗୀ, ଭୋଗୀ, କର୍ମଜୀବୀ ସଭିଙ୍କ ପାଇଁ ଯେପରି ଏକ ଅବିଭାଜ୍ୟ ବିଶ୍ୱାସର ପୀଠ ପାଲଟି ଯାଇଛି ସେହି ସବୁ।

ଏହି ସ୍ଥାନ ସମ୍ପର୍କରେ ଆହୁରି ଅଧିକ ଜାଣିବା ପାଇଁ ଆଗ୍ରହୀ ହୋଇ ଉଠିଥିଲା ସୀମାଦ୍ରୀ। ମ୍ୟାଡ଼ାମଙ୍କ ଭାବପୂର୍ଣ୍ଣ କଣ୍ଠରୁ ବାହାରି ଆସୁଥିବା ଅତୀତର ଚିତ୍ରମୟ କାହାଣୀ ତା' ଆଖିରେ ରହି ରହି ବୁଣି ପକାଉଥିଲା ଭରା ଶିହରଣ।

(୧୯)

ଅପରାହ୍ନରେ ଓଟି ରୁମ୍ ସେଦିନ ଟିକେ କୋଲାହଲପୂର୍ଣ୍ଣ ଜଣାପଡ଼ୁଥାଏ ।

ଭିତରକୁ ପ୍ରବେଶ କରିବା ବାଟରେ ସୀମାଦ୍ରୀ ସହ ଭେଟ୍ ହୋଇଗଲେ ସମରେନ୍ଦ୍ର ବାବୁ । ଅର୍ପିତାର ବାପା । ଦେଖୁ ଦେଖୁ କହି ପକାଇଲେ, "ଆମେ ରହୁଥିବା ରୁମର ପାଖ ରୁମରେ ଆଉ ଜଣେ ପେସେଣ୍ଟ କାଲିଠୁଁ ଆସି ରହି ସାରିଲେଣି । ଆମର ସେହି ତଳ ଧାଡ଼ିର ଶେଷ ରୁମ୍‌ଟା ଖାଁ-ଖାଁ ଲାଗୁଚି ବୋଲି ଯେବେ ଆସିଥିଲେ, ଆପଣ କହୁଥିଲେ । ଦେଖୁନାହାନ୍ତି, ଏବେ ବନ୍ଦ ପଡ଼ିଥିବା ପାଖ ରୁମ୍‌ର ତାଲାଟି ବି ଖୋଲି ଯାଇଛି କାଲିଠାରୁ ! ଆଉ ସେଠି ସନ୍ଧ୍ୟାକୁ ଆଗପରି ନିର୍ଜନତା ଆଉ ନାହିଁ !" କହି ମୁହଁରେ ହସ ଖେଳାଇଥିଲେ ।

ତା' ପରେ କଥା ଯୋଡ଼ି କହିଲେ, "ପାଖ ରୁମର ପଡ଼ୋଶୀ ଆମର ବ୍ରହ୍ମପୁର ଅଞ୍ଚଳର । ତାଙ୍କ ନାମ ସୁବୁଦ୍ଧି ବାବୁ । ରୁମ୍‌ଟିକୁ ସେ ବର୍ଷସାରା ଭଡ଼ାଦେଇ ବୁକ୍ କରି ରଖିଥାନ୍ତି । ବହୁତ ବଡ଼ ବ୍ୟବସାୟୀ ଲୋକ । ମଝିରେ ମଝିରେ ଅତି ବେଶୀରେ ସାଙ୍ଗରେ ସ୍ତ୍ରୀ ଓ ଝିଅକୁ ଧରି ମାସେ କି ଦୁଇମାସ ପାଇଁ ଆସି ରହି ପୁଣି ଚାଲିଯାଆନ୍ତି ଘରକୁ । ଆମ ପରି ସ୍ୱଚ୍ଛଆୟକାରୀ ବର୍ଗର ନୁହନ୍ତି । ସେଥିପାଇଁ ପଇସାକୁ ଖାତିର ନ ଥାଏ । ଯାହା ତାଙ୍କଠାରୁ ଆଗରୁ ଶୁଣିଛି ସେ କୁଆଡ଼େ ଗଲା ଆଠବର୍ଷ ଧରି ରୁମ୍‌ଟିକୁ ସେହିପରି ବର୍ଷ ସାରା ପାଇଁ ଭଡ଼ା ଗଣି ରଖିଥାନ୍ତି । ଅତି ବେଶୀରେ ବର୍ଷକୁ ସମୟ କାଢ଼ି ଦୁଇ ତିନି ଥର ଆସିବା ବି ତାଙ୍କ ପାଇଁ କଷ୍ଟକର ବ୍ୟାପାର । ହେଲେ ଏକମାତ୍ର ଝିଅ ଯେତେବେଳେ, ଯାହା ବି ହେଲେ ସମୟ ତ କାଢ଼ି ଆସିବାକୁ ପଡ଼ୁଛି !"

ସ୍ରୋତା ପରି ଲମ୍ବି ଆସୁଥିବା ତାଙ୍କ ବିବରଣୀକୁ ଅଟକାଇ ହଠାତ୍ ସୀମାଦ୍ରୀ

ପ୍ରଶ୍ନିଳ ଆଖିରେ ପଚାରି ବସିଲା, "କ'ଣ ଏମିତି ହୋଇଛି ଯେ ତାଙ୍କ ଝିଅର, ଗଲା ଆଠ ବର୍ଷ ଧରି ଆସୁଛନ୍ତି ?"

– "ଐଶ୍ୱର୍ଯ୍ୟା ତାଙ୍କ ଝିଅର ନାଁ । ଗୋଟିଏ ବୋଲି ଝିଅ... ହେଲେ, ସିଭିୟର ଅଟିଷ୍ଟିକ୍‌ । ଏଇ ପୂର୍ବଥର ଆସିଲାବେଳେ ଦେଖିଥିଲି । କିଛି ସେପରି ଡେଭଲପ୍‌ମେଣ୍ଟ ଜଣା ପଡୁନି ।"

ସୁବୁଦ୍ଧି ବାବୁଙ୍କ ପ୍ରତି ରହିଥିବା ଭାବନାକୁ ଆଶ୍ୱାସନା ଦେବାପରି ପୁଣି ତାଙ୍କ ଭିତରୁ ସ୍ୱତଃ ବାହାରି ଆସିଥିଲା, "ମୁଁ ତ ଝିଅକୁ ନେଇ ସେଇ ଏକରକମ୍‌ ଅପରିବର୍ତିତ ଦଶା ଭୋଗୀ ଆସୁଛି । ବର୍ଷକୁ ଥରେ କି ଦୁଇଥର ଥେରାପି ସହିତ ସେହିପରି କିଛି ପରାମର୍ଶ ପାଇଁ ଆମେ ବି ତ ଅର୍ପିତାକୁ ଧରି ଆସୁଛୁ । ଏହା ଭରସା କରି, ତା'ର ଦୁର୍ବଳ ମାଂସପେଶୀ ସବୁ ଯେପରି ଅଧିକ ଅବକ୍ଷୟ ନ ଘଟୁ । ମସ୍କୁଲାର୍‌ ଡିସ୍ଟ୍ରୋଫି କେସରେ ଆଉ ବା କ'ଣ ଅଧିକ ଆଶା କରିପାରିବି ?" ନିଜ ଭିତରର ହତାଶା ଓ ଝିଅର ଭାଗ୍ୟ ସହ ନିରନ୍ତର ସଂଘର୍ଷ ଯେପରି ଦୀର୍ଘଶ୍ୱାସର ଗନ୍ଧ ପରି ବାରି ହୋଇ ପଡୁଥିଲା ସମରେନ୍ଦ୍ର ବାବୁଙ୍କ କଥାରୁ ।

ଆମୂବିସ୍ତତ ହେବାପରି ସୀମାଦ୍ରୀ କେଇ କ୍ଷଣ ପାଇଁ ହଜିଗଲା ନିଜ ମଧରେ । ବାରମ୍ବାର ଗୋଟିଏ ଆଶଙ୍କା ତା'ର ମଗଜର ଗହନକୋଷ ଭିତରେ ପ୍ରବେଶ କରି ପ୍ରଶ୍ନ କରୁଥାଏ, ଅର୍ପିତାକୁ ଏବେ ତେର କି ଚଉଦ ବର୍ଷ ! ଏତେ ବର୍ଷ ସେହି ସ୍ଥିତାବସ୍ଥାକୁ ଧରି ବାପାଙ୍କ କାଖରେ ଘୁରି ବୁଲୁଚି ଘରୁ ସ୍କୁଲକୁ ତ ପୁଣି ମଞ୍ଚରେ ମଞ୍ଚରେ କେବେ ଓଲଟ୍‌ପୁର । ସେହିପରି ଶୁଣୁଥିବା ଏ ନୂଆ ଝିଅ ଐଶ୍ୱର୍ଯ୍ୟା ! କ୍ରମାଗତ ଆଠ ବର୍ଷର ଥେରାପି ପରେ ବି କୌଣସି ପରିବର୍ତନ ଆସୁନି ! ମାତ୍ର ତା' ନିଜ ଜୀବନରେ ଏହି କ୍ୱାଡ୍ରିପ୍ଲେଜିକ୍‌ ଦଶାର କଷ୍ଟ କେତେ ଦିନ ଅଛି କିଏ ଜାଣେ ? ଏବେ ତ ତିନି ମାସ ଚାଲିଛି... ?"

ଏହି ସବୁ ଅନୁଚ୍ଚାରିତ ପ୍ରଶ୍ନରେ ଦୋହଲି ଉଠୁଥାଏ ସୀମାଦ୍ରୀର ବିଚଲିତ ଅନ୍ତରାତ୍ମା ।

ଆଉ ଅକୁପେସ୍‌ନାଲ୍‌ ଥେରାପି ହଲ୍‌ ଭିତରକୁ ଯାଇ ଥେରାପି ନେବାକୁ ଇଚ୍ଛା କଲା ନାହିଁ ।

ବିଦୁଲତାକୁ ହୁଇଲ୍‌ଚେୟାର୍‌ ଘୁରାଇ ଫେରିଯିବା ପାଇଁ କହିଲା ।

ଦିଦିଙ୍କ ମୁଡ୍ ପରିବର୍ତ୍ତନରେ ଟିକେ ଚକିତ ହୋଇ ପଡ଼ିଥିଲେ ବି, ସିଏ ଅନୁମାନ୍ କରି ପାରୁଥାଏ ଏହା ପଛର ସମ୍ଭାବ୍ୟ କାରଣ। ନିଶ୍ଚୟ ସମରେନ୍ଦ୍ର ବାବୁଙ୍କ ସହ କଥା ହୋଇ ଟିକେ ଅପସେଟ୍ ହୋଇପଡ଼ିଛନ୍ତି, ସେଇଥିପାଇଁ ଥେରାପି ହଲର ବାଟ ମୁହଁରୁ ଫେରିଯିବାକୁ ବାଧ୍ୟ କରୁଛନ୍ତି।

ଦିଦିଙ୍କ ମନ ବଦଳେଇବା ପାଇଁ ମନେ ପକାଇଦେଇ କହି ଉଠିଲା, "ଚାଲନ୍ତୁ ଦିଦି। ଆଜି ବିଲ୍ଡ଼ିଙ୍ଗ୍‌ର ଆରପାଖ ଡର୍ମିଟୋରି ଆଡ଼େ ବୁଲିଯିବା। କେତେଥର କାଳିଆ ତମକୁ କହି ସାରିଲାଣି ତା' ଆଡ଼େ ଆସିବା ପାଇଁ! ଆଜି ତ ଓଟି ଗଲେନି। ଚାଲନ୍ତୁ ସ୍ୟାଡ଼େ ମାଡ଼ିଯିବା।"

ବିଦୁର ପ୍ରସ୍ତାବ ଶୁଣିବା କ୍ଷଣି ସୀମାଦ୍ରୀର ବି ମନେପଡ଼ିଗଲା କାଳିଆକୁ ଦେଇଥିବା କଥା। କେତେଥର ସନ୍ଧ୍ୟାରେ ବାହାରେ ବସି କଥା ହେଲାବେଳେ ତା' ଡର୍ମିଟୋରି ୱାର୍ଡ଼କୁ ବୁଲିଯିବାକୁ ଡାକିଛି। ହେଲେ ସବୁଥର ସେ କିଛ୍ଛି ନା କିଛ୍ଛି ନ ଯିବାର ବାହାନା ଦେଖାଉଥିଲା। ସେଇ ଏକା ବିଲ୍ଡ଼ିଙ୍ଗ୍‌ର ଦୁଇ ପାଖରେ ରହୁଥିଲେ ସୁଦ୍ଧା କେବେ ଯାଇପାରୁ ନ ଥିଲା।

– "ହଉ ବିଦୁ, ମନେ ପକାଇଛୁ ଯଦି ଏହି ସମୟଟାରେ ତା' ପାଖକୁ ଚାଲିଗଲେ ହେବ।" ଯିବାକୁ ନିଜର ସମ୍ମତି ଜଣାଇଲା ସୀମାଦ୍ରୀ।

ଦ୍ବିତୀୟ ମହଲାର ଶେଷ ମୁଣ୍ଡରେ ଥାଏ ଡର୍ମିଟୋରି। କବାଟକୁ ଖୋଲି ଭିତରକୁ ପଶୁ ପଶୁ ଭାସି ଆସୁଥିବା ସୁମଧୁର କଣ୍ଠର ସ୍ବର ଜଣାଇ ଦେଉଥାଏ ଏଇଟା ନିଶ୍ଚିତ କାଳିଆର।

କେତେବେଳେ ସଶବ୍ଦରେ ସେଇ ପ୍ରବେଶ ଦରଜା ଡେଇଁ ଭିତରକୁ ଆସି ସାରିଥାଏ। ସେହି ଡର୍ମିଟୋରିର ଜଣେ ବି କେହି ସୁଦ୍ଧା ଅନ୍ତେବାସୀ ଅନ୍ୟମନସ୍କ ହୋଇ ଉଠି ନ ଥିଲେ ତା'ର ପ୍ରବେଶରେ। ବିସ୍ମିତ ହେବାପରି ଲାଗୁଥାଏ ଭିତର ପରିବେଶର ଚିତ୍ର। ଦୁଇପଟେ ଦୁଇ ଧାଡ଼ି ହୋଇ ପଡ଼ି ରହିଥିବା ବେଡ୍ ସବୁର ପେସେଣ୍ଟମାନେ ଭିନ୍ନ ଭିନ୍ନ ମୁଦ୍ରାରେ ବିଭିନ୍ନ ଦିଗରୁ ଭାବମଗ୍ନ ହୋଇ ଚାହିଁ ରହିଥାନ୍ତି ମଝିରେ ପଡ଼ିଥିବା ଗୋଟିଏ ବେଡ୍ ଆଡ଼କୁ। ଯାହା ଉପରେ ଦୁଇ କହୁଣୀ ଭରା ଦେଇ ଛାତି ପାଖରୁ ମୁଣ୍ଡ ପଦକୁ କାଢ଼ି ପେଟେଇ ଶୋଇଥାଏ କାଳିଆ। ନିଜର ଦୁଇ ଆଖିକୁ ବନ୍ଦ କରି ସମ୍ପୂର୍ଣ୍ଣ ତନ୍ମ୍ୟାନ ମୁଦ୍ରାରେ ଭକ୍ତ ସାଲବେଗଙ୍କ ଲୋକପ୍ରିୟ ଜଣାଣ 'ଜଗବନ୍ଧୁ ହେ ଗୋସାଇଁ' ଗୀତକୁ ଗାଇ ଚାଲିଥାଏ। ସେହି ଗୀତର କରୁଣ

ମାର୍ମିକ ଲହର ଭିତରେ ସାରା ଡର୍ମିଟୋରିଟୀ ଯେପରି ସ୍ତବ୍ଧ ପଡ଼ିଯାଇଥାଏ। ଘୋଷଯାତ୍ରା ସମୟର ଆଦ୍ୟ ଆଷାଢ଼ ଆକାଶର ମୋହ ପରି ଦିଶୁଥାଏ କାନ୍ଦୁରା କାନ୍ଦୁରା।

ସୀମାଦ୍ରୀ ମଧ ବିସ୍ମୟାଭିଭୂତ ହୋଇ ଅବଲୋକନ କରୁଥାଏ ସେହି ଭିନ୍ନ ପରିମଣ୍ଡଳକୁ। ଏହି ଗୀତକୁ ସେ ବହୁତ ଥର ଶୁଣିଛି ସକାଳେ ମାମା ବଜେଇ ଶୁଣୁଥିବାର। ହେଲେ ଏ ଅନୁଭୂତି ଥିଲା ଯେପରି ଅଲଗା ସମ୍ମୋହନରେ ଭରା! ଗୀତର ଆମ୍ ନିବେଦନ ସହ କାଲିଆ ନିମଜ୍ଜି ଯାଇଥାଏ ଗୋଟାପଣ। ତାକୁ ଚାହିଁଥିବା ଅନ୍ୟ ବେଡ୍ ସବୁର ମୁହଁଗୁଡ଼ିକ ଭାବବତୁରା ଅର୍ଦ୍ଧ ଲୋତକପୂର୍ଣ୍ଣ ଆଖିରେ ସେହିପରି ଚାହିଁ ରହିଥାନ୍ତି।

ଜଣାପଡ଼ିଲା ନାହିଁ କାଲିଆ କଣ୍ଠରୁ ଝରି ଆସିଥିବା ସେଇ ଜଣାଣଟି କେତେବେଳେ ଆରୋହ ଓ ଅବରୋହର ଲହର ଦେଇ ଶେଷବିନ୍ଦୁରେ ଆସି ନୀରବ ହୋଇ ଯାଇଥିଲା। ଅଶ୍ରୁଅର୍ଘ୍ୟ ପାଲଟି ଦୁଇଧାର ଲୁହ ଶେଷକୁ ଖସି ଆସୁଥିଲା କାଲିଆର ମୁଦା ଆଖିରୁ।

ପୂରାପୂରି ବାକ୍‌ଶୂନ୍ୟ ହୋଇ ପଡ଼ିଥିଲା ସୀମାଦ୍ରୀ। ତା’ ମଥାର ଭାବନା ରାଜ୍ୟରେ ଅନେକ ପ୍ରଶ୍ନ ସବୁ ଆସି ହାତୁଡ଼ି ପରି ପିଟି ଚାଲିଥିଲେ। “ଏଇ କ’ଣ ସେଇ କାଲିଆ। ଯାହା ବିଷୟରେ ବର୍ଣ୍ଣନା କରି ଲୋକେ ନାସିକା କୁଞ୍ଚନ କରି ଉଠନ୍ତି। କହନ୍ତି, ସେ ହୁଇଲ୍‌ଚେୟାର୍‌ରେ ବସି ଗଲାବେଳେ ତା’ ପିଚାରେ ସଢ଼ି ଆସୁଥିବା ଘା’ରୁ ଡ୍ରେସିଂକୁ ଭେଦାଇ ତଳେ ଥପଥପ ଖସି ପଡ଼ିଥାଏ ପୂଜପାଣି। କିଛି ଲୋକଙ୍କ ମୁହଁରୁ ସେଇ କଥା ଶୁଣି ତାହାର ମଧ ମାନସିକତାରେ କେମିତି ଏକ ଘୃଣାଭାବ ତିଆରି ହୋଇଯାଇଥିଲା। ମାତ୍ର କାଲିଆର ଏହି ଅସାମାନ୍ୟ ପ୍ରତିଭା ଯେପରି ତା’ର ଚର୍ମନେତ୍ରର ପରଲକୁ ଖସାଇ ଦେଇଥିଲା। ସେ ଯୋଉ କାଲିଆକୁ ଦେଖୁଥିଲା, ସିଏ ଥିଲା ଦେହହୀନ ଆଉ ଶରୀରର ପଟମାନ ଅବୟବରୁ ଉର୍ଦ୍ଧ ଏକ ଅସାଧାରଣ ଆର୍ଟିଷ୍ଟ!

ପ୍ରଥମଥର ପାଇଁ ସେ ଶରୀରକୁ ବାଦ୍ ଦେଇ ଭେଟୁଥିଲା ଏକ ଦେହାତୀତ ସଂସକ୍ତ କଳାକାରକୁ! ଯାହାର ଅଦ୍ୱିତୀୟ କଣ୍ଠସ୍ୱରର ଯାଦୁ ଗୀତ ସରିଯାଇଥିବା ସତ୍ତ୍ୱେ ବି ଯେପରି ପ୍ରତିଧ୍ୱନିତ ହେଉଥାଏ ସେ ହଲ୍‌ଟି ମଧରେ!

ପୂର୍ବରୁ କେବେ କାଲିଆ ମୁହଁରୁ ଗୀତ ଶୁଣି ରହିଥିବା ଧାରଣା ପ୍ରଥମ

ପାହାଚ ଡେଇଁ ସିଧା ସପ୍ତମ ପାହାଚର ଶୀର୍ଷକୁ ଛୁଇଁ ସାରିଥିବା ପରି ଲାଗୁଥାଏ ଥାଏ ସୀମାଦ୍ରୀକୁ ।

ଖାଲି ଆଖିରେ ଦେଖାଯାଉଥିବା ଏହି ସ୍ଥବିର ଦେହ ଭିତରେ କିପରି ଜଣେ ସୁନ୍ଦର ପ୍ରତିଭାଧାରୀ ମଣିଷର ଆତ୍ମା ଯେ ବାସ କରିପାରେ, ତାହାକୁ ଭାବି ଆଶ୍ଚର୍ଯ୍ୟ ହୋଇ ହୋଇ ଉଠୁଥିଲା ସେ !

(୯୦)

ଏଇ କିଛିଦିନ ହେବ ସୀମାଦ୍ରୀ ପୁଣି ତା'ର ପୁରୁଣା ଅଭ୍ୟାସ ଆଡ଼କୁ ଫେରିଯିବାକୁ ଟିକେ ଟିକେ ମନ ବଳାଇଛି । ଥେରାପି ନ ଥିବା ଛୁଟିଦିନଗୁଡ଼ାକରେ ଖାଲି ବେଡ଼୍ ଉପରେ ଶୋଇ ରହି ବିରକ୍ତିପଣକୁ ନିମନ୍ତ୍ରଣ ଦେବାକୁ ଚାହୁଁ ନ ଥିଲା ।

ଗଣିଲେ ଏଇ ଦୁଇ କି ତିନୋଟି ରବିବାର ହେବ ଖାସ୍ କରି ସକାଳ ସମୟଟିକୁ ବ୍ୟକ୍ତିଗତ ଉଦ୍ଦେଶ୍ୟରେ ବିନିଯୋଗ କରିବା ଆରମ୍ଭ କରିଥିଲା ।

ଏଇ ଅଭ୍ୟାସଟା ତା'ର ସ୍କୁଲ ପଢ଼ାବେଳର । ସର୍ଭିସ୍‌ରେ ଥିବା ସମୟରେ ଏହି ଦିଗ ପ୍ରତି ସେ ଥିଲା ଆହୁରି ସଚେତନ । କାରଣ, ମ୍ୟାନେଜ୍‌ମେଣ୍ଟର ଷ୍ଟୁଡ଼େଣ୍ଟ ଭାବେ ନିଜ ବିଭାଗ ସମ୍ପର୍କୀୟ ସଂଗଠିତ ହେଉଥିବା ଦେଶ ଓ ବିଶ୍ୱର ଧାରା ସହ ଅପଡ଼େଟ୍ ହୋଇ ରହିବାକୁ ସେ ପସନ୍ଦ କରୁଥିଲା ।

ମାତ୍ର ତା'ର ଏହି ସବୁ ଅନୁସନ୍ଧିସ୍ସା ଉପରେ ଖୁବ୍ ଆକସ୍ମିକ ଭାବେ ଦୁର୍ଘଟଣାଟି ଧସେଇ ପଶି ଯେପରି ଟାଣି ଦେଇଥିଲା କଳା ଚାଦର ରୂପୀ ଏକ ଯବନିକା । ସିଏ ବି ଘୋର ନୈରାଶ୍ୟ ମଧ୍ୟରେ ତା' ଜୀବନ ଉପରେ ଏହି କଳା ଚାଦର ଢାଙ୍କି ରହୁ ବୋଲି ଚାହୁଁଥିଲା ।

କି ଦିନ କି ରାତି ଖାଲି ନାମକୁ ମାତ୍ର ମୋବାଇଲ୍‌ଟା ସୁଇଚ୍ ଅଫ୍ ହୋଇ ପଡ଼ି ରହିଥାଏ ଟେବୁଲ ଉପରେ । କେବେ ମନ ହେଲେ ଖୋଲି କେବଳ ମାମା ସହିତ କଥା ହୁଏ ।

ମାମା ମଧ୍ୟ ସେପଟୁ ଝିଅର ମାନସିକତାକୁ ବୁଝେ । ଯଦି ମୋବାଇଲ୍‌ଟା ସୁଇଚ୍ ଅଫ୍ ଥିବାର ଦେଖେ କଥା ହେବାପାଇଁ ବିଦୁ ନମ୍ବରକୁ ଲଗାଇଥାଏ ।

ହେଲେ, ଏହି ଦିନ କେତୋଟି ହେବଣି ସେ ଗୋଟିଏ ପାଦ ତା'ର ପୁରୁଣା

ଅଭ୍ୟାସ ଆଡ଼କୁ ବଢ଼ାଇଛି। ବିଶେଷ କରି ଯଦି ଛୁଟିଦିନ ହୋଇଥାଏ। ତେବେ ସକାଳୁ କାମ ସାରି ହୁଇଲ୍‌ଚେୟାରରେ ବସି ପଡ଼ିବା କ୍ଷଣି ମୋବାଇଲ୍ ଫିଟାଇ ଘଣ୍ଟେ କି ଦୁଇ ଘଣ୍ଟା ପାଇଁ ସେଥିରେ ମଗ୍ନ ହୋଇଯାଏ। ହ୍ୱାଟ୍‌ଆପ୍‌କୁ ଯାଇ ସେଥିରେ ରହିଥିବା ବିଭିନ୍ନ ଗ୍ରୁପ୍‌ର ଅଣଦେଖା ବାର୍ତ୍ତାକୁ ଖୋଲି ଆଖି ପକାଇ ଆସେ। ମନ ହେଲେ ପଢ଼େ, ନ ହେଲେ ସେହିପରି ଛାଡ଼ିଦିଏ।

ସକାଳୁ ସକାଳୁ ସେଦିନ ଛୁଟି ପଡ଼ି ଯାଇଥିବାରୁ ହ୍ୱାଟ୍‌ଆପ୍‌ର ମ୍ୟାସେଜ୍ ଦେଖୁ ଦେଖୁ ହଠାତ୍ ସଜାଗ ହୋଇ ପଡ଼ିଥିଲା।

ଗତକାଲି ରାତିଠାରୁ ଦୁର୍ଗା ସାର୍‌ଙ୍କ ମ୍ୟାସେଜ୍ ଆସିଥିଲା। ଖୋଲି ଦେଖେ ତ ଖୁବ ଶୀଘ୍ର ତା' ଏଚ୍‌ଆର୍ ଡିପାର୍ଟମେଣ୍ଟର ଦୁଇ ତିନିଜଣ ସଦସ୍ୟ ମିଶି ଓଲଟପୁରକୁ ଆସୁଥିବାରୁ ସୂଚନା।

ବ୍ୟସ୍ତ ହୋଇ ପଡ଼ି ସଙ୍ଗେ ସଙ୍ଗେ ସେ ଏହି କଥା ବିଦୁକୁ କହିପକାଇଥିଲା। ଏତେ ବାଟରୁ ଅଫିସର ସହକର୍ମୀ ଆସୁଛନ୍ତି ଜାଣି କ୍ୟାବିନ୍‌ରେ ସେମାନଙ୍କୁ ଆପ୍ୟାୟିତ କରିବା ନିମନ୍ତେ ତତ୍ପର ହୋଇ ଉଠିଥିଲା।

ଠିକ୍ ଦିନ ଦଶଟା ସମୟରେ ଦୁର୍ଗା ସାର୍‌ଙ୍କ ଆଉ ଗୋଟିଏ ମ୍ୟାସେଜ୍ ଆସି ପହଞ୍ଚିଥିଲା ହ୍ୱାଟ୍‌ଆପ୍‌ରେ।

– "ଉଇ ଆର୍ ରିଚିଙ୍ଗ୍ ଟୁ ୟୁ ସୁନ୍... ନାଓ ଆଟ୍ ଫୁଲନଖରା ସ୍କୋୟାର।" ଏହାକୁ ପଢ଼ିବା କ୍ଷଣି ଆହୁରି ଟିକେ ସଜାଗ ହୋଇ ପଡ଼ିଥିଲା। ସଙ୍ଗେ ସଙ୍ଗେ ବିଦୁକୁ ଏହି ମ୍ୟାସେଜ୍ ବିଷୟରେ ଅବଗତ କରାଇ ଯଥାଶୀଘ୍ର ପ୍ରସ୍ତୁତି କରିବା ପାଇଁ କହିଲା।

ପାଖ ମାର୍କେଟରୁ କିଛି ଆଣିବା ଉଦ୍ଦେଶ୍ୟରେ ସଙ୍ଗେ ସଙ୍ଗେ ବିଦୁ ବାହାରି ଯାଇଥିଲା।

ହୁଇଲ୍‌ଚେୟାରରେ ବସି ରହି ବନ୍ଦ ଦରଜା ଆଡ଼କୁ ଅନ୍ୟମନସ୍କ ଭାବେ ଚାହିଁ ରହିଥାଏ ସୀମାଦ୍ରୀ। ତା' ଆଖିର ଝାପ୍‌ସା ପରଦା ଉପରେ ଅନୁଗୁଳ ନାଲ୍‌କୋ କର୍ମକ୍ଷେତ୍ରର ବିଗତ ଦିନର ଚିତ୍ର ସବୁ ନାଚିଉଠୁ ଥାଆନ୍ତି। ସେହି ଦୃଶ୍ୟରେ ମାନବ ସମ୍ବଳ ବିଭାଗରେ ବିତାଇଥିବା ସକ୍ରିୟ ଦିନଗୁଡ଼ିକ ବହିର ପୃଷ୍ଠା ପରି ଗୋଟା ଗୋଟା ଲେଉଟି ଚାଲିଥିଲେ।

ଜାଭିୟର ସ୍କୁଲ୍ ଅଫ୍ ମ୍ୟାନେଜ୍‌ମେଣ୍ଟରୁ ସେ ଆହରଣ କରିଥିବା

ପରିଚାଳନାଗତ ଓ ବ୍ୟବହାରିକ ଜ୍ଞାନ ସବୁକୁ ପ୍ରୟୋଗ କରିଥିଲା ଅକୃପଣ ଭାବରେ । ଯେଉଁଥିପାଇଁ ମାତ୍ର ଦୁଇ ବର୍ଷର ଚାକିରି କାଳ ମଧ୍ୟରେ ସେ ଉତ୍କର୍ଷ କାର୍ଯ୍ୟ ଦକ୍ଷତାର ଟ୍ରଫିକୁ ହାସଲ କରିବା ସହ ନିଜ ବିଭାଗରେ ସମସ୍ତଙ୍କର ହୋଇ ପାରିଥିଲା ପ୍ରିୟପାତ୍ରୀ ।

ଆଜି ତା'ର ପ୍ରିୟ ଏଚ୍ଆର୍ ଡିପାର୍ଟମେଣ୍ଟରୁ ସ୍ଟାଫ୍ ଆସୁଥିବାର ଜାଣି ଯୁଗପତ୍ ଭାବେ ଯେତିକି ଆନନ୍ଦିତ ହୋଇ ଉଠୁଥାଏ, ସେତିକି କୋହାଛନ୍ନ ହୋଇ ପଡ଼ୁଥାଏ ମଧ୍ୟ । ତା' ପାଇଁ ଏହି ପୂର୍ବ ସମୟର ସୁଖଦ ଅନୁଭୂତି ଓ ପରବର୍ତ୍ତୀ ସମୟର ଦୁଃଖଦ ସ୍ଥିତି ଛକିଶୂନ୍ୟର ଖେଳ ପରି ରହିଥିଲା ଅନିଶ୍ଚିତ । ସନ୍ଦିଗ୍ଧ ଖରାଛାଇର ଖେଳ ।

ଖରା ସମୟତକ ଚାଲି ଯାଇଥିଲା । ଏବେ ହାତରେ କେବଳ ଥିଲା ଅନ୍ଧାରର ଦୀର୍ଘ ବହଳ ଛାଇ । ଯେଉଁ ଛାଇର ଭାଗ୍ୟ ଆକାଶରେ ଆଉ ଥରେ ସିନ୍ଦୂରା ରାଗର ଉଦୟ ରଙ୍ଗ ଯେ ଚହଟି ଉଠିବ, ତାହା ଥିଲା କଳ୍ପନାତୀତ । ସେହି ବହଳ ଅନ୍ଧାରର ଛାଇ ତଳେ ନିଜକୁ ଖୋଜି ଦହନ ହେବା ଅପେକ୍ଷା ସେ ଚାହୁଁଥିଲା ଅତୀତର ସେହି ମିଠା କୋଲାହଲ ମଧ୍ୟରେ ଆମ୍ୱବିସ୍ତୃତ ହୋଇଯିବାକୁ ।

ଧୀରେ ଧୀରେ ତା'ର ସ୍ଥୂଳ ଶାରୀରିକ ଅବୟବରୁ ବାହାରି ମନ ପହଞ୍ଚି ଯାଇଥିଲା ନାଲ୍କୋ ଅନୁଗୁଳର କାର୍ଯ୍ୟାଳୟରେ ।

ଆଲବମ୍ରେ ସାଇତା ଏକରୁ ଆରେକ ଦୃଶ୍ୟପଟ ପରି ସେ କ୍ରମଶଃ ହଜିଯାଉଥିଲା ଗୋଟିକ ପରେ ଗୋଟିଏ ପରିବେଶର ବର୍ଣ୍ଣବିଭାରେ ।

ହଠାତ୍ ସରପ୍ରାଇଜ ଦେବାପରି କ୍ୟାବିନ୍ର ଦରଜାଟି ଖୋଲିଗଲା ।

ଦେଖୁ ଦେଖୁ ଭିତରକୁ ସଚ ଚରିତ୍ର ହୋଇ ପଶି ଆସିଲେ ଦୁର୍ଗା ସାର୍ । ତାଙ୍କ ପଛକୁ ଅନ୍ୟ ସ୍ଟାଫ୍ମାନେ ।

ଯଦିଓ ସେମାନଙ୍କର ଆସିବାଟା ଥିଲା ଖୁବ୍ ପ୍ରତ୍ୟାଶିତ, କିନ୍ତୁ ତାହା ଥିଲା ତା'ର ସଚେତନ ମନର । ହେଲେ ଭାବନାରେ ଭାବନାରେ ଅତୀତର ପୁନଃଅବଲୋକନ ଜଗତରେ ଭାସି ବୁଲୁଥିବା ବେଳେ ସେହି ମୁହଁ ଦେଖା ଚରିତ୍ରଗୁଡ଼ିକ ଭାବନାର ବଳୟ ଭାଙ୍ଗି ଜାଗ୍ରତ ସ୍ଥିତି ମଧ୍ୟକୁ ଯେ ପ୍ରବେଶ କରି ଉଠିବେ, ସେଇଟା କ୍ଷଣଟିଏ ପାଇଁ ଲାଗିଥିଲା ଆକସ୍ମିକ !

ସେମାନଙ୍କ ପ୍ରବେଶ ପରେ ରବିବାର ଦିବସର କ୍ୟାବିନ୍ ନମ୍ବର ଦୁଇ ଶହ

ଚାରି ଚାହୁଁ ଚାହୁଁ କାୟା ବଦଳାଇ ପାଲଟି ଯାଇଥିଲା ଯେପରି ନାଲ୍‌କୋର ଏଚ୍‌ଆର୍‌ ଡିପାର୍ଟମେଣ୍ଟ। ସେଠି ତା’ର ଆଗ କ୍ୟାବିନ୍‌ରେ ବସିଥାନ୍ତି ଚିଫ୍‌ ଦୁର୍ଗା ସାର୍‌। ତା’ ଚାମ୍ବରର କଡ଼କୁ ଲାଗି ଯେଉଁ ପ୍ରକୋଷ୍ଟଟି ରହିଥିଲା, ସେଇଠି ବସିଥାନ୍ତି ବାକି ଦୁଇଜଣ ଡିପାର୍ଟମେଣ୍ଟର ସ୍ଟାଫ୍‌।

ସେମାନଙ୍କୁ ଢେର୍‌ଗୁଡ଼ିଏ ମାସର ବ୍ୟବଧାନ ପରେ ନିକଟରୁ ଆଉ ଥରେ ଦେଖି ଚାପା କୋହରେ ଭାବବିହ୍ବଳ ହୋଇ ଉଠ୍‌ଥାଏ ସୀମାଦ୍ରୀ।

ଅତି ଉସ୍ଭାହପୂର୍ଣ୍ଣ ଭାବେ ଦୁର୍ଗା ସାର୍‌ ଚାହିଁ ରହିଥାନ୍ତି ତା’ ଆଡ଼କୁ। ସେହି ଚାହାଣିରେ ଚାହାଣିରେ ପରଖୁ ଥାଆନ୍ତି ଏକଦା ତାଙ୍କ ଅଧୀନରେ କାମ କରିଥିବା ଯୁବା ଚଳଚଞ୍ଚଳା ଏହି ସିନିୟର୍‌ ମ୍ୟାନେଜ୍‌ମେଣ୍ଟ ସ୍ଟାଫ୍‌ଙ୍କ ଦେହ ଓ ମୁହଁର ଭାଷାକୁ। ଖୁବ୍‌ ସହଜରେ ପଢ଼ିଗଲେ ସୀମାଦ୍ରୀ ଆଖିରେ ଢେଉ ପରି ଉଠିଥିବା ଭାବ ଉଚ୍ଛ୍ବାସକୁ। ଯାହାର ବର୍ଷରେ ଭରି ରହିଥାଏ ଅସୁମାରି ଦୁଃଖର ଫେନୀଲ ରଙ୍ଗ।

ଭରସା ଦେବାପରି କହି ଉଠିଲେ, “ଯେତେ ଶୀଘ୍ର କାମରେ ଆସି ଜଏନ୍‌ କରି ଯାଆନ୍ତୁ ମ୍ୟାଡାମ୍‌। ଆପଣଙ୍କର ଖାଲି ଚାମ୍ବର ଚାହିଁ ବସିଛି ଆପଣଙ୍କ ବାଟକୁ। କ’ଣ ଆଉ ଭାବି ହେଉଛନ୍ତି? ଯେତେ ଭାବିବେ, ମୁଖ୍ୟଧାରାର ଜୀବନଠାରୁ ସେତେ ଦୂରେଇ ରହିଯିବେ। ଯା’ ଛଡ଼ା ୱାର୍କ ଲାଇଫ୍‌ ବାଲାନ୍ସ ବିଷୟରେ ଆପଣଙ୍କୁ ଅଧିକ କ’ଣ ବା ଆଉ ବୁଝାଇ ପାରିବି?”

ଚିଫ୍‌ଙ୍କ ମୁହଁରୁ ଏପରି ଅକଳ୍ପନୀୟ ପ୍ରସ୍ତାବଟି ଶୁଣି ଚମକି ଉଠିଥିଲା ସୀମାଦ୍ରୀ!

କାହିଁ ଜଣେ ଚାକିରିଆର ଧାଁ ଦୌଡ଼ ଆଉ ଦାୟିତ୍ବ ସମ୍ପାଦନାର ଜୀବନ… କାହିଁ ଗୋଟିଏ ପାରାସାଇଡ଼ ବା ପରଜୀବୀ ପରି ବଞ୍ଚି ଚାଲିଥିବା ତା’ ଜୀବନ!

ବେଲେବେଲେ ତାକୁ ଲାଗେ କେବଳ ଦୁଇ ଆଖିରେ ବାହାର ଦୁନିଆକୁ ଚାହିଁବା, ଦୁଇ କାନ୍‌ରେ ବାହାରୁ ଆସୁଥିବା ଶବ୍ଦକୁ ଶୁଣିବା, ବଞ୍ଚି ରହିବା ପାଇଁ ଦୁଇ ନାକପୁଡ଼ାରେ ଅମ୍ଳଜାନ ଶୋଷି ଅଙ୍ଗାରକାମ୍ଳକୁ ଛାଡ଼ିବା ଆଉ ଅତି ବେଶୀରେ ଏହି ଅର୍ଦ୍ଧମୃତ ଶରୀରକୁ ଧରି ରଖିବା ପାଇଁ ପାଟିବାଟେ ପୋଷକ ଗ୍ରହଣ କରିବା ବ୍ୟତୀତ ଆଉ ଅଧିକ କ’ଣ କାମରେ ଲାଗି ପାରିବ ସେ!

ଏଥରେ କେଇମାସ ରହିବା ପରେ ଯାହା ଯେତିକି ବିକାଶ ଘଟିଛି, ତାହା ତ ଯଥେଷ୍ଟ ନୁହେଁ! ଜୀବନର ମୁଖ୍ୟସ୍ରୋତକୁ ଛୁଇଁବାକୁ ଏ ଦେହକୁ ହୁଏତ ଆହୁରି

କେତେ ଅସଂଖ୍ୟ ଦିନ କି ମାସ କାଟିବାକୁ ପଡ଼ିବ, ତା’ର ଗଣନା କରି ବସିବାଟା ବୃଥା ହିଁ ହେବ ।

କୌଣସି ପ୍ରତିକ୍ରିୟା ଦେବା ବଦଳରେ ସୀମାଦ୍ରୀର ମୁହଁଟା ଭାରି ପଡ଼ି ଆସୁଥିବାର ଦେଖ୍ ଦୁର୍ଗା ସାର୍ ଅବିଳମ୍ବେ ପୂର୍ବରୁ ରଖିଥିବା ପ୍ରସ୍ତାବକୁ ଆହୁରି ପ୍ରାଞ୍ଜଳ କରି କହିଲେ, "ଭାବୁଛନ୍ତି କି କେଉଁଦିନ ଯାଇ ଆପଣ ସମସ୍ତଙ୍କ ପରି ସ୍ୱାଭାବିକ ଅବସ୍ଥାକୁ ଫେରିଲେ ଯାଇ ଚାକିରିରେ ଯୋଗ ଦେବେ ! ସେହିଦିନ କେବେ ଯେ ଆସିବ ତାହାର କିଛି ନିର୍ଦ୍ଧିଷ୍ଟତା ନାହିଁ । ଆପଣ ଏବେ ଯେମିତି ହୁଇଲ୍‌ଚେୟାରରେ ବସିଛନ୍ତି, ସେମିତି ଯାଇ ଟେବୁଲ୍ ଆଗରେ ବସିବେ । ବାସ ଏତିକି ତ ଫରକ !"

ଆଖ୍ ଖୋସି ହେବା ପରି ସେ ଚାହିଁ ରହିଥାଏ ଦୁର୍ଗା ସାରଙ୍କ ଆଡ଼କୁ ।

ସନ୍ଦେହରେ ଭାବୁଥାଏ, ଯୋଉ ମ୍ୟାନେଜ୍‌ମେଣ୍ଟ ପାଠକୁ ଦୁର୍ଗା ସାର୍ ପଢ଼ିଛନ୍ତି, ସେଇ ଏକା ପାଠକୁ ସିଏ ମଧ ପଢ଼ିଛି । ହୁଏତ ତା’ ଉପରେ ମୋଟିଭେସନ୍ ଥିଓରୀ ପ୍ରୟୋଗ କରୁ ନାହାଁନ୍ତି ତ !

ନିଜକୁ ଟିକେ ବିରାମ ଦେଇ ଭାବି ବସିଲା ଆଉ ଥରେ ।

ସାମ୍ନା ଚେୟାର ଉପରେ ବସିଥିବା ଦୁର୍ଗା ସାରଙ୍କ ସମେତ ବାକି ସଭିଙ୍କ ଅପଲକ ଦୃଷ୍ଟି ନିବଦ୍ଧ ରହିଥାଏ ତା’ରି ଉପରେ । ପୁଣି କ’ଣ କହିବ କରିବ ଭାବି ଟିକେ ଥମ୍ ଥମ୍ ହୋଇ ପଡ଼ୁଥାଏ ।

ଶେଷକୁ ଆଗପଛ ଭାବି ହୋଇ ପାଟି ଖୋଲି କହିଲା, "ସାର୍, ଏଥିପାଇଁ ମାନସିକ ଭାବେ ତ ପ୍ରଥମେ ପ୍ରସ୍ତୁତ ହେବାକୁ ପଡ଼ିବ । ମାସେ ସମୟ ନେଇ ଦେଖୁଛି ।"

– "ହଉ ଯଦି କହୁଛ କିଛିଦିନ ସମୟ ନିଅ । ଏହି ରିହାବିଟେସନ୍ ସେଣ୍ଟରରେ କ’ଣ ସାରା ଜୀବନ କାଟିବ ନା କ’ଣ !"

ଦୁର୍ଗା ସାର୍ ଓ ଅନ୍ୟ ସହକର୍ମ୍ମୀମାନେ କିଛି ସମୟ ସେଠି ବିତାଇ ପୁଣି ଫେରିଯାଇଥିଲେ ଏହା ମଧରେ । ଯିବା ସମୟରେ ଉଠାଇଥିବା ପ୍ରଶ୍ନଟି ତଥାପି ପ୍ରତିଧ୍ୱନି ପାଲଟି ତା’ର ଦୁଇ କାନରେ ଗୁଞ୍ଜରୀ ଉଠୁଥାଏ ।

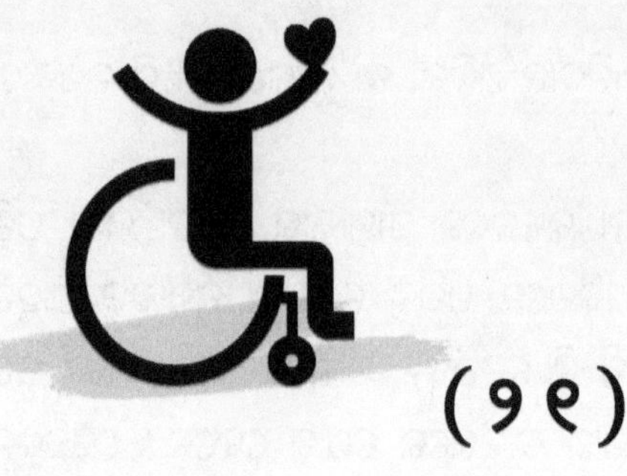

(୨୧)

ବେଳେବେଳେ ସୀମାଦ୍ରୀକୁ ଓଲଟପୁରର ଏହି ଛୋଟ ପୁଣି ବିବିଧ ପରିବେଶଟା ଏକ ନିଆରା ହାର୍ମୋନିର ଜୀବନ୍ତ ଚିତ୍ରକଳ୍ପ ସଦୃଶ ଲାଗେ । ମାତ୍ର ପଚିଶି ଏକରର ଭୂଖଣ୍ଡ । ତାହା ମଧ୍ୟରେ ନିରନ୍ତରର ଏକରୁ ଆରେକ ପୁନର୍ବାସକେନ୍ଦ୍ରିକ ଭିନ୍ନ ଭିନ୍ନ ବିଭାଗ ଚାରିପଟକୁ ଘେରି ବିସ୍ତାରୀ ଯାଇଛି ।

ଏହି ଜାତୀୟ ପୁନର୍ବାସ କେନ୍ଦ୍ରକୁ ଲାଗି ଗଢ଼ି ଉଠିଛି ଅନେକଗୁଡ଼ିଏ ଅସ୍ଥାୟୀ ଆବାସସ୍ଥଳୀ । କେବଳ ଓଡ଼ିଶା କାହିଁକି ପାଖ ପଡ଼ୋଶୀ ରାଜ୍ୟର ସ୍ନାୟୁ ଓ ଅସ୍ଥିଶଲ୍ୟର ଏକ ଉକ୍ରୁଷ୍ଟ ରିହାବ୍ ସେଣ୍ଟର ରୂପେ ପରିଗଣିତ । କହିବାକୁ ଗଲେ ଭାରତବର୍ଷ ପରି ଡାଇଭର୍ସିଟି ବା ବିବିଧତାର ଗୋଟିଏ ଅତି କ୍ଷୁଦ୍ର ନମୁନା ଏହି ଓଲଟପୁର ।

ଏଠାକୁ ଆସୁଥିବା ସବୁ ମଣିଷର ହାତ ପାପୁଲିରେ ଦୁଇ ସମାନ୍ତରାଳ ରେଖା ସମୟର ପେଟ ଚିରି ଯେପରି ଆଗକୁ ବଢ଼ିଥାଏ । ସେଇ ସମାନ୍ତରାଳ ରେଖାର ଗୋଟିଏ ଗାର ସ୍ୱପ୍ନ ହେଲେ ଆରଟି ସ୍ୱପ୍ନଭଙ୍ଗ । ଦୁହିଁଙ୍କୁ ଏକାଠି ମିଶାଇ ଜିଇଁବା ଶିଖାଏ ଓଲଟପୁର ।

ପୁଣି ଭାବୁଥିଲା, ଏଠି ରହଣି ଭିତରେ ଦିନ ଆଉ ରାତିର ଦୀର୍ଘତା ରତୁ ଅନୁସାରେ କେତେ ନା କେତେଥର ପାରଦ ପରିକା ତଳ ଉପର ହୋଇ ଚାଲିଛି । ପ୍ରଥମଥର ଯେଉଁଦିନ ସେ କ୍ୟାବିନ୍ର ଝରକା ଦେଇ ବାହାର ଆକାଶ ଆଡ଼କୁ ଚାହିଁଥିଲା, ଆରପଟେ ଭାସୁଥିଲା ତୁଲା ପରି ସଫେଦ୍ ମେଘଖଣ୍ଡ ।

ସର୍କସର ରାମଦୋଲି ପରି ଅବିକଳ ଏ ରତୁଚକ୍ରର ଗତି ! ଗୋଟାଏ ଘୂରିବା ଆରମ୍ଭ କଲେ, ତା' ସାଙ୍ଗରେ ଅନ୍ୟଟି ବି ଘୁରିଚାଲେ ।

ଆସିଲାବେଳେ ଦେଖିଥିବା ଚକ୍ଚକ୍ ଶରତର ଶୁଭ୍ର ଆକାଶ ଡିସେମ୍ବରର

ମଲିଚିଆ ରଙ୍ଗ ମାଖ୍ଖାସାରି ପୁଣି ଏବେ ଫେବୃୟାରୀକୁ ତେଜ ଧରିବା ଆରମ୍ଭ କଲାଣି ।

ଶୀତ ପରେ ବସନ୍ତ କେତେବେଳେ ଅରିକିନା ଆସି ଓଲଟପୁରର ଗଛପତ୍ରରେ କମ୍ପନ ବୁଣି ତଳକୁ ଖସି ସାରିଥାଏ ।

ନୂଆ ମଳୟ ପବନର ଢେଉ ନନ୍ଦ କଲୋନୀ ଓ ଜେନା କଲୋନୀ ପରି ସଂକୀର୍ଷ ଗଲିରେ ସୁଦ୍ଧା ମଝିରେ ମଝିରେ ତା'ର ମୃଦୁ ବିଚରଣ ଆରମ୍ଭ କରି ଦେଇଥାଏ ।

କିଛିଦିନ ଏହି ଓଲଟପୁରରେ ଅନ୍ତେବାସୀ ହୋଇ ରହିବା ମଧ୍ୟରେ ନିଜର ଅଗ୍ରଗତିକୁ ନେଇ ଆମ୍ୱସନ୍ତୋଷ ଅପେକ୍ଷା ଚାପା ଅସନ୍ତୋଷର ମାତ୍ରା ଥିଲା ଅଧିକ ।

ତା'ର ଅଭିଯୋଗ ତାଲିକାରେ ଯେଉଁ ଦୁଇଟି ପ୍ରମୁଖ ବହୁବାର ଉଚ୍ଚାରିତ ଅଭିଯୋଗର ପ୍ରଶ୍ନ ମୁଣ୍ଡ ଟେକୁଥାନ୍ତି, ସେଇ ସବୁ ରହିରହି ଯେମିତି ଆମ୍ୱପୀଡ଼ା ପାଲଟି ସାରିଛନ୍ତି । ସେହି ଅସମାହିତ ପ୍ରଶ୍ନର ଦାଉ ଅନେକବାର ତାକୁ ନେଇ ସଂଶୟର ଦୋ' ଛକିରେ ଛିଡ଼ା କରାଇ ଦେଇଥାଏ ।

ସେଗୁଡ଼ିକ ଭିତରୁ ପ୍ରଥମଟି ଥିଲା – ଦୁର୍ଘଟଣା ଓ ସ୍ୱାଇନ୍ ଅପରେସନ୍‌ର ପାଞ୍ଚମାସ ଅତିକ୍ରାନ୍ତ ସତ୍ତ୍ୱେ କାନ୍ଧ ତଳକୁ ପାଦ ଯାଏଁ ସ୍ପର୍ଶ ସମ୍ୱେଦନଶୂନ୍ୟ ହୋଇ ରହିବା । ସେହିପରି ଦ୍ୱିତୀୟଟି, ଗରମ ହେବାକ୍ଷଣି ଶରୀରର ମୁହଁ, ବେକ ଆଦି ସବୁ ଝାଳରେ ଓଦା ହୋଇ ପଡୁଥିଲେ ସୁଦ୍ଧା ଅବଶିଷ୍ଟ ଦେହ ନିର୍ଗତ ଝାଳରୁ ବଞ୍ଚିତ ରୁହେ । ପରିଣାମରେ ସ୍ୱାଭାବିକ ଶୀତଳୀକରଣ ପ୍ରକ୍ରିୟାରୁ ବାଦ୍ ପଡ଼ି ଗରମର ଅସହ୍ୟ ଯନ୍ତ୍ରଣା ଭୋଗେ ଦେହ । ସେଥିପାଇଁ ନିଜର ଭଲ ହେବାକୁ ନେଇ ଏକପ୍ରକାର ଅନିଶ୍ଚିତତାରେ ରହିଥାଏ ସେ ।

କେବେ କେବେ ଏହି ଦୁଇଟି ଅଛିଣ୍ଡା ପ୍ରଶ୍ନ ତାକୁ ଏପରି ଅତିଷ୍ଠ କରି ପକାଏ ଯେ ଭରସାଯୋଗ୍ୟ କାହାଠାରୁ ପରାମର୍ଶଟିଏ ପାଇବା ପର୍ଯ୍ୟନ୍ତ ଅଥୟ ହୋଇଉଠେ । ବିଦୁ ହାତରେ ଏମ୍‌ଆର୍‌ଆଇ ରିପୋର୍ଟଟାକୁ ଧରାଇ ଘୁରିବୁଲେ କେବେ ନିର୍ଦ୍ଦେଶକ ପିପି ସାରଙ୍କ ପାଖକୁ । ଆଉ କେବେ ଡାକ୍ତର ପବିତ୍ର ସାହୁ ନ ହେଲେ ଡାକ୍ତର ଦୀପକ ସିଂହଙ୍କ ନିକଟକୁ । ପଚାରି ବସେ ସଭିଙ୍କୁ ସେହି ଗୋଟିଏ ପ୍ରଶ୍ନ । ଉତ୍ତର ପାଏ ମଧ୍ୟ ସେଇ ଗୋଟାଏ ପ୍ରକାରର ।

ଥରକୁ ଥର ନିଜକୁ ବୁଝାଇବାକୁ ଯାଇ ଅବୁଝା ରହିଯାଏ ।

ଆଉ ଥରେ ଯେତେବେଳେ ସେଇ ସବୁ ପ୍ରଶ୍ନର ଅଶାନ୍ତ ଝଡ଼ ମୁଣ୍ଡ ଟେକିବସେ, ପୁଣି ଅଧିର କରିପକାଏ ତାକୁ। ସେତେବେଳେ ବିଦୁ ହାତକୁ ଏମ୍ଆର୍ଆଇ ରିପୋର୍ଟ ଧରାଇ ପଚାରିବାକୁ ଖୋଜିବୁଲେ ପୁଣି କାହା ନା କାହାର ବିଶ୍ୱସ୍ତ ମୁହଁକୁ।

ସେହିପରି ଦିନେ ଅପରାହ୍ନରେ ଯିବାକୁ ଥାଏ ଅକ୍ୟୁପେଶନାଲ୍ ଥେରାପି ଡିପାର୍ଟମେଣ୍ଟ। ତାକୁ ପ୍ରସ୍ତୁତ କରୁଥାଏ ବିଦୁ।

ମାତ୍ର କିଛି ସମୟ ଆଗରୁ ବେଡ଼୍‍ରେ ଶୋଇ ରହିଥିବାବେଳେ ଭିତରେ ଭିତରେ ସେଇ ପୁରୁଣା ଅଶାନ୍ତିର ବିଛା ଆସି କାମୁଡ଼ି ପକାଇ ଥିଲା। ପୁଣି ସେହି ଅନୁଚାରିତ ପ୍ରଶ୍ନ ଦୋହରି ଉଠୁଥାଏ ତା' ଭିତରେ। ସେହି ବିରକ୍ତିପଣ ସହ ଜୁଟି ହୋଇ ପୂରା ଅଫ୍ ମୁଡ଼ରେ ଥାଏ ସୀମାଦ୍ରୀ।

ଓଟି ରୁମ୍‍କୁ ଯିବା ବାଟରୁ ଜିଦି ଆରମ୍ଭ କରିଦେଲା କହି, "ଚାଲ୍... ବିଦୁ ଫେରିଯିବା। ମୋର ଆଜି ବିଲ୍‍କୁଲ୍ ଏକ୍ସରସାଇଜ୍ କରିବାକୁ ଇଚ୍ଛା ନାହିଁ।"

ମରୁଭୂମିର ଓଟ ଯେପରି ଆଗତ ବାଲି ଝଡ଼କୁ ଠଉରାଇନିଏ, ସେହିପରି ବିଦୁକୁ ଆଉ ବୁଝିବା ପାଇଁ ବାକି ନ ଥିଲା! ମୁହଁରୁ ପଢ଼ି ସାରିଥିଲା ସୀମା ଦିଦିଙ୍କ ବିଗିଡ଼ା ମନ ଆକାଶର ଆସନ୍ନ ଘୂର୍ଣ୍ଣିବାତ୍ୟାକୁ।

ତତ୍‍କ୍ଷଣାତ୍ ତଳ ଓପେଡ଼ି ଆଡ଼କୁ ବୁଲି ଆସିବାକୁ କହି ହୁଇଲ୍‍ଚେୟାରକୁ ମୁହାଇଁ ନେଇଥିଲା ଗ୍ରାଉଣ୍ଡଫ୍ଲୋର୍ ଆଡ଼କୁ। ର୍ୟାମ୍ପ୍ ଦେଇ ପଛମୁହାଁ କରି ହୁଇଲ୍‍ଚେୟାରଟି ଧୀରେ ଧୀରେ ସେକେଣ୍ଡ ଫ୍ଲୋର୍‍ରୁ ତଳ ଆଡ଼କୁ ଆସୁଥିବାବେଳେ ମଝି ବାଟରେ ଭେଟ ହୋଇଗଲେ ଆନେସ୍ଥେସିଆର ଡାକ୍ତର କିଶୋର ମହାପାତ୍ର।

ସିଏ ତ ସହଜରେ କାହା ପାଖରେ ଏହି ମୁଣ୍ଡର ଝଡ଼କୁ ଓଜାଡ଼ି ଦେବାକୁ ଚାହୁଁଥିଲା! ସଂଯୋଗକୁ ସାମ୍ନାରେ ମିଳି ଯାଇଥିଲେ ଡାକ୍ତର ମହାପାତ୍ର।

ଦେଖୁ ଦେଖୁ ତାଙ୍କୁ ବାଟ ମଝିରୁ ଅଟକାଇ ମନ ତଳର ଅବଦମିତ ପ୍ରଶ୍ନକୁ ପଚାରି ବସିଲା, "ସାର୍ ମୋ ରିଜିଅନ୍‍ର ସ୍ୱାଇନାଲ୍ ଇଞ୍ଜୁରୀ କେସ୍‍ରେ ପ୍ରୋଗ୍ନୋସିସ୍ କ'ଣ ଟିକେ କୁହନ୍ତୁ? ଏଠି ରହିବା ପାଖାପାଖି ପାଞ୍ଚ ମାସ ହୋଇଯିବଣି! ଯେପରି ଆଶା କରୁଥିଲି ସେପରି ଇନ୍‍ପ୍ରଭୁଭ୍‍ମେଣ୍ଟ ହେଉନାହିଁ। ଯାହା ହେଉଛି ପୂରା ଅଳ୍ପ ଅଳ୍ପ ହୋଇ! ଖୁବ୍ ବ୍ୟସ୍ତ ଲାଗୁଚି ଭାବିଲା ବେଳକୁ!"

ଡାକ୍ତର ମହାପାତ୍ରଙ୍କ ମୁହଁର ଗମ୍ଭୀରତା ସହସା ବଢ଼ିଯିବାର ଦେଖି ଉଭଉକୁ

ଅପେକ୍ଷା ନ ରଖି ପୁଣି ତା' ପଛକୁ ଆଉ ଏକ ପ୍ରଶ୍ନକୁ ଠିଆ କରାଇ ପଚାରିଲା, "ସାର୍... ମୋ ପରି କ୍ୱାଡ୍ରିପ୍ଲେଜିଆ କେସ୍ ତ ଆପଣ ବହୁତ ଦେଖିଥିବେ... ଏହିପରି କେସ୍ ସବୁର ଅଗ୍ରଗତି କିପରି ହୋଇଥାଏ ?"

ଅପର ପକ୍ଷରେ ଧୈର୍ଯ୍ୟର ସହ ଶୁଣି ଚାଲିଥିଲେ ଡାକ୍ତର ମହାପାତ୍ର। ଧୀରସ୍ଥିର ଚିତ୍ତରେ ସୀମାଦ୍ରୀ ଆଡ଼କୁ ଚାହିଁ କେବଳ ମୁଣ୍ଡକୁ ଟୁଙ୍ଗାରି ସ୍ନିଗ୍ଧହସଟିଏ ଭରିଦେଇ କହିଲେ, "ତମେ ତ ପଢ଼ିଥିବ ହେନେରୀ ୱାର୍ଡସ୍ୱର୍ଥ ଲଙ୍ ଫେଲୋଙ୍କ ସେହି ପ୍ରସିଦ୍ଧ କବିତାର ଧାଡ଼ି – ଆକ୍ଟ, – ଆକ୍ଟ ଇନ୍ ଦ ଲିଭିଙ୍ଗ ପ୍ରେଜେଣ୍ଟ! ହାର୍ଟ ଉଇଦିନ୍, ଆଣ୍ଡ ଗଡ଼ ଓଭରହେଡ୍! ସେହିପରି ମନରେ ଆସ୍ଥା ରଖି ପରିଶ୍ରମ କର। ଦେଖିବ, ସବୁ ଆସ୍ତେ ଆସ୍ତେ ଭଲ ଆଡ଼କୁ ଗତି କରିବ।"

ବ୍ୟସ୍ତତା ଭିତରେ ଥିବାପରି ଜଣାପଡ଼ୁଥିଲେ ଡାକ୍ତର ମହାପାତ୍ର। ନିଜର ପରାମର୍ଶକୁ ସେଇଠି ସାରି ବାହାରି ଯିବାକୁ ଉଦ୍ୟତ ହେଲେ।

ଭୋଏତ ଅବୁଝା ଛୋଟଛୁଆଟିର ହାତରେ ମିଠା ଲଲିପପ୍ ଖଣ୍ଡେ ଧରାଇ ଦେବାପରି ଉତ୍ତରଟେ ଲାଗୁଥାଏ ସୀମାଦ୍ରୀକୁ। ଚାହୁଁଥିବା ଉତ୍ତର ତାଙ୍କଠୁଁ ନ ପାଇଁ ପୁଣି ଥରେ ନିରାଶ ହୋଇ ଉଠିଲା।

ପଛରୁ ଆଗକୁ ଘୂରି ଯିବାବେଳେ ତା' ମୁହଁର ଅସନ୍ତୁଷ୍ଟଭରା ଅପ୍ରକାଶ୍ୟ ଭାଷାକୁ ପଢ଼ି ପକାଇଲେ ବୋଧେ। ଅଟକି ବୁଲିପଡ଼ି କହିଲେ, "ସତ କଥା ହେଉଛି ରିହାବିଟେସନର ପ୍ରକ୍ରିୟା ଏକ ଦୀର୍ଘମିଆଦୀ ବ୍ୟାପାର। ନିର୍ଦ୍ଦିଷ୍ଟ ସମୟ ମଧ୍ୟରେ କ'ଣ ହେବ ନ ହେବ ତାକୁ ସଠିକ ଅନୁମାନ କରି କହିବା ମୁସ୍କିଲ୍! ମୁଁ ଯାହା ଆପଣଙ୍କ ବିଷୟରେ ଜାଣିଛି, ଆପଣ ସର୍ଭିସରେ ଯାଇ ଜଏନ୍ କରିଯିବାଟା ଭଲ ହେବ। କାମରେ ମନ ରହିଲେ ଏତେ ବ୍ୟତିବ୍ୟସ୍ତ ହେବେ ନାହିଁ। ଏହିପରି ବିଚଳିତ ହେବାଟା ବି କମିଯିବ। ଦେହ ଉପରୁ ଧ୍ୟାନ ହଟି କିଛିଟା କାମ ଆଡ଼େ ବାନ୍ଧି ହୋଇଯିବ। ସାଙ୍ଗକୁ କେଉଁ ଜଣେ ଥେରାପିଷ୍ଟକୁ ରୁମ୍କୁ ଡକାଇ ଥେରାପି ଜାରି ରଖି ପାରିବେ।"

କଥାକୁ ସାରି ଚାଲି ଯାଉଥିବାବେଳେ ଛାତି ପକେଟରୁ କାଢ଼ି ସୀମାଦ୍ରୀ ହାତକୁ ବଢ଼ାଇ ଦେଲେ ପରମଯୋଗୀ ଶ୍ରୀ ଅରବିନ୍ଦଙ୍କ ମାନବୀୟ ଅଭୀପ୍ସା ସମ୍ପର୍କିତ ଦୁଇପଦର ବାର୍ତ୍ତା।

ଯାହାକୁ ହାତ ଆଙ୍ଗୁଠିରେ ଚାପି ଧରି ରଖିବା କଷ୍ଟସାଧ ଥିଲା ସୀମାଦ୍ରୀ

ପକ୍ଷରେ । ହାତରୁ ଖସି ଜଙ୍ଘ ଉପରେ ଲାଖ୍ ରହିଯାଇଥାଏ କାଗଜଟି । ତଳକୁ ଚାହିଁଲା, ଯେଉଁଥିରେ ଉଦ୍ଧୃତ ହୋଇଥିଲା– "ସମୟ ସମୟରେ ଯେତେ ଦୀର୍ଘକାଲ ଧରି ସଂଶୟାଚ୍ଛନ୍ନ ହୋଇ ରହିଲେ ମଧ୍ୟ ମନୁଷ୍ୟ ବାରମ୍ବାର ସେହି ନିର୍ବାସନରୁ ପୁଣି ତା'ର ଅସଲ ବାଟକୁ ବାହୁଡ଼ି ଆସେ ଓ ଏହି ସର୍ବୋଚ୍ଚ ଆକାଂକ୍ଷା ବା ମାନବୀୟ ଅଭୀସ୍ଵାର ଅନୁଧାବନ କରେ ।"

ମୁଣ୍ଡ ଉଠାଇ ଚାହିଁଲା ବେଳକୁ ଦୃଷ୍ଟି ଉହାଡ଼ରୁ ଅଦୃଶ୍ୟ ହୋଇ ସାରିଥିଲେ ମହାପାତ୍ର ସାର୍ ।

ପ୍ରଶ୍ନ ପୁଣି ବିସ୍ମୟ ! ବିସ୍ମୟ ପୁଣି ପ୍ରଶ୍ନ ! ସେହି ବାର୍ତ୍ତା କାଗଜଟିରେ ଥିବା ଶବ୍ଦଗୁଡ଼ିକୁ ପଢ଼ି ସାରିବା ପରେ ଆଗ ପଛ କରି ଓଲଟପାଲଟ ହୋଇ ଚାଲିଥାଏ ଯେପରି ଏହି ଦୁଇଟା ଚିହ୍ନ !

ଗହନ ଚେତନା ଭିତରକୁ ଯାଇ ବେଶୀ ଆଉ ଭାବି ପାରିଲା ନାହିଁ ।

ତଥାପି ତା'ର ଅବ୍ୟକ୍ତ ମନ ମଧରେ ଚପଳ ବିଜୁଳିର ଛିଟାଏ ଗାର ପରି ଯେପରି ରହିରହି ଖେଳି ଉଠୁଥାଏ ସେହି ଶବ୍ଦଗୁଡ଼ିକର ଦ୍ୟୁତି ଓ ଦ୍ୟୋତନା !

(୭୭)

ତଳ ଓପିଡ଼ି ପାଖରେ ଥିବା ହାଇଡ୍ରୋଥେରାପିର କାଚଘର ଭିତରକୁ ନେଇ ପହଞ୍ଚାଇ ଦେଇଥିଲା ବିନ୍ଦୁ। ଆଗରୁ ଏହା ବିଷୟରେ ଶୁଣିଥିଲା। କିନ୍ତୁ ଆସି ନ ଥିଲା କେବେ।

ଭିତରକୁ ପଶୁପଶୁ ଐଶ୍ୱର୍ଯ୍ୟାର ବାପା ସୁବୁଦ୍ଧି ବାବୁ ଝିଅକୁ ଧରି ଆସୁଥାନ୍ତି ଆରପଟ ମୁଣ୍ଡରୁ।

ପୂର୍ବରୁ ତାଙ୍କ ସହ ପ୍ରାୟ ଦୁଇ ଚାରି ଥର ଦେଖାହୋଇ ସାରିଥାଏ ଅର୍ପିତା ରହୁଥିବା ୱର୍କିଙ୍ଗ ଓମେନ୍‌ ହଷ୍ଟେଲରେ। ଓଟି ଡିପାର୍ଟମେଣ୍ଟରେ ତାଙ୍କ ଝିଅର ସେନ୍‌ସୋରୀ ଇଣ୍ଟିଗ୍ରେସନ୍‌ ଥେରାପି ସହ ସ୍ପିଚ୍‌ ଥେରାପି ମଧ୍ୟ ଚାଲିଥାଏ।

ପିଲାଟି ସିଭିୟର ଅଟିଷ୍ଟିକ୍‌! ବିଲକୁଲ୍‌ କାହା ସହିତ ଆଖି ମିଳାଉ ନ ଥାଏ! ନିଜର ଅଭୁତ ଦୁନିଆରେ ବୁଡ଼ି ରହିଥାଏ ଯେପରି! ଇତଃସ୍ତତଃ ଓ ଖୁବ୍‌ ଅସ୍ଥିର ଭାବେ ଏଣେତେଣେ ମାଡ଼ି ଯାଉଥାଏ। ତାକୁ ସମ୍ଭାଳିବାକୁ ହେଲେ ପୁରା ଚବିଶ ଘଣ୍ଟା ସଜାଗ ହୋଇ ପାଖରେ ରହିବାକୁ ପଡ଼ୁଥିବ! କେତେବେଳେ ଯେ ତା’ର କ’ଣ ଗତି ଓ ପ୍ରକୃତି ପାଲଟିଯିବ, ତାହା ଅନୁମାନ ସୁଦ୍ଧା ଥିଲା କଷ୍ଟକର!

ସେଦିନ ଐଶ୍ୱର୍ଯ୍ୟାକୁ ଦେଖି ଆଉ ତା’ ବିଷୟରେ ସବୁ ଜାଣି ସାରିବା ପରେ ସୁବୁଦ୍ଧି ବାବୁ ଓ ତାଙ୍କ ସ୍ତ୍ରୀଙ୍କ ପ୍ରତି କିପରି ଏକ ସମବେଦନା ଜାତ ହୋଇଥିଲା ମନରେ। ଭାବି ବିସ୍ମିତ ହୋଇଥିଲା, ଏମିତି ବି ସ୍ନାୟୁବିକାଶ ଜନିତ ବ୍ୟତିକ୍ରମତା ଥାଇପାରେ!

ସୀମାଦ୍ରୀକୁ ଦେଖୁ ଦେଖୁ ସୁବୁଦ୍ଧି ବାବୁ ପାଖକୁ ମାଡ଼ି ଆସିବା ସହ ହାତ ଉପରକୁ ଟେକି ଗୋଟା ଦିଲଖୁସ୍‌ ଠାଣିରେ ଡାକ ଛାଡ଼ି କହିଲେ – “ମ୍ୟାଡ଼ାମ୍‌... ଭେରୀ ଗୁଡ୍‌ ନିୟୁଜ୍‌ ମ୍ୟାଡ଼ାମ୍‌...”

ଅନ୍ୟ ଯେତେଥର ତାଙ୍କୁ ଆଗରୁ ଦେଖିଛି କି ମିଶିଛି, ନିଜର ଓହଲି ପଡ଼ିବା ପରି ଭାରୀ ମୁହଁଟାକୁ ଧରି ଘୁରି ବୁଲୁଥାନ୍ତି ସେ। ଦେଖ୍‍ ବୁଝି ହୋଇଯାଏ, ହଁ, ନିଶ୍ଚୟ ଝିଅର ଚିନ୍ତା ତ ଘାରୁଥିବ! ଏତେ ବର୍ଷ ଧରି ଏହିପରି ସମ୍ଭାଳି ହେଉ ନ ଥିବା ଝିଅଟିକୁ ସମ୍ଭାଳି ରଖିଛନ୍ତି ଯେତେବେଳେ କିଛି କମ୍‍ କଥା କି!

ପାଖରେ ପହଞ୍ଚୁ ପହଞ୍ଚୁ ଗୋଟେ ପିତୃସୁଲଭ ଗର୍ବିତ ହସକୁ ଓଠରେ ଚହଟାଇ କହି ଉଠିଲେ, "ମିରାକିଲ୍‍ ମ୍ୟାଡ଼ାମ୍‍... ମିରାକିଲ୍‍! ଐଶ୍ୱର୍ୟ୍ୟା ଆମର ମାତ୍ର କୋଡ଼ିଏ ସେକେଣ୍ଡରେ ସୁଇମିଙ୍ଗ୍‍ ପୁଲର ଗୋଟିଏ ପଟରୁ ଆରପଟକୁ ପହଁରି ଯାଉଛି। ଏଇ ଦୁଇଦିନ ହେବ ଝିଅଟାରେ ଖୁବ୍‍ ଅସାଧାରଣ ଦକ୍ଷତା ଦେଖିବାକୁ ମିଳୁଛି। ଆଶ୍ଚର୍ୟ୍ୟ ମ୍ୟାଡ଼ାମ୍‍... ଆଶ୍ଚର୍ୟ୍ୟ! କି ଇନ୍‍ହରେଣ୍ଟ ଟ୍ୟାଲେଣ୍ଟ! କେବେ ଦିନେ ବି ପହଁରା ଜାଣି ନ ଥିବା ଝିଅଟାକୁ ସୁଇମିଙ୍ଗ୍‍ ପୁଲରେ ଛାଡ଼ିବା କ୍ଷଣି ଏତେ ଜୋର୍‍ରେ ହାତ ଛାଟି ଘୁରାଇ ପକାଉଛି ଯେ ମାତ୍ର କୋଡ଼ିଏ ସେକେଣ୍ଡରେ ଏ ମୁଣ୍ଡରୁ ସେ ମୁଣ୍ଡକୁ ପହଁରି ଯାଉଛି! ଥେରାପିଷ୍ଟଙ୍କ ପରାମର୍ଶରେ ପରୀକ୍ଷା କରୁକରୁ ତା' ମଧ୍ୟରେ ଏହି ଅଭୁତ ଗୁଣ ଦେଖିବାକୁ ପାଇଲୁ! ସେବେଠାରୁ ଆଣି ଅଭ୍ୟାସ କରାଉଛି।"

ସିମାଦ୍ରୀ ଲକ୍ଷ୍ୟ କରୁଥାଏ ସୁବୁଦ୍ଧି ବାବୁଙ୍କଠାରେ ଦେଖିଥିବା ଦୁଇଟି ପୂର୍ବ ଭାରାକ୍ରାନ୍ତ ଆଖିର ରଙ୍ଗ ଏବେ ମେଘମୁକ୍ତ ଆକାଶ ପରି ଭରା ଉଜ୍ଜ୍ୱଳତାରେ ଚମକି ଉଠୁଛି।

ଏକ ଆତ୍ମସନ୍ତୋଷଭରା ଠାଣିରେ ନିଜକୁ ସାନ୍ତ୍ୱନା ଦେବାପରି ଶୁଣାଇ କହିଲେ, "ଆଗକୁ କିଛି ନ ହେଲେ ଭଲ ସୁଇମର୍‍ ତ ହେବ। ପାରାସ୍ପୋର୍ଟସ୍‍ ତ ଖେଳିବ। ମେଡ଼ାଲ୍‍ ଜିତିବ।"

ଏସବୁ ଶୁଣି ମୁଣ୍ଡ ଗୋଳମାଳ ହୋଇ ଉଠୁଥାଏ ସୀମାଦ୍ରୀର। ଗୋଟେ ପରସ୍ତ ସୁବୁଦ୍ଧି ବାବୁଙ୍କ ମୁହଁର ଏଇ ନୂଆ ପ୍ରାପ୍ତିର ଅବର୍ଣ୍ଣନୀୟ ଉଲ୍ଲାସକୁ ପଢୁଥାଏ। ଆଉ ଗୋଟିଏ ପରସ୍ତ ଚାହୁଁଥାଏ ଐଶ୍ୱର୍ୟ୍ୟାକୁ। ସେହିପରି ଅନ୍ୟମନସ୍କ ହେବାପରି ନିଜ ଅବୁଝା ଭାବର ଦୁନିଆ ଭିତରେ ବୁଡ଼ି ରହିଥାଏ ଐଶ୍ୱର୍ୟ୍ୟା। ତା'ର ଗୋଟିଏ ପଟ ହାତକୁ ଧରି ସମ୍ଭାଳି ରଖିଥାନ୍ତି ସୁବୁଦ୍ଧି ବାବୁ। ସେଇ ପୁରୁଣା ଇତଃସ୍ତତଃ ମନ ଓ ବିକ୍ଷିପ୍ତପଣ ସବୁ ସ୍ପଷ୍ଟ ବାରିହୋଇ ପଡୁଥାଏ ଐଶ୍ୱର୍ୟ୍ୟା ମୁହଁରେ।

ହେଲେ କାହିଁକି କେଜାଣି ସେ ଆଜି ଦିଶୁଥିଲା ଭାରି ସୁନ୍ଦର। ପିନ୍ଧିଥାଏ

ଦେହରେ ସୁଇମିଙ୍ଗ୍ ସୁଟ୍ । ଯୋଉଟା କି ଭାରି ମାନୁଥାଏ ତାକୁ । ଲାଗୁଥାଏ ବିଲ୍କୁଲ୍ ଛୋଟ ପହଁରାରାଣୀଟିଏ ପରି !

ସୀମାଦ୍ରୀର ଆଖ୍ଖି ଖୋସି ହୋଇ ଉଠୁଥାଏ ସେହି ଦୃଶ୍ୟରେ । ଝିଅର ସ୍ୱପ୍ନରେ ବିଭୋର ସୁବୁଦ୍ଧି ବାବୁଙ୍କ ବିରାମହୀନ କଣ୍ଠରୁ ସେହିପରି ଖୁସିର ସା–ରେ–ଗା–ମା ଲହର ଉଚ୍ଛୁଳି ଚାଲିଥାଏ ।

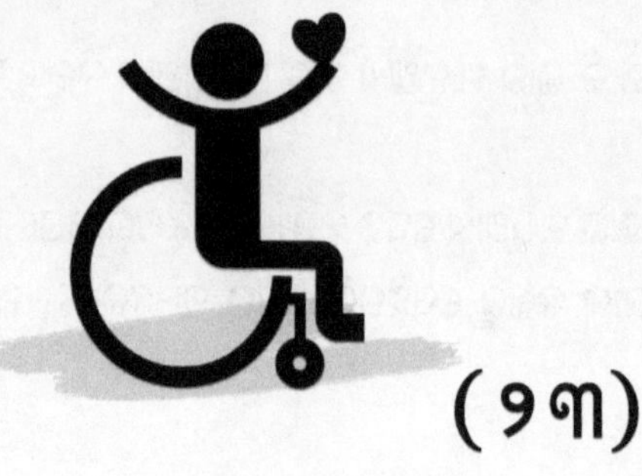

(୨୩)

ଫେବୃୟାରୀର ପ୍ରଥମ ରବିବାର। ଅପରାହ୍ନର ଖରାରେ ସଫା ଚମକ ଛାଡ଼ି ନ ଥାଏ। ଆଦ୍ୟ ବସନ୍ତର ହାଲକା ଚହଲା ପବନର ବେଢ଼ଣ ମଧ୍ୟରେ ତଥାପି ନିର୍ତାର କ୍ୟାମ୍ପସ୍‌ଟିରେ ବାରି ହୋଇ ପଡ଼ୁଥାଏ ଉଷ୍ଣତା।

ଧୀରେ ଧୀରେ ନିର୍ତାରର ଉଭୟ ଅନ୍ତେବାସୀ ଓ ବହିର୍ବାସୀମାନଙ୍କ ହୁଇଲ୍‌ଚେୟାର ଗାଡ଼ି ଓ କିଛି ଉତ୍ସାହୀ ଉତ୍କ୍ଷିତ ଦର୍ଶକ ସବୁ ଧାଡ଼ି ଲମ୍ୱାଉଥାନ୍ତି ବ୍ୟେଜ୍‌ ହ୍ୟୋସେଲ ଆଡ଼କୁ। ସେଠି ରହିଥିବା ବାସ୍କେଟବଲ୍‌ ପାଇଁ କୋର୍ଟରେ ଯଦିଓ ଆଗରୁ ଅଭ୍ୟାସ ମ୍ୟାଚ୍‌ ସମୟରେ ଲାଇନ୍‌ର ଆବଶ୍ୟକ ନ ଥିଲା, ଆଜି କିନ୍ତୁ ଫାଇନାଲ୍‌ ଖେଳ ପାଇଁ ଟଣା ହୋଇଥାଏ ଆବଶ୍ୟକ ଧଳା ରଙ୍ଗର ଗାର।

କିଛି ସମୟ ପରେ ଆରମ୍ଭ ହେବ ବହୁ ପ୍ରତୀକ୍ଷିତ ମ୍ୟାଚ୍‌। ଅନ୍ତେବାସୀ ବନାମ ବହିର୍ବାସୀ। ନାମକୁ ସିନା ବନ୍ଧୁତ୍ୱପୂର୍ଣ୍ଣ ଖେଳ, ମାତ୍ର ଦୁଇ ଦଳଙ୍କ ପାଇଁ ସେଠିରେ ଯୋଡ଼ି ହୋଇ ଯାଇଥିଲା ସମ୍ମାନର ପ୍ରଶ୍ନ।

ପ୍ରତିଯୋଗିତାଟିକୁ ଆହୁରି ବର୍ଣ୍ଣାଢ଼୍ୟ ଓ ସୁଶୋଭିତ କରିବା ପାଇଁ ପ୍ରୟାସ ବି କିଛି କମ୍‌ ନ ଥିଲା।

ଦୁଇ ଦଳ ନିଜ ନିଜ ଖର୍ଚ୍ଚରେ ଅଲଗା ଅଲଗା ରଙ୍ଗର ସ୍ପୋର୍ସ ଜର୍ସି ସୁଦ୍ଧା ବ୍ୟବସ୍ଥା କରିଥିଲେ। ସୀମାଦ୍ରୀର ଚାହିଁବା ମୁତାବକ ସେ ପିନ୍ଧିଥିଲା ଫୁଲ୍‌ ହାତବାଲା ପିଠି ଓ ଆଗ ପଟେ ଦଶ ନମ୍ୱର ଲେଖାଥିବା ଗୋଟେ ସଫେଦ୍‌ ଜର୍ସି।

ସମୟ ପାଖେଇ ଆସିଲା। ପୂରା ଚାଳିଶ ମିନିଟର ଖେଳ ନୁହେଁ ତ ଗୋଟିଏ ଅଲିଖିତ ଯୁଦ୍ଧ। ଦୁଇଦଳରୁ ଲଢ଼ୁଆ ଖେଳାଳି ସବୁ ପାଞ୍ଚ ଲେଖାଏଁ ଭାଗ ହୋଇ କୋର୍ଟର ଦୁଇ ପଟେ ଛିଡ଼ା ହୋଇ ସାରିଥିଲେ। ମ୍ୟାଚ୍‌ ରେଫ୍ରି ହୁଇସିଲ୍‌ ବାଜି ସାରିଥାଏ।

ସୀମାଦ୍ରୀ ରହିଥାଏ ରିଜର୍ଭ ଖେଳାଳି ଭାବେ ବାକି ଆଉ ଚାରିଜଣଙ୍କ ସହ କୋର୍ଟ ବାହାରେ। ପାଖ ହୁଇଲ୍‌ଚେୟାରରେ ବସିଥାନ୍ତି ଦଳର କୋଚ୍ ପ୍ରଶାନ୍ତ ନାୟକ।

ଯଦିଓ ଖେଳ ଗ୍ରାଉଣ୍ଡକୁ ଲାଗି ଅନ୍ୟ ଖେଳାଳିଙ୍କ ପରି ସେ ଜର୍ସି ପିନ୍ଧି ବସିଥାଏ, ତଥାପି ପଛଘୁଞ୍ଚା ଦେଉଥାଏ ଭିତର ପଟୁ ମନ।

ସେହି ମନ ସାବତ ମା' ପରି ତାକୁ ଶୁଣାଇ କହୁଥାଏ, "ଖେଳିବାକୁ ବାହାରି ପଡ଼ିବୁ ସିନା, ଦେଖିବୁ ସମସ୍ତଙ୍କ ନଜରରେ ଲାଫିଙ୍‌ ଷ୍ଟଫ୍ ପାଲଟିଯିବୁ! ତୋ ପ୍ରୟାସ ଦେଖି ଦର୍ଶକ ତାଳି ମାରିବା ଭୁଲି ହସି ଉଠିବେ! କ'ଣ ନା ବାସ୍କେଟବଲ୍ ପ୍ଲେୟାର!"

ପର ମୁହୂର୍ତ୍ତରେ ରହି, "ଏମିତି ସବୁ ନକାରାମ୍ନକ ଭାବନା ଏତିକିବେଳେ କାହିଁକି ଆସୁଛି କେଜାଣି। ନିଜକୁ ଯେମିତି ସବୁ କ୍ଷେତ୍ରରେ ପରାଜିତ ସୈନିକ ବୋଲି ଭାବୁଚୁ... କୌଣସି କାମକୁ ଚ୍ୟାଲେଞ୍ଜ ଭାବି ଆଗେଇ ଯିବା ଅପେକ୍ଷା ତୋର ତ ସବୁବେଳେ ପଛକୁ ଫେରିବା ନେଇ ଅଧିକ ଗୁଣାଫେଡ଼ା! ତୋ ଭିତର ଛାତିପଠାରେ ସମ୍ଭାବନାର ଚାରାଠାରୁ ଅଧିକ ଭରି ରହିଛି ବାଲୁଙ୍ଗା ପୂର୍ଣ୍ଣ ହୋଇ। ତୁ ଏପରି ନେଗେଟିଭ୍ ଭାବିବୁ ନାହିଁ ତ ଆଉ କିଏ ଭାବିବ!"

ଆଉ କେଇ କ୍ଷଣ ପରେ ପୁଣି ତା' ମନ ଭିତରର ସାବତ ମା' ଚେଙ୍ଉଠି ପ୍ରଶ୍ନର ବାଣ ଛାଡ଼ି ପଚାରୁଥାଏ, "କହିଲୁ ଦେଖ, ଆଗରୁ କେତେଟା ପ୍ରାଟିସ ମ୍ୟାଚ୍‌ରେ ତୁ ଭଲ କରି ଖେଳିଛୁ? କୋର୍ଟ ଭିତରକୁ ଆସି ପାଞ୍ଚ ମିନିଟ୍ ସୁଦ୍ଧା ଖେଳିଥିବୁ କି ନାହିଁ ପୁଣି ଥକି ବାହାରକୁ ଚାଲିଯାଉ। କହୁ କ'ଣ ନା... ମୋର ଏଣ୍ଡ୍ୟୁରାନ୍ସ ବହୁତ କମ୍। ମୋତେ ଅଧିକା ଖେଳେଇବ ନାହିଁ ବୋଲି ସବୁଥର ମନା କରୁ କୋଚିଂ ଦାୟିତ୍ୱ ନେଇଥିବା ପ୍ରଶାନ୍ତଙ୍କୁ। ମିଛରେ କହି ଆଜି ଟିକେ ମୋତେ ଛାଡ଼ନ୍ତୁ, ଆସନ୍ତା ରବିବାରକୁ ମୁଁ ପୂରା ଖେଳିବି। ସେଇ ପଡ଼ିଆ ବାହାର ରିଜର୍ଭ ଖେଳାଳି ହୋଇ ରହି ଯାଇଛୁ ଆଜି ଯାଏଁ। ତୁ'ଟା କ'ଣ ଖେଳିବୁ ଫାଇନାଲ୍ ମ୍ୟାଚ୍? ଭଲ କରି ଜାଣିଚୁ, କୌଣସି ମତେ ହୁଇଲ୍‌ଚେୟାର ସିନା ଗଡ଼େଇ ଦେଉଛୁ... ହେଲେ, ବଲ୍‌କୁ ହାତରେ ଡ୍ରିବ୍‌ଲିଙ୍ କରି ପାରିବୁ ତ? ପ୍ରତିପକ୍ଷର ହୁଇଲ୍‌ଚେୟାର ତୋ ଆଡ଼କୁ ମାଡ଼ି ଆସି ବାଟ ଓଗାଳିବା ଆଗରୁ ତୁ କ'ଣ ତାଙ୍କଠୁ ଛଡ଼ାଇ ପାସ୍ କରି ପାରିବୁ ବଲ। କହୁଛି କ'ଣ ନା ବାସ୍କେଲ ବଲ୍ ପ୍ଲେୟାର!

ଅଲାଡ଼ୁକୀଟେ ପରି ଖେଳ ଡ୍ରେସ୍‌ରେ ସଜେଇ ହୋଇ ବସି ପଡ଼ିଲା ଆସି ପଡ଼ିଆ କଡ଼ରେ। ଯାଉନୁ... କ'ଣ ଖେଳି ଓଲଟାଇବୁ ଦେଖ୍‌ବା?"

ଦୁଇପକ୍ଷଙ୍କ ମଧରେ ଫିଲ୍‌ଡ୍‌ରେ ଖେଳ ଆରମ୍ଭ ହୋଇ ଯାଇଥିଲା କେତେବେଳୁ। ଏପର୍ଯ୍ୟନ୍ତ କିନ୍ତୁ ସୀମାଦ୍ରୀ ଖେଳକୁ ନ ଦେଖ୍ ନିଜ ମନର ବିଖଣ୍ଡିତ ସତ୍ତା ସହ ଯୁଦ୍ଧ କରି ଚାଲିଥାଏ।

ଗୋଟିଏ ସତ୍ତା ତାକୁ ହଁ' ଖେଳେ ବୋଲି ପ୍ରୋତ୍ସାହିତ କରୁଥାଏ। ଆର ସତ୍ତାଟି, ତୁ ପାରିବୁନୁ କହି ପଛକୁ ଭିଡ଼ି ନେଉଥାଏ। ଦୁଇ ସତ୍ତାଙ୍କ ଭିତରେ ଅଭୁତ ଏ ଲଢ଼େଇ। ଗୋଟାଏ ଦେହ। ଗୋଟାଏ ମୁଣ୍ଡ। ଗୋଟାଏ ମଣିଷ। ହେଲେ ଦି' ଫାଲ ମନ। ସ୍ପ୍ଲିଟ୍ ପର୍ସନାଲିଟି!

ହାଲୁକା ଶୀତର ଆବହାଓ୍ୱା ସତ୍ତ୍ବେ ସୀମାଦ୍ରୀ ମଥାରେ ଜକେଇ ଆସୁଥାଏ ବୁନ୍ଦା ବୁନ୍ଦା ଝାଲ। ସମ୍ମୁଖ ପଡ଼ିଆଟା ଖେଳର କଳରୋଲରେ ଭରପୂର ଲାଗୁଥାଏ। ଦୁଇପଟୁ ଦୁଇଆଡ଼ୁ ପରସ୍ପରକୁ ମୁହଁ କରି ବଲ୍ ଫିଙ୍ଗି ମାଡ଼ି ଆସୁଥାନ୍ତି ଗୋଲ୍ ପାଇଁ ଉଦ୍ଦିଷ୍ଟ ଖୁଣ୍ଟରେ ଝୁଲିଥିବା ବାସ୍କେଟ ଆଡ଼କୁ। ତା' ସହିତ ଦୁଇ ହାତର ପାପୁଲି ମାଡ଼ରେ ଡେଇଁ ଡେଇଁ ବାସ୍କେଟ ବଲ୍‌ଟା ଘୂରି ବୁଲୁଥାଏ କୋର୍ଟର ଏ ମୁଣ୍ଡରୁ ସେ ମୁଣ୍ଡକୁ।

ସେ ଆଖି ଘୂରାଇ ଚାହୁଁଥାଏ କେତେବେଳେ ବଲ୍‌କୁ ଆଉ କେତେବେଳେ ହୁଇଲ୍‌ଟେୟାରକୁ। ପାଖରେ ବସିଥିବା ଦଲର କୋଚ୍ ପ୍ରଶାନ୍ତ ମଝିରେ ମଝିରେ ପଡ଼ିଆରେ ଥିବା ଖେଳାଲିଙ୍କୁ ଚାହିଁ ମନୋବଲ ବଢ଼ାଇବା ପାଇଁ ପାଟି କରି ଉଠୁଥାନ୍ତି। ଆରପଟ ଦଲର କୋଚ୍ ଓମ୍‌ପ୍ରକାଶ ମଧ ସେହିପରି କୋର୍ଟ ଆରପଟୁ ରହି ଚିକ୍ତାର କରୁଥାନ୍ତି ରହିରହିକା।

ସ୍କୋର୍ ବୋର୍ଡ଼କୁ ଚାହିଁଲା ସୀମାଦ୍ରୀ। ଅନ୍ତେବାସୀ ଦଲ ସତର ପାଇଥିବାବେଲେ ବହିର୍ବାସୀ ଦଲର ସ୍କୋର ଅଟକି ଥାଏ ସୋହଲରେ।

ପୂର୍ବରୁ ଦୁଇଟା ବିରତି ପରେ ଖେଳ ସରିବାକୁ ବାକିଥାଏ ଦଶ ମିନିଟ୍। ଶେଷ ବ୍ରେକ୍ ଚାଲିଥାଏ।

ଲଢୁଆ ଖେଳାଲି ଗୋଲର୍ ଭାବେ ତାଙ୍କ ଦଲରେ ଥାଏ କେବଲ କାଲିଆ। ସେ ପର୍ଯ୍ୟନ୍ତ ଅନ୍ତେବାସୀ ଟିମ୍ ସ୍କୋର କରିଥିବା ସତର ଗୋଲରୁ ସିଏ ଏକା ଦେଇଥାଏ ସାତ।

ପୂର୍ବରୁ ଖେଳିଥିବା ପ୍ଲେୟାର୍ ବ୍ରେକ୍ ସମୟରେ ବାକି ଚାରିଜଣ ରିଜର୍ଭ ଖେଳାଳିଙ୍କୁ ଭିତରକୁ ଛାଡ଼ି ପଳାଇ ସାରିଥାନ୍ତି କୋର୍ଟ ବାହାରକୁ।

ବିରତି ପରେ ଅନ୍ତିମ ଦଶ ମିନିଟ୍‌ର ଖେଳ ଆରମ୍ଭ ହୋଇ ଯାଇଥିଲା। ହାତରେ ଡ୍ରିବ୍ଲିଂ କରି ବଲ୍‌ଟି ଧରି ଆଗକୁ ବଢ଼ୁଥିବା ବେଳେ ଆରପଟ୍ ଦଳର ବଲରାମ ତା'ର ହୁଇଲ୍‌ଚେୟାରଟାକୁ ଗଡ଼ାଇ ଆଣି ଧକ୍କା ଲଗାଇଥିଲା କାଳିଆର ହୁଇଲ୍ ଚେୟାର୍‌ରେ। ସେହି ଆକସ୍ମିକ ଧକ୍କାରେ ହୁଇଲ୍‌ଚେୟାର ସହ ପଛକୁ ଲେଉଟି ପଡ଼ିଥିଲା କାଳିଆ। ଅଳ୍ପକେ ମୁଣ୍ଡମାଡ଼ରୁ ରକ୍ଷା ପାଇଗଲା। ଆହତ ହୋଇଥିବା ହେତୁ ତାକୁ ଆସିବାକୁ ହୋଇଥିଲା କୋର୍ଟ ବାହାରକୁ।

ସେତବେଳକୁ ଖେଳ ସମାପ୍ତି ପାଇଁ ଆଉ ଛଅ ମିନିଟ୍ ବାକି ଥାଏ।

ଦୁଇ ଦଳର ସେଇ ପୂର୍ବ ସ୍କୋର ସେହିପରି କାୟମ୍ ଥାଏ। ଦୁହେଁ ଦୁହିଁଙ୍କୁ ଚକ୍‌ମା ଦେବା ସହ ସ୍କୋରର ଅଗ୍ରଗତିକୁ ଆଉ ବଢ଼ିବାକୁ ଦେଉ ନ ଥାନ୍ତି।

କୋଉ ମୁହୂର୍ତ୍ତରେ ଖେଳର ଗତି ଯେ ବଦଳିପାରେ କହିବା ଥିଲା ମୁସ୍କିଲ୍। ସେଇ ଷୋହଳ ସ୍କୋର୍ ଯେ ସତର ସ୍କୋରକୁ ନ ଟପିବ, କିଛି କହି ହେଉ ନ ଥାଏ !

ଶେଷ ରାଉଣ୍ଡରେ କାଳିଆର କୋର୍ଟ ବାହାରକୁ ଚାଲି ଆସିବାଟା ଅନ୍ତେବାସୀ ଦଳ ପାଇଁ ଆଶଙ୍କାର କାରଣ ପାଲଟି ଯାଇଥାଏ।

କୋଚ୍ ଦାୟିତ୍ୱରେ ଥିବା ପ୍ରଶାନ୍ତ ମଧ୍ୟ ସମପରିମାଣରେ ବିବ୍ରତ ଜଣା ପଡୁଥାନ୍ତି। କାଳିଆର ବିକଳ୍ପରେ କାହାକୁ ତ ଜଣକୁ ପଠାଇବାକୁ ପଡ଼ିବ !

ନିଜର ବାମପଟେ ରିଜର୍ଭରେ ଥିବା ପାଞ୍ଚୋଟି ବିକଳ୍ପ ଆଡ଼କୁ ଚାହିଁଲେ। ଚେଷ୍ଟା କଲେ କାଚ ପରି ବିମ୍ଳିତ ହେଉଥିବା ସମସ୍ତଙ୍କ ମୁହଁର ଉଦ୍‌ଗ୍ରୀବ ଆଖିର ଭାଷା ପଢ଼ିବାକୁ। ନିଜର ହୁଇଲ୍‌ଚେୟାରଟିକୁ ଦୁଇ ଚାକଣ୍ଡେ ଆଗକୁ ଗଡ଼ାଇ ପୁଣି ବାମ ପଟକୁ ଘୂରାଇ ପକାଇଲେ। ପାଞ୍ଚ ଜଣ ବସିଥିବା ଧାଡ଼ି ସହ ନିଜ ହୁଇଲ୍‌ଚେୟାରକୁ ସମାନ୍ତର କରି ଅଟକିଗଲେ। ବଦଳ ଖେଳାଳି ରୂପେ ଏମାନଙ୍କ ମଧ୍ୟରୁ ଜଣେ କାହାକୁ ତ ନେବା ପାଇଁ ନିଷ୍ପତ୍ତି ନେବାକୁ ପଡ଼ିବ।

ହୁଇଲ୍‌ଚେୟାରଟିକୁ ଧୀରେ ଧୀରେ ଆଗକୁ ଗଡ଼ାଇ ଠିକ୍ ଧାଡ଼ିର ଶେଷ ପାଖରେ ଅଟକି କହି ଉଠିଲେ, "ସାମାଦ୍ରୀ ମ୍ୟାଡ଼ାମ୍, ଆପଣ ଯାଆନ୍ତୁ କୋର୍ଟ ଭିତରକୁ। "

ଛାତିରୁ କ'ଣ ଗୋଟେ ବଡ଼ ଧସ ପଡ଼ିବା ପରି ଥିଲା ଯେପରି କୋଚ୍‌ଙ୍କ ନିର୍ଦ୍ଦେଶ ! ସ୍ୱପ୍ନରେ ସୁଦ୍ଧା ଭାବି ନ ଥିଲା ଫାଇନାଲ୍‌ ମ୍ୟାଚ୍‌ର ଏହିପରି ଏକ ସନ୍ଧିକ୍ଷଣ ମୁହୂର୍ତ୍ତରେ ତାକୁ ପୁଣି ଖେଳିବାକୁ ପଠାଯିବ !

ଅବିଶ୍ୱସନୀୟ ଭୟାର୍ତ୍ତ ଚାହାଣିରେ ପଚାରି ବସିଲା, "କ'ଣ ମୋତେ ଯିବାକୁ କହୁଛନ୍ତି !"

– "ହଁ, ଆପଣ ଯିବେ ମ୍ୟାଡ଼ାମ୍‌ । ଏମାନେ ସମସ୍ତେ ଖେଳିକି କ୍ଲାନ୍ତ । ଏବେ ଶେଷ ମୁହୂର୍ତ୍ତର ଲଢ଼େଇ ପାଇଁ ଅଧିକ ଏନର୍ଜି ଦରକାର । ଆପଣ ତ ଆରମ୍ଭରୁ ବସିଛନ୍ତି । ଯାଆନ୍ତୁ । ସେହି ଚାରିଜଣଙ୍କୁ ଫିଲ୍ଡ଼ରେ ସପୋର୍ଟ ଦେବେ । ଯଦି ଠିକ୍‌ରେ ମାଡ଼ି ଆସୁଥିବା ତାଙ୍କ ପ୍ଲେୟାରକୁ ବ୍ଲକ୍‌ କରି ପାରିବେ, ସେତିକି ଯଥେଷ୍ଟ । ନ ହେଲେ ସେମାନେ ସ୍କୋରକୁ ଆମ ସହ ସମାନ କରି ଜିତି ବି ଯାଇ ପାରନ୍ତି । "କହି ପ୍ରଶାନ୍ତ ନିଜ ପୂର୍ବ ସ୍ଥାନକୁ ପଛୁଆ ଚକାକୁ ଘୂରାଇ ଫେରି ଆସିଲେ ।

ସେ ତାଜୁବ୍‌ ହୋଇ ଉଠିଥିଲା ତା' ପ୍ରତି କୋଚ୍‌ଙ୍କର ଏହି ଆସ୍ଥାକୁ ଦେଖି ! ତାହା ପୁଣି ଖେଳର ଏହି ଚୂଡ଼ାନ୍ତ ନିର୍ଣ୍ଣାୟକ ଶେଷ ମୋଡ଼ରେ ।

ଅଟକି ରହିଥିବା ଖେଳକୁ ତୁରନ୍ତ ଆରମ୍ଭ କରିବା ପାଇଁ ରେଫ୍ରିଙ୍କ ଲମ୍ବା ହୁଇସିଲ୍‌ ପଛକୁ ପଛ ଗର୍ଜି ଉଠିଲା ।

ସେହିପରି ଦୋ' ଦୋ' ପାଞ୍ଚ ଚିଉରେ ସୀମାଦ୍ରୀ ତା'ର ହୁଇଲ୍‌ଚେୟାରକୁ ଗଡ଼ାଇ ନେଲା କୋର୍ଟ ଭିତରକୁ । ଲଢ଼େଇ ଚାଲିଲା ।

ସିଏ ରହିଥାଏ ଗୋଲ୍‌ପୋଷ୍ଟ ବାସ୍କେଟ୍‌ର ସିଧା କିଛି ବାଟ ଆଗରେ । ବାକି ଚାରିଜଣ ଅପର ପକ୍ଷ ଦଳର ଦୁର୍ଗ ଭାଙ୍ଗି ଭିତରେ ପ୍ରବେଶ କରିବାକୁ ପ୍ରୟାସ ଜାରି ରଖିଥାନ୍ତି । ଆରପଟରୁ ପ୍ରତିପକ୍ଷ ଦଳର ପ୍ଲେୟାର୍‌ ମଝିରେ ମଝିରେ ବଲ୍‌ ସହ ଡ୍ରିବିଲିଙ୍ଗ୍‌ କରି ପଶି ଆସୁଥାନ୍ତି । ଆଗକୁ ହୁଇଲ୍‌ଚେୟାର ଝପଟାଇ ବାଟ ଓଗାଳୁଥାଏ ସୀମାଦ୍ରୀ । ଏହି ସୁଯୋଗରେ ତା' ଟିମ୍‌ର ଖେଳାଳି ଆସି ଆରପକ୍ଷ ପ୍ଲେୟାର୍‌ଠାରୁ ବଲ୍‌ ଛଡ଼ାଇ ନେବାରେ ସଫଳ ହେଉଥାଆନ୍ତି ।

ଖେଳ ସରିବାକୁ ଯେତେ କମ୍‌ ମିନିଟ୍‌ ଥାଏ, ବହିର୍ବାସୀ ଦଳର ଚାପ ସେତେ ବଢୁଥାଏ । ତାଙ୍କ କୋଚ୍‌ ଓମ୍‌ପ୍ରକାଶ ପ୍ଲେୟାର୍‌ମାନଙ୍କୁ ଉଉଜିତ କରି ଗୋଲ୍‌ କରିବା ପାଇଁ ପ୍ରବର୍ତ୍ତାଉଥାନ୍ତି । ଖେଳର ଭାଗ୍ୟ ସେହିପରି ଲଟକି ଥାଏ । ଷୋହଳ ବନାମ ସତର ହୋଇ ।

ମାତ୍ର ଶେଷ ମିନିଟ୍‌ ଅନ୍ତିମ ମୁହୂର୍ତ୍ତର ଦୃଶ୍ୟ। ବହିର୍ବାସୀ ଦଳର ବଲରାମ ଡ୍ରିବ୍‌ଲିଂ କରି ଅନ୍ତେବାସୀ ଦଳର ଦୁଇ ଜଣଙ୍କୁ ଚକ୍‌ମା ଦେଖାଇ ଆଗେଇ ଆସୁଥାଏ।

ଏହି ସମୟରେ ତାଙ୍କ ଦଳର ସୁଧୀର ତାକୁ ବ୍ଲକ୍‌ କରିବାକୁ ଯାଇ ଆଗକୁ ମାଡ଼ି ଆସିବାରୁ ବଲରାମ ଚାହିଁଲା ସେଇଠୁ ଖୁବ୍‌ ଜୋରରେ ବଲ୍‌ଟାକୁ ସ୍ୱାଣ୍ଡରେ ଝୁଲିଥିବା ଖାଲି ବାସ୍କେଟ୍‌ ଆଡ଼େ ନିକ୍ଷେପ କରିବାକୁ। ଯାହା ଫଳରେ ତାଙ୍କ ଦଳର ସ୍କୋର ସମାନ ହୋଇଯିବ ଅନ୍ତେବାସୀ ଦଳର ସ୍କୋର ସହ।

କେତେବେଳେ ବଲରାମର ପାଖକୁ ଚାଲି ଆସିଥାଏ ସୀମାଦ୍ରୀ। ତା' ହାତର ଉଚ୍ଚତା ଦେଖ୍‌ ନିକ୍ଷେପ ହେବାକୁ ଥିବା ବଲ୍‌ଟିର ସିଏ ଯେ କିଛି କରି ପାରିବ ଭାବି ସନ୍ଦୀହାନ ହୋଇ ପଡ଼ିଲା। ବଲ୍‌ଟି ବାହାରି ଆସିବା କ୍ଷଣ ମୁହୂର୍ତ୍ତେ ସୁଦ୍ଧା ନ ଥିଲା ଭାବିବା ପାଇଁ।

ଅନ୍ତିମ ମୁହୂର୍ତ୍ତରେ ଆପ୍ରାଣ ପ୍ରୟାସ କଲା। ସମସ୍ତ ଜୋର୍ ଲଗାଇ ଚାହିଁଲା କାନ୍ଧର ଦୁଇ ଖଞ୍ଜାକୁ ମୁଣ୍ଡ ଉପର ଯାଏଁ ଉପରକୁ ଉତ୍ତୋଳିତ କରିବାକୁ। ଯେତେ ଦୂର ଉଠିପାରିବ, ସଞ୍ଚିତ ସବୁତକ ବଲକୁ ଖଟାଇ ଦେଲା ନିମିଷକରେ।

ଅପର ପକ୍ଷର ସମସ୍ତେ ସ୍ଥିର ନିଶ୍ଚିତ ହୋଇ ଯାଇଥିଲେ, ବଲ୍ ଯେପରି ବେଗ ଓ ଉଚ୍ଚତାରେ ବାହାରିଛି ଗୋଲ୍ ସୁନିଶ୍ଚିତ। କାରଣ ବ୍ଲକ୍‌ କରୁଥିବା ପ୍ଲେୟାର୍ ଜଣକ କ୍ୱାଡ୍ରିପ୍ଲେଜିକ୍! ଏତେ ରେଞ୍ଜକୁ ହାତ ଉଠାଇ ଅଟକାଇବା ଅସମ୍ଭବ! ତେଣୁ ପ୍ରତିରୋଧର ପ୍ରତ୍ୟାଶା ଥିଲା କ୍ଷୀଣ!

ସୁତରାଂ ବଲରାମ ହାତରୁ ବଲ୍‌ଟି ବାହାରିବା ମାତ୍ରେ ଅପର ପକ୍ଷର ଖେଳାଳି ଏବଂ ତାଙ୍କ ସମର୍ଥକବୃନ୍ଦଙ୍କ ଆଖ୍ ଓ ଓଠରେ ଗୋଲ୍ ହେବାର ସମ୍ଭାବନାପୂର୍ଣ୍ଣ ଢେଉ କୁଦା ମାରିବା ଆରମ୍ଭ କରି ଦେଇଥାଏ।

ହେଲେ, କିପରି ଏହାକୁ ସୀମାଦ୍ରୀ ଅଟକାଇଲା... ସିଏ ହିଁ ଜାଣେ!

ଦେହରେ ଗଞ୍ଚିତ ଥିବା ସବୁତକ ବଲର ବିନିମୟରେ ଚେଷ୍ଟା କଲା ଯେତେ ଯାଏଁ ସମ୍ଭବ ହାତ ଯୋଡ଼ାକୁ ଉପରକୁ ଉଠାଇ ପ୍ରତିରୋଧ କରିବାକୁ। ଅଟକାଇବ ଗୋଲା ପରି ଆସୁଥିବା ଶତ୍ରୁପକ୍ଷର ସେହି ପେଣ୍ଟୁକୁ। ଆଶ୍ଚର୍ଯ୍ୟ! ସତକୁ ସତ ଅଟକାଇଦେଲା ବି! ହାତ ଆଙ୍ଗୁଠିରେ ସାମାନ୍ୟ ଘଷି ହୋଇ ବାସ୍କେଟମୁହାଁ ବଲ୍‌ଟି ଦିଗ ବଦଲାଇ ବାହାରି ଯାଇଥିଲା କୋର୍ଟ ବାହାରକୁ।

ଠିକ୍ ତା'ପରେ ପରେ ରେଫ୍ରିଙ୍କ ଓଠରେ ଖେଳ ସମାପ୍ତ ହେବାର ହୁଇସିଲ୍ ବାଜି ଉଠିଲା ।

ସୀମାଦ୍ରୀ ଅବିଶ୍ୱାସଭରା ଆଖିରେ ନିଜର ହାତ ପାପୁଲିକୁ ଚାହିଁ ମୁଣ୍ଡ ଟେକିବା ବେଳକୁ ତା' ଆଡ଼କୁ କୋର୍ ପ୍ରଶାନ୍ତ ସମେତ ଦଳର ବାକି ଖେଳାଳିମାନେ ବିଜୟ ଉଲ୍ଲାସରେ ମାଡ଼ି ଆସୁଥାନ୍ତି ।

ପ୍ରଥମ ଥର ତା' ଉଦାସୀ ଛାତିର କବାଟକୁ ଫିଟାଇ ଖୋଲା ଉଚ୍ଛୁଳା ହସଟିଏ ବାହାରକୁ ଲହରେଇ ଆସିଲା । ବହୁଦିନର ଅନ୍ତର ପରେ ବୋଧହୁଏ ଗୋଟିଏ ଅକୃତ୍ରିମ ଖୁସିର ଲହର ଢେଉ ପରି ବାହାରି ଆସୁଥାଏ ।

ହଁ... ସେ ହସୁଥିଲା ସତସତିକା । ହଁ... ସେ ଖୁସି ହେଉଥିଲା ମଧ ସତସତିକା !

ସେ ହସରେ ଭରି ରହିଥିଲା ଆମ୍ବିଶ୍ୱାସର ବାସ୍ନା । ସବୁ ଅନ୍ଦାଜର ରେଖାକୁ ଭୁଲ କହି ସବୁ ସୀମାକୁ ଅତିକ୍ରମୀ ଯାଉଥିଲା ତା' ଅବରୁଦ୍ଧ ମନର ବିହଙ୍ଗ ।

ମ୍ଲାନ ସନ୍ଧ୍ୟାର ସେହି ଅପୂର୍ବ ଆନନ୍ଦର ଉତ୍ସବ ସହ ସାମିଲ ହୋଇ ଯାଇଥିଲା ସୀମାଦ୍ରୀ ।

ପୂର୍ଣ୍ଣ ପ୍ରାଣରେ...

ଅକୁଣ୍ଠିତ ଆମ୍ବିଶ୍ୱାସରେ...

ସେ ଚାହୁଁଥିଲା ଆକାଶର ଅସ୍ତ ଦିଗ୍‍ବଳୟ ଆଡ଼େ । ଯୁଆଡ଼କୁ ଡେଣା ଫଡ଼ଫଡ଼ କରି ଉଡ଼ି ଯାଉଥିଲେ ତା' ଭିତରୁ ଗୋଟେ ପରେ ଗୋଟେ ଅସଂଖ୍ୟ ଚଢ଼େଇ ।

(୭୪)

ଏକ ଭାବମଗ୍ନ ମୁଦ୍ରାରେ ଝରକା ପଟକୁ ମୁହଁକରି ବସିଥାଏ ସୀମାଦ୍ରୀ।

ସେପଟ ଦିଗ୍‌ବଳୟ କପାଳରେ ଅସ୍ପଷ୍ଟ ରେଖାରୁ ବୋଧହୁଏ ଖୋଜି ହେଉଥାଏ ଭବିଷ୍ୟତର ଠିକଣା। ସେ ତ ସୃଷ୍ଟିକର୍ତ୍ତାଙ୍କ ପରି ନିୟତିର କପାଳ ପଢ଼ି ପାରୁଥିବା ସିଦ୍ଧ ମହାମ୍ନା ନୁହେଁ! ଜ୍ୟୋତିଷ ନୁହେଁ! କିପରି ବା ପଢ଼ିପାରିବ ତା'ର ଏ ଅଦୃଷ୍ଟ ଭାଗ୍ୟ ପରି ସୁଦୂର ଆକାଶର କୁଞ୍ଚ କପାଳକୁ!

ତେବେ ସେଇ ଦିଗନ୍ତ ଆଡ଼କୁ କେବେ ନା କେବେ ପାଦ ତ କାଢ଼ିବାକୁ ପଡ଼ିବ।

ଦୁଇଶହ ଚାରି ନମ୍ବର କ୍ୟାବିନ୍‌ର ଦରଜାଟି ବାହାର ପଟୁ ହଠାତ୍ କାହାର ମୃଦୁ ଧକ୍କାରେ ଖୋଲିଗଲା। ରୁମ୍ ଭିତରକୁ ଧସେଇ ପଶି ଆସିଲେ ନିର୍ଦ୍ଧେଶକ, ଡାକ୍ତର ଓ ଥେରାପିଷ୍ଟଙ୍କ ଏକ ଟିମ୍।

ଚମକି ମୁହଁ ବୁଲାଇ ସେହି ଟିମ୍‌କୁ ଦେଖି ସୀମାଦ୍ରୀର ମନେ ପଡ଼ିଗଲା, ଆଜି ସାପ୍ତାହିକ ରାଉଣ୍ଡ। ସେମାନେ କିଛି ପଚାରିବା ଆଗରୁ ନିଜ ଆଡୁ ସହସା ଆଶ୍ଚର୍ଯ୍ୟ କରିବା ପରି ମୁହଁ ଖୋଲି ପ୍ରସ୍ତାବ ରଖିଲା, "ମୋତେ ଆଜି ଡିସ୍‌ଚାର୍ଜ କରିଦିଅନ୍ତୁ ସାର୍... ମୁଁ ଚାହୁଁଚି ପୁଣି ଥରେ ଫେରିଯିବାକୁ ବାହାର ପୃଥିବୀକୁ।"

"ଦ୍ୟାଟ୍‌ସ୍ ଗୁଡ୍... ୱେଲକମ୍ ଟୁ ଦ ମେନ୍‌ଷ୍ଟ୍ରିମ୍ ୱାର୍ଲ୍ଡ୍।" ତତ୍‌କ୍ଷଣାତ୍ କହି ହସହସ ମୁହଁରେ ଉତ୍ତର ଫେରାଇଲେ ନିର୍ଦ୍ଧେଶକ।

ସହସା ସକାଳର ତୃଣାଫୁଲ ପରି ମୁଠାଏ ଶୁଭ୍ର ହସ ସଭିଙ୍କ ମୁହଁରେ ଫୁଟି ଉଠିଲା।

ରାଉଣ୍ଡ ଟିମ୍ ଫେରିଯିବା ପରେ ବିଦ୍ୟୁଲତା ଅତି ଉସ୍ତାହରେ ଯିବା ପାଇଁ ପ୍ରସ୍ତୁତି ଆରମ୍ଭ କରି ଦେଇଥାଏ। ସବୁ ଡିପାର୍ଟମେଣ୍ଟରୁ କ୍ଲିୟରାନ୍ସ ଆସିବାକୁ ଚାଲି ଆସିଥାଏ ବାହାରକୁ।

ସୀମାଦ୍ରୀ ଆଖିକୁ କ୍ୟାବିନ୍‌ର ଝରକା ସେପଟ ଉଜ୍ଜ୍ୱଳ ସକାଳର ଆକାଶଟା ସ୍ୱତିକର ରଙ୍ଗ ପରି ଉଜ୍ଜ୍ୱଳ ସତେଜପଣରେ ଆମନ୍ତ୍ରଣ ବାଢୁଥାଏ।

ସେ ଏକଲୟରେ ଚାହିଁ ରହିଥାଏ ସେହି ଝରକା କାଚ ଆରପଟର ଅସୀମ ଶୂନ୍ୟତା ଆଡ଼କୁ। ଶୂନ୍ୟତାର ବି ଏତେ ରଙ୍ଗ ଥାଇପାରେ! ଭାବି ଆଦୋଳିତ ହେଉଥାଏ ମନେ ମନେ।

ଦୀର୍ଘ ମାସ ଧରି ଶୂନ୍ୟତାକୁ ସେ ଜୁଇଁ ଆସୁଥିଲା ଏହି କ୍ୟାବିନ୍‌ର ଚାରିକାନ୍ତ ମଝରେ। ପ୍ରଥମେ ପ୍ରଥମେ ସେହି ଶୂନ୍ୟତାର ରଙ୍ଗ ଥିଲା ନିହାତି ଅସହାୟ! ଅତ୍ୟନ୍ତ କାକୁସ୍ତତାରେ ଭରା! ଦୟନୀୟ! ପୁଣି ସୁତୀବ୍ର... ଅକଥନୀୟ... ଅବ୍ୟକ୍ତ ବେଦନାରେ ସିକ୍ତ!

ଯନ୍ତ୍ରଣାର ଗୋଟେ ଅସରନ୍ତି ନିରବଚ୍ଛିନ୍ନ ଜପାମାଲି ପାଲଟି ଯାଇଥିଲା ସେହି ଶୂନ୍ୟତା। ହେଲେ, କି କାୟାନ୍ତର ଘଟିଗଲା ତା'ର ଏହା ଭିତରେ!

ମାତ୍ର କିଛି ମାସର ରହଣି କାଳରେ ଏଇ ବଦଲି ଆସୁଥିବା ଶୂନ୍ୟତାକୁ ଭୋଗୀ ଚାଲିଛି। ପୁଣି ଦେଖି ଚାଲିଛି ଦିନ, ମାସ ଓ ଘଟଣାକ୍ରମରେ ଭଳିକି ଭଳି ନୂଆ ପୋଷାକ ପିନ୍ଧୁଥିବା ତା'ର ରଙ୍ଗ। କେତେବେଳେ ଧଳା କାଗଜ ପରି ସଫେଦ୍। କେତେବେଳେ ପୁଣି ପାଲଟିଯାଏ କୃଷ୍ଣବର୍ଣ୍ଣର ଏକ ମାୟାର ପଞ୍ଜଳ। ପୁଣି କେତେବେଳେ ଘୋଟି ଆସିଥିବା ମେଘ ରଙ୍ଗର ଚଦର ପରି ଗାଢ଼ ଦିଶେ। ଆଉ କେତେବେଳେ ସନ୍ୟାସିନୀର ଆଭା ପରି ଈଷତ ଲୋହିତ ବର୍ଣ୍ଣା।

ଶୂନ୍ୟତାର ବି ଏତେ ବିବିଧ ରୂପ ପସରା ରହିଛି ବୋଲି ଥିଲା ତା'ର କଳ୍ପନାତୀତ!

ମାତ୍ର ସେଇ ଶୂନ୍ୟତାର ସଂଜ୍ଞା ତା' ପାଇଁ ଏବେ ସମ୍ପୂର୍ଣ୍ଣ ବଦଲି ଯାଇଛି! ଖାଲି ସେତିକି ନୁହେଁ ଆଖିରେ ଭରି ରହିଥିବା ତା'ର ବିସ୍ତୃତି ଉପରେ ଖେଳାଇ ହୋଇଯାଇଥିଲା ଯେପରି ରୂପ, ରସ ଓ ଗନ୍ଧ!

ସୀମାଦ୍ରୀ ଜାଣି ସାରିଥିଲା ଯେ ତା'ର ସୁଦୀର୍ଘ ଅବଶିଷ୍ଟ ଜୀବନ ଅନିଶ୍ଚିତତା ସହ କଟିବାକୁ ଯାଉଛି ଏହି ହୁଇଲ୍‌ଚେୟାରର ଆଶ୍ରାରେ। ହୁଏତ ସଠିକ୍ ଭାବେ

ଆକଳନ କରି ନ ପାରିଲେ ମଧ ଜାଣେ, ତାକୁ ବାହାରେ ଅପେକ୍ଷା କରି ରହିଛି ଏକ ବିସ୍ତୀର୍ଣ୍ଣ ପଥ ଓ ଅସୀମିତ ପୃଥିବୀ। ଯେପରି ସେମାନେ ରେଡ୍ କାର୍ପେଟ ବିଛାଇ ତା'ରି ଆଡ଼କୁ ଚାହିଁ ରହିଛନ୍ତି। ଖୁବ୍ ଶୀଘ୍ର ସେହି କାର୍ପେଟ ଉପରେ ଏକ ସଶକ୍ତ ସ୍ୱପ୍ନ ଧରି ପ୍ରବେଶ କରିବ ସିଏ। ଯାହାକୁ ଦେଖି ଦୁନିଆ କହିବ, "ସୀମାଦ୍ରୀ... ଦ ଓମ୍ୟାନ୍ ଅନ୍ ହୁଇଲ୍‌ସ !"

ତାକୁ ଲାଗୁଥାଏ, ବାହାର ପଟେ ଆଖି ପାରି ଚାହିଁ ରହିଛି ଆଦ୍ୟ ଫାଲ୍‌ଗୁନର ଓଲଟପୁର। ଚିକ୍‌ମିକ୍ ଖରା ଜରିଧଡ଼ି ପରି ହାଲ୍‌କା ଉଷ୍ଣମ ପୋଷାକ ପିନ୍ଧି ସଜେଇ ହୋଇ ଅପେକ୍ଷା କରିଛି ମେଲାଣି ଦେବାକୁ। ତା' ହାତରେ ଯେପରି ଯୋଡ଼ିଶଙ୍ଖର ନାଦ ରହିରହି ମୁଖର କରୁଛି ଜୀବନର ବଡ଼ଦାଣ୍ଡକୁ।

BLACK EAGLE BOOKS

www.blackeaglebooks.org
info@blackeaglebooks.org

Black Eagle Books, an independent publisher, was founded as a nonprofit organization in April, 2019. It is our mission to connect and engage the Indian diaspora and the world at large with the best of works of world literature published on a collaborative platform, with special emphasis on foregrounding Contemporary Classics and New Writing.

www.ingramcontent.com/pod-product-compliance
Lightning Source LLC
Chambersburg PA
CBHW022023120726
47898CB00008BA/2796